## Zu diesem Buch:

Jedes Jahr droht uns das Weihnachtsfest.

Gnadenlos! Immer wieder! Nichts kann es aufhalten! Die Glocken klingen süß, und die Erwartungen sind hoch! Sehr, sehr hoch. Aber die Erfahrungen sagen, dass sie nicht erfüllt werden können. Kein Wunder, dass die anfängliche Idylle aller dieser hier vorgestellten Weihnachtsgeschichten bald ins Chaos mündet. Da muss sich bereits vor vielen Jahren, als angeblich alles noch besser war, schon einmal eine vielköpfige und muntere Geschwisterschar auf einem abgelegenen Bergbauernhof gegen ein gar zu schlagkräftiges Christkindchen zur Wehr setzen. Dann entgleist am Heiligabend die vermeintliche Idylle einer westdeutschen Familie der 80er Jahre zu einer Symphonie des Grauens. Schöne, alte weihnachtliche Riten auf dem Land erweisen sich bei näherer Untersuchung als ein Schreckensszenario, und für die Kinder wird die Adventszeit zu einem Kabinett des Grauens. Eine adventliche Kulturveranstaltung muss wegen übergroßer Rührung der Teilnehmer abgebrochen werden. Und schließlich gelingt der Versuch eines ambitionierten Geistlichen, den wahren Geist der Weihnacht wieder zu beleben, auch nicht so richtig. Nichts aber auch gar nichts will an Weihnachten so richtig gelingen. Und wundern wir uns darüber? Doch nicht wirklich!

Ulrich Hackhe

# Weihnachten ist überall

*Fünf Versuche fiktiver Autoren über das schwierige Fest der Liebe und der Fleischwerdung*

*Für alle*

*Christkind-Muffel und solche,*

*die es werden wollen!*

BoD

Bibliografische Information der Deutschen Nationalbibliothek

Die Deutsche Nationalbibliothek verzeichnet diese Publikation in der deutschen Nationalbibliografie, detaillierte bibliografische Daten sind im Internet über http//dnbdnb.de abrufbar.

© 2018 Herstellung und Verlag

BoD – Books on Demand, Norderstedt

ISBN 9783748111108

# Inhalt:

# 1. Weihnachten im Hochgebirge

*Aus den Aufzeichnungen des Waldbauernmädels*
*Heidemaria Unterberger*

Wenn ich heute so in der Vorweihnachtszeit das laute und geschäftige Treiben sehe: Die prächtigen, prall gefüllten Schaufenster, die Lichterketten über den Straßen, den Trubel und den Lärm, die vielen Menschen, die sich nervös in den Geschäften drängen, dann muss ich oft daran denken, wie wir Weihnachten feierten, als ich noch jung war.

Ich bin das Kind armer, schlichter aber aufrichtig frommer Waldbauern. Unser Hof lag abseits aller Geschäftigkeit hoch droben im Gebirge. Und im Winter waren wir oft eingeschneit und von der Außenwelt so gut wie abgeschnitten.

Trotz dieser völligen Abgeschnittenheit und des sehr hohen Tiefschnees im tiefsten Hochgebirge herrschte bei uns zu Hause immer ein recht fröhliches Leben, denn es galt damals ja noch nicht als unfein, viele Kinder zu haben. Und ich hatte viele Geschwister: Große und Kleine.

Oh, es ging damals recht kärglich bei uns zu. Oft war es Schmalhans, der bei uns die dünne Suppe einbrockte. Dabei mussten unsere Eltern hart um unser Täglich Brot schaffen und wir Kinder wurden auch oft zu schweren Handreichungen in der Landwirtschaft oder im Haushalt herangezogen.

In der Stube blakte nur ein schummriges Talglicht. Selbst eine Petroleumlampe stellte einen solchen Luxus für uns dar, dass wir sie uns nicht hätten erlauben können. Und hätte man uns Kindern vom Gaslicht oder gar dem elektrischen Licht erzählt, so hätten wir dies bestenfalls staunend für Feenzauber aus dem Märchenland gehalten. Wahrscheinlich hätten wir aber jenen, der uns von dieser Art seltsamen Lichts erzählt hätte, für einen Lügenbold gehalten, und ihn verspottet und verhöhnt oder ihm auch eine ordentliche Portion Dresche zugemessen. Denn obwohl wir meistens recht herzlich und schlicht miteinander umgingen, waren wir, was unser Benehmen anging, doch oft auch recht rau und ehrlich und geradeheraus.

Natürlich hatten wir keinen Fernseher und kein Radio. Nicht einmal ein dampfbetriebenes. Und außer der Bibel, dem Gesangbuch und dem 100-jährigen Kalender gab es bei uns weder Bücher noch Zeitschriften, in denen ja oft doch nur Schlimmes steht. Doch im großen, grünen Kachelofen knisterten geheimnisvoll die harzigen Holzscheite. Und wenn der große Frost kam, und der kam oft schon sehr früh, da war oft schon Anfang Januar das Häusel mit dem Herzen in der Tür eingefroren. Ja, ja - sanitär ging es bei uns auch recht rustikal zu. Aber das war nicht so schlimm. Es gab ja auch nicht viel zu essen, da brauchte man das Häusel nicht so oft. Oh, oh vor allem der lange, düstere Winter war damals oft eine ärmliche und dunkle Zeit.

Aber die Weihnachtszeit mit ihrem inneren Leuchten war für uns Kinder strahlender und schöner als jede andere Zeit des Jahres. Das kümmerliche Licht unseres schlichten Adventskranzes vermochte tiefer in die Herzen zu dringen, als es das grelle, bunte Neonlicht der aufdringlichen Weihnachtsreklame heuer zu tun vermag.

Wurden wir sonst auch recht kurz gehalten, was Naschwerk und Süßigkeiten anging, teils weil es an Geld mangelte, teils aber aus erzieherischen Gründen, so war die Adventszeit eine besonders festliche Zeit der Leckereien.

Nie wieder haben mir die teuersten Delikatessen aus den exotischsten Ländern so gemundet wie jene Teigreste, die ich in der Vorweihnachtszeit aus Mutters Töpfen und Tiegeln kratzen und schlecken durfte.

Überhaupt Mutter! Sie war die Priesterin unserer Weihnachtsstimmung. Wenn sie am Ersten Advent die kostbaren Messinggefäße und die kunstvoll bestickten Weihnachtsdecken aus den wuchtigen Schreinen und gewaltigen Truhen holte, wussten wir, dass das Christfest vor der Tür stand. Mit ihren alten, von der vielen Arbeit faltig und schrundig gewordenen Händen flickte sie die Decken, dass sie wie neu aussahen, und wienerte die Gefäße, bis man sich in ihnen spiegeln konnte. Wir wollten vor dem Christkind ja nicht wie Leute dastehen, die nichts hatten oder schlimmer noch: die nichts auf sich hielten.

Ja, das Christkind spielte für uns Kinder natürlich eine besonders wichtige Rolle. Advent kommt ja aus dem Lateinischen und heißt so viel wie Ankunftszeit. Und jede Ankunftszeit ist immer mit einer Wartezeit verbunden, wie wir von Bahnhöfen und Flugplätzen wissen. Und jede Adventszeit war immer wieder für uns Kinder eine Zeit, in der wir voll Vorfreude aber auch heimlicher Bänglichkeit auf die Ankunft des Christkindes warteten. Am Heiligen Abend würde es uns ja nicht nur Geschenke bringen, sondern uns für unsere

kleinen Missetaten zur Rechenschaft ziehen. Natürlich standen die Geschenke damals noch nicht so im Mittelpunkt des weihnachtlichen Geschehens, wie dies in unserer heutigen, kommerziellen Zeit der Fall ist. Trotzdem muss ich zugeben, dass wir Kinder Weihnachtsgeschenke als unser unveräußerliches und naturgegebenes Recht ansahen.

Advent war wegen des Christkindes auch eine Zeit der Geheimnisse und Heimlichkeiten. Vater verschwand öfter mit wissendem Lächeln im Holzschuppen, um - wie er sagte - etwas mit dem Christkind oder dessen Helfern zu besprechen. Da war uns Kindern der Zutritt zum Holzschuppen natürlich streng verboten. Vater ermahnte uns bei Androhung schwerer weltlicher und geistlicher Bestrafung, dieses Gebot auch ja einzuhalten. Mutter verzog sich bisweilen für längere Zeit mit den Helfern des Christkindes in der Nähkammer. Die blieb während der Adventszeit natürlich genau so streng verschlossen wie Vaters Holzschuppen.

Wir Kinder malten uns in unserer Phantasie in den prächtigsten Farben aus, was die Eltern mit den Helfern des Christkindes in den verbotenen Räumen so trieben. Einmal in einem der vielen Jahre meiner mir damals noch unendlich lang erscheinenden Kindheit hatte ich mich getraut, durch das Schlüsselloch der Nähkammer zu schauen. Aber das machte ich dann nie wieder. Das Christkind hatte mir wegen dieses in meinen Augen nur geringfügigen Fehlverhaltens sehr herbe Vorhalte gemacht und mir nur die halbe mir eigentlich zustehende Portion Pfeffernüsse zugeteilt. Und Knecht Ruprecht hatte bedrohlich die Rute geschwenkt.

Einzig die Zusammenarbeit des Großvaters mit dem Christkinde war nicht mit der Aura des Geheimnisvollen und Verbotenen umgeben. Großvater war nach einem Leben der harten Arbeit und strengen Pflichterfüllung halb erblindet, ziemlich ertaubt und fast gelähmt. Deswegen saß er am liebsten den lieben langen Tag auf der warmen Ofenbank und rauchte sein stinkiges Pfeifchen. Trotz seiner Leiden schnitzte er mit den gichtbrüchigen Fingern die kunstfertigsten Gegenstände und die putzigsten Spielsachen. Wenn wir den Großvater dann fragten, für wen er das mache, paffte er vergnügt ein paar übel riechende Qualmwölkchen und antwortete schmunzelnd: „Man musch dem Chrischtkindla doch ein wenig helfa. S' gibt doch gar zu viele Kindla, die beschenkt werden wolla."

Manches Mal erschien es uns vorwitzigen Kindern zwar so, als ließe das Christkind die Sachen, die Großvater geschnitzt hatte, gleich bei uns. Aber das tat der weihnachtlichen Stimmung keinen Abbruch. Außerdem war Großvater ein begnadeter Schnitzer.

Wegen des Christkindes waren wir Kinder in der Adventszeit besonders hilfsbereit und höflich. Es war ja offensichtlich, dass die artigen Kinder bessere und schönere Geschenke bekamen als die bösen Buben und Mädels, denen im schlimmsten Fall die Rute aus Ruprechts riesigem Sack drohte. Zwar waren wir damals noch nicht unmäßig mit unseren Wünschen, wie man das heute leider bei den verwöhnten Kindern, vor allem aus der Großstadt, beobachten muss. Wir freuten uns damals bereits über einen bunten Teller mit braunen Plätzchen. Aber manches Mal hatten wir doch größere Wünsche, die erst durch gute Taten verdient werden wollten. Wer faul, aufsässig und unhöflich war, konnte jedenfalls nicht auf ein neues Mützchen, ein Taschenmesser oder gar ein Püppchen hoffen.

*****

Ich erinnere mich noch an die einschneidenden, weihnachtlichen Geschehnisse jenes Jahres, in dem ich mir Schlittschuhe vom Christkind gewünscht hatte. Hei, wie ein Wirbelwind über die spiegelnden Flächen der Teiche und Tümpel sausen, das war schon etwas. Aber mir war klar, dass ich angesichts eines so großen Wunsches erst einige Untaten wettmachen musste. Ich war das liebe lange Jahr nicht sonderlich höflich zu den Erwachsenen gewesen. In der Schule hatte es mir an dem gebotenen Fleiß gefehlt. Besonders im Sommer war ich lieber zum kühlen Bach gegangen und hatte dort im erfrischenden, klaren Wasser getobt, als dass ich in der Stickigkeit des heißen Schulhauses unter der Aufsicht des gestrengen Herrn Lehrers das Lesen, Schreiben, Rechnen und Beten oder gar die schwierige Plutimikation erlernt hätte.

Ich selber fand diese Sünden nicht so gravierend, aber wenn ich an meinen großen Bruder Xaver dachte, wurde mir ganz mulmig. Der hatte im letzten Jahr tatsächlich die Rute zu spüren bekommen. Dabei war der Xaver zumindest in meinen Augen kein schlechter Mensch. Oft hatte er Vater bei der harten Arbeit auf dem kargen, steinigen Felde mit dem störrigen Ochsengespann geholfen. Und wenn ein Ochse wegen Unwohlseins ausgefallen war, hatte er versucht, ihn nach Kräften zu ersetzen. Er war halt immer nur ein wenig launisch und eigensinnig, der Xaverl, der kleine Sauhund, der!

Das Christkind hatte sein vernichtendes Urteil über ihn im Wesentlichen damit begründet, dass er oft Widerworte gegeben, mürrisch dreingeschaut, und schließlich während des Gottesdienstes am 4. Advent dem kleinen Reserl ein rosa Schleifchen vom Kopfe gerissen und dabei auch noch höhnisch gelacht habe. Darin offenbare sich eine Einstellung, die mit dem Geist der Weihnacht nicht vereinbar sei. Da half es auch nichts, dass das Reserl eins ums andere Mal beteuerte, sie sei dem Xaver nicht mehr böse. Das Christkind war dem Reserl über den Mund gefahren, dass es gar nicht darum gehe, ob das Reserl böse sei oder nicht, sondern dass es ums Prinzip gehe. Unser Problem war dabei, dass wir die Prinzipien des Christkindes nicht kannten. Sonst hätten wir uns ja besser einschleimen können.

Das Christkind hatte sodann eine große Rute aus dem Sack des Knechts Ruprecht geholt und damit bedrohlich hin- und her gefuchtelt. Nachdem es genügend gefuchtelt hatte, gebot es dem Knecht Ruprecht, die Rute auf dem Hintern vom Xaver eine lustige Polka tanzen zu lassen. Hei, wie hatte der Xaver geschrien und geweint, obwohl er doch schon ein großer Junge war, der eigentlich nicht mehr weinen durfte. Schließlich hatte das Christkind die Rute an unseren Vater übergeben, mit dem Bemerken, dass ein Vater, der seinen Sohn liebte, ihn auch kräftig stäupen müsse. Sonst schlecht! Wir anderen Geschwister gaben zwar alle etwas von unseren Nüsslein, Äpfelchen und Küchlein an unseren geschundenen Bruder ab. Aber das konnte seinen Schmerz und seine menschliche Enttäuschung nur wenig lindern. Zusammenfassend kann man sagen, dass das vorherige Christfest für ihn völlig versaut war. Da gab es nichts zu bemänteln, zu deuteln oder zu beschönigen. Schließlich hatte Xaver sich neue Buntstifte gewünscht. Wozu er sich die gewünscht hatte, weiß ich allerdings auch nicht, denn der Xaver kann gar nicht zeichnen. Der ist so etwas von künstlerisch unbegabt, dass es schon weh tut.

Ich hoffte in diesem Jahr, dass ich meine Untaten, die im schwarzen Buch des Christkindes üblicherweise minutiös verzeichnet waren, dadurch wieder gut machen konnte, dass ich der Mutter bei ihrer schweren Arbeit in der Küche zur Hand ging, wie es sich für ein braves Landmädchen geziemt. Ich wollte doch so gerne die neuen Schlittschuhe haben. Aber das sagte ich natürlich nicht zu laut, um nicht unbescheiden zu wirken. Denn Bescheidenheit ist eine Tugend, und Unbescheidenheit ist ja etwas, das ein Christkind einem auch übel anrechnen konnte. Mutter war ganz gerührt, als ich ihr so freudig half. Aber natürlich durchschaute sie mich auch ein wenig und wusste, dass es nicht so sehr echte Selbstlosigkeit und Frömmigkeit war, sondern eher das bevorstehende Weihnachtsfest, das Fleiß und Hilfsbereitschaft bei mir so sehr befördert hatte.

„Ja, esch möchte doch öfter Chrischtfescht sei, dass man so artige und hilfsbereite Kinder hätt. Dasch Chrischtkindla versteht sich uffs Erziehe doch besser als unsereins."

Aber der Winter hielt doch auch gar so viele Freuden für uns Kinder bereit, dass ich an manchen strahlenden Tagen lieber hinaus in die weiße Wunderwelt ging, um dort herumzutollen, als drinnen in der dumpfen Küche der Mutter zur Hand zu gehen. Und vor allem der Winter in jenem Jahr, in dem ich mir Schlittschuhe wünschte, war ein richtiger Schnee- und Frostwinter, so wie es ihn heute gar nicht mehr gibt. Die Winter waren damals ohnehin noch echte Winter. Nachts schneite es den herrlichsten Pulverschnee und tagsüber strahlte die Sonne vom blassblauen Winterhimmel. Am liebsten war ich da doch mit den Geschwistern und den Kindern von den anderen Berghöfen auf den verschneiten Feldern und Wiesen, wo wir nach Herzenslust rodelten oder ausgelassene Schneeballschlachten veranstalteten. Oder die gewaltigsten und schönsten Schneemänner bauten. Wir setzten ihnen dann einen alten, rostigen Eimer als Hut auf und steckten ihnen aus der Küche stibitzte Mohrrüben als lustige, rote Nasen in die eisigen Gesichter.

*********

Endlich war dann der 24. Dezember gekommen. Wir Kinder hielten es den lieben, langen Tag gar nicht aus, auch nur ein Minütlein stille zu sitzen. So aufgeregt erwarteten wir schon seit den frühen Morgenstunden die Ankunft des Christkinds, das doch traditionsgemäß erst nach Einbruch der Dämmerung kommen konnte.

Glücklicherweise gab es aber noch viel zu tun, was uns von den bangen und aufgeregten Gedanken ablenkte. Vor allem galt es, noch einen Weihnachtsbaum für die Weihnachtsstube aus dem Walde zu holen. Zusammen mit Vater zogen wir hinaus in den weiß verschneiten, feierlichen Weihnachtswald. Wie in jedem Jahr gab es immer wieder große Dispute darum, welcher Baum es denn sein sollte. Der eine war zu klein, der andere zu groß und wieder einer war zu struppig. Endlich hatten wir eine herrliche, gerade gewachsene Fichte gefunden, die bis unter die Decke reichen würde. Vater war mit unserer Wahl nie einverstanden und wie in jedem Jahr brummte er:

"Die net, Kinder, die ischt zu grosch!" Aber schließlich ergab sich Vater unseren Bitten, auch wie in jedem Jahr, und schlug den von uns Kindern ausgesuchten Baum. Mit lautem Jauchzen und unter Absingen zum Teil auch recht gewagter weihnachtlicher Lieder brachten wir den so hart erbeuteten Baum im Triumphzug nach Hause. Dort richteten wir ihn in der Stube auf und schmückten ihn auf das Prächtigste mit an den langen, dunklen Abenden selbst gebasteltem Schmuck, der viel schöner war als der, den man heute in den Geschäften wohlfeil kaufen kann. Nur Großvater, der mit seinem stinkigen Pfeifchen auf der Ofenbank saß, war mit unserem Treiben nicht ganz einverstanden. Er schüttelte den Kopf und brummte:

„So heidnische Bäum hän wir früher net g'hätt. Da war's chrischtliche Krippeschiel gut g'nug."

Aber so brummig, wie Großvater tat, war er gar nicht. Auch er liebte unseren bunten Baum. Und selbstverständlich fand auch unsere alte Krippe mit ihrer mit seiner bäuerlichen Schlichtheit einen Ehrenplatz unter dem Baum. Natürlich achteten wir bei der Baumaufstellung auch darauf, dass an seinem Fuße genügend Platz für die Geschenke blieb, die wir erwarteten.

Aber dann nach Erfüllung dieser weihnachtlichen Pflichten wurde der Tag immer mühseliger. Die Stunden verrannen wie klebriger Sirup. Wir sangen zusammen Weihnachtslieder und wir Kinder nutzten die Zeit, um die von uns auswendig gelerntem Weihnachtsgedichte noch einmal zu wiederholen. Denn schließlich sollte es ja schon vorgekommen sein, so wurde gemunkelt, dass das Christkind mit allen seinen Geschenken wieder davongesegelt war, nur weil ein ansonsten völlig braves Kind sein Weihnachtsgedicht wieder vergessen hatte. Und das sollte uns nicht passieren. Und bei mir ging es immerhin um ein paar Schlittschuhe.

Als es dunkel wurde und die Sternlein hell und klar funkelten, ging Vater mit uns zur Kirche. Mutter musste zu Hause bleiben, um den Weihnachtsschmaus zuzubereiten. Aber auch sie versäumte nie den Kirchgang. Sie ging immer schon am frühen Vormittag zu einer Art Hausfrauenmesse, um den Nachmittag und frühen Abend frei für die Küchenarbeit zu sein. Denn es war ja die vornehmste Pflicht aller Haus-, Land- und Bauersfrauen an diesem heiligen Tage besonders viel nahrhafte und schmackhafte Nahrung auf den sich biegenden Tisch zu bekommen.

Während wir Kinder nun von unserem Vater wohlbehütet unter dem sternenübersäten Himmelszeit durch die verschneite Landschaft zur Kirche geführt wurden, musste ich an den Stern von Bethlehem denken, der vor nun fast 2000 Jahren in die Herzen der Menschen geleuchtet hatte. Ich wusste ja, dass fromme Gedanken fast so viel bewirkten wie fromme Taten, jedenfalls bei der Bewertung durch das Christkind. Deshalb zwang ich meine Gedanken, sich mit aller Kraft auf geistliche Themen zu konzentrieren. Damit hatte ich die Schlittschuhe sicherlich schon halb verdient. Meinte ich jedenfalls. Aber das dicke Ende sollte ja noch kommen. Manchmal ist es ja gut, wenn man nicht weiß, was noch alles passiert.

Unsere kleine Dorfkirche hatte sich wie stets zu Weihnachten sehr festlich herausgeputzt. Der Kirchenraum war mit frischem Tannengrün geschmückt. Vor allem war neben dem Altar ein mächtiges Krippenspiel aufgerichtet worden. Maria und Josef waren so groß, dass sie uns Kindern bis zu den Schultern reichten. Und auf den Öchslein und den Eselein hätte zumindest eines meiner kleineren Geschwister ohne weiteres reiten können. Aber das schönste und herzigste am Krippenspiel war das niedliche Jesuskind, das in einer Krippe mit echtem Stroh lag und so groß wie ein junger Dackel war.

Neben dem Krippenspiel stand ein geschnitzter Mohrenbub, der so lebensecht ausschaute, dass ich mich vor ihm gefürchtet hatte, als ich noch klein war. Mit dem Mohrenbub hatte es eine besondere Bewandtnis. Er sammelte Geldspenden für die Heidenmission. Ein kunstreicher Mechanismus in seinem Inneren sorgte dafür, dass sich der Mohr verneigte und mit den Augen rollte, wann immer man eine Münze in seinen Mund steckte. Ach, was war der kleine Kerl putzig! Und er war auch für die kleinste Spende dankbar. Immer und immer wieder erbettelten wir vom Vater kleine Geldstücke, die wir auf diese spaßige Weise der Heidenmission zur Verfügung stellten.

Auch die Predigt war wunderschön. Der Pfarrer schilderte in farbigen Worten das Weihnachtswunder. Er sprach vom Engel des Herrn und den Hirten auf dem Felde und allerlei anderen wundersamen Dingen und Geschehnissen. Aber ich konnte mich langsam nicht mehr auf die Worte des Glaubens konzentrieren. Auch die geistlichen Gesänge sang ich zunehmend ohne innere Anteilnahme. Und bei den zum Teil sehr langatmigen Gebeten fehlte mir die heilige Kraft der frommen Inbrunst. Ich musste die ganze Zeit an das Christkind denken und fragte mich immer wieder, ob es denn mit den Schlittschuhen klappen würde. Ein Leben ohne Schlittschuhe kam mir öde, leer und nicht mehr lebenswert vor.

Endlich war der Gottesdienst vorbei, frohlockte ich. Und schon als ich frohlockte, wurde mir klar, dass ich mich schon wieder versündigt hatte. Wer Geschenke vom Christkinde wollte, durfte natürlich nicht froh sein, wenn der Gottesdienst vorbei war, sondern hatte gefälligst traurig zu sein, dass er nicht noch länger dauerte, als er ohnehin schon lang war. Sünden konnte man nicht nur mit Worten und Werken begehen, sondern auch mit Gedanken. Hatte der gelehrt drein redende Herr Pfarrer ja auch gesagt. Es gab im täglichen Leben ganz einfach kaum eine Chance, nicht zu sündigen. Selbst wenn man nur einfach die Gedanken mal so schweifen ließ, hatte man schon wie von selbst gesündigt. Und mit großer Sorge bewegte ich in meinem Herzen, was der hoch verehrte Herr Pfarrer über die Erbsünde gesagt hatte. Da gab es in der Tat kein Entkommen und kein Erbarmen. Man war nun einmal Sünder, ob man wollte oder nicht. Und Sünder brauchten sich keine großen Hoffnungen auf tolle Geschenke machen, geschweige denn auf Schlittschuhe. Ich war zutiefst beunruhigt. Aber ich merkte, dass es meinen Geschwistern nicht viel besser als mir erging. Die konnten auch kaum noch einen einzigen frommen Gedanken produzieren, so sehr waren sie mit der bevorstehenden Bescherung beschäftigt.

Lustlos nagte ich dann zuhause am festlich gedeckten Tisch sitzend an der knusprigen Weihnachtsgans. Dabei soll man für gutes Essen doch immer dankbar sein, und gutes Essen gab es bei uns nur selten, weil wir doch so arm waren. Da gab es meistens Graupen. Graupen mit gelierten Eingeweiden. Meine Geschwister rutschten auch nur noch nervös auf ihren hölzernen Hockern herum. Wir dachten nur noch an die bevorstehende Bescherung. Aber es sollte noch grausame Ewigkeiten dauern, die wir zum Warten verdammt waren. Vater las schon zum dritten Mal die Weihnachtsgeschichte aus unserer abgegriffenen und doch so würdigen Familienbibel vor. Wir hörten gar nicht mehr zu......... Allerdings kannten wir die Geschichte auch in- und auswendig.

*****

Aber dann – endlich – horch! Draußen ertönte Schellengeläut und englische Musik. Hier muss ich wohl einflechten, dass wir damals unter englischer Musik nicht etwa Lieder der Beatles oder Sonaten von Henry Purcell und Benjamin Britten verstanden, sondern meinten, dass wir die Engel singen hörten.

Schritte knarrten im Schnee. Und dann pochte es schwer und dumpf an der Haustür. Kein Zweifel: Das Christkind war da. Mein Magen krampfte sich schmerzhaft zusammen, und mein vor Angst rasendes Herz stürzte polternd in die Hose. Wie in jedem Jahr war es Mutter, die die Tür öffnete.

Und dann trat das Christkind in die Stube ein. Es war noch riesiger und furchterregender als im letzten Jahr. Vielleicht war es auch tatsächlich noch gewachsen. Mit nervös blitzenden Augen starrte es uns Kinder der Reihe nach, einen nach dem anderen, streng an. In diesem Jahr trug es ein langes, silbern glänzendes Gewand. In den Rücken des Gewandes waren geschickt Schlitze eingearbeitet, aus denen zwei gewaltige Flügel heraushingen. Mit denen schlug das Christkind hektisch hin und her, so dass in unserer überheizten Stube nunmehr eine unangenehme Zugluft herrschte.

Drei Schritte hinter dem Christkind stand mit devoter und gelangweilter Miene Knecht Ruprecht, der alte Gesell' und trug den verführerischen Rucksack auf dem Buckel. Mit ungeduldiger Stimme erläuterte das Christkind, dass es draußen vom Walde herkomme, wo es außergewöhnlich stark weihnachte. Auf den Tannenspitzen habe es goldene Lichtlein blitzen sehen. Bei diesen Worten blitzten auch die Augen des Christkinds so gewaltig, dass meine kleinste Schwester Zenz, die zum ersten Mal an der Bescherung teilnehmen durfte, so sehr erschrak, dass sie sich hinter den Tannenbaum verkrümelte. Das hätte sie lieber nicht tun sollen. Wir konnten ja deutlich sehen, dass das Christkind nervös und sehr in Eile war. Das konnte man ihm ja nicht verübeln, weil es so viele Menschenkinder gab, die beschert werden mussten. Deswegen passte es ihm auch gar nicht, wenn nicht alles nach Plan ablief. Unwirsch herrschte es daher die kleine Zenz an, die noch immer verängstigt hinter dem Weihnachtsbaum hockte:

„Komm heraus aus deinem Versteck. Wenn ich eins nicht leiden kann, dann sind es feige und verhockte Kinder."

Bebend und käsebleich kroch das Schwesterlein hervor. Wie ein Häufchen Unglück stand sie vor dem gewaltigen, zornigen Christkind da. Ich kann mich noch genau erinnern, dass ich mich in diesem Augenblick zum ersten Mal zu fragen begann, warum Weihnachten als Fest der Liebe bezeichnet wird. Das Christkind war nämlich keineswegs lieb, sondern fauchte das kleine zitternde Mädchen an wie ein böser Drachen:

„So, da du schon einmal dumm aufgefallen bist, wollen wir gleich mal medias in res gehen. Gestehe deine Missetaten!"

Zitternd und zagend bekannte die kleine Zenz, dass sie die Mutter einmal angelogen hatte. Aber das mutige Geständnis führte nur zu frostigem Schweigen auf Seiten des Christkindes. Stammelnd fügte meine Schwester hinzu, dass sie es gewesen war, die der Katze eine Blechdose an den Schwanz gebunden hatte. Das Christkind schien von den doch recht freimütigen Geständnissen und Bekenntnissen meiner kleinen Schwester nicht so ganz befriedigt zu sein, denn es ließ sich von Knecht Ruprecht das schwarze Buch aushändigen. Mit gerunzelter Stirn las es ein wenig in diesem Konvolut des Grauens. Wir fürchteten schon das Schlimmste. Doch überraschenderweise meinte es schließlich mürrisch und etwas herablassend:

„Na, da wollen wir mal heute nicht so sein. Du bist ja noch so klein. Aber glaube nicht, dass du jedes Mal so billig davonkommst. Nächstes Jahr wird wieder Weihnachten gefeiert und da werden die Standards schon ganz schön höher geschraubt sein als in diesem Jahr."

Dann wies das Christkind Knecht Ruprecht an, einen Teller mit Pfeffernüssen zu füllen und übergab ihn der kleinen Zenz. Man konnte ihr ansehen, dass sie enttäuscht war, denn sie hatte sich eine neue Puppe gewünscht. Xaver, mein ältester Bruder, der ja schon verdammt schlechte Erfahrungen an Weihnachten gesammelt hatte, stieß mich mit dem Ellenbogen in die Seite und zischte mir zu:

„Mein Gott ischt dasch Chrischtkindla heuer schlecht gelaunt. Und dann ist es auch noch knauserig. So mickrige Portionen hat es schon lange nicht mehr gegeben."

Aber das Christkind hatte gute Ohren - wie eine Katze, und es hatte jedes Wort verstanden. Voll bitterer Häme und schneidender Ironie wandte es sich an meinen Bruder: „Was ist denn das? Hier wird nicht getuschelt. Hier wird Weihnachten so gefeiert, wie es die Geburt des Heilands allgemein erfordert."

Was denn Tuscheln oder Nichttuscheln mit der Geburt des Heilands zu tun haben sollten, blieb unklar. Aber jetzt schien das Christkind sich an die wenig erfreulichen Ereignisse zu erinnern, die es mit dem Xaver im letzten Jahr gehabt hatte. Mit messescharfer, schneidend kalter, aber ganz ruhiger Stimme wandte es sich an meinen Bruder:

„Junger Freund, wir haben ja im letzten Jahr recht unschöne Erlebnisse gehabt, wenn ich mich recht erinnere! Harr, harr! Ich hoffe, mein kleines Geschenkchen war ein recht durchschlagender Erfolg, wenn mir dieses Wortspiel erlaubt sein darf. Kleiner Scherz am Rande! Muss ja auch mal sein. Nun – neues Jahr- neues Glück. Mir steht der Sinn nach Gedichten. Sag' er mir doch schnell eins auf, Xaver!"

Xaver merkte schon, dass dieses Weihnachten wieder drauf und dran war, voll in die Hose zu gehen. Andererseits, wenn das Christkind ihn aufforderte, ein Gedicht aufzusagen, hatte er vielleicht noch eine Chance. Und stotternd murmelte er:

*Drauss' vom Walde komme ich äh her,*
*ich muss euch sagen, es weihnachtet äh sehr !*
*Äh, äh, überall auf den äh, äh........*

Das Christkind flatterte entnervt mit den Flügeln und meinte völlig ungerührt und lakonisch: „So, so aus dem Wald kommst du. Vielleicht bist du ja ein Waldheini. Oder gar ein Waldschrat. Das glaube ich nur allzu gerne. Dann schlug es das Schwarze Buch auf und las ein wenig darin. Deutlich konnte man am Gesichtsausdruck des Christkinds sehen, dass es nicht erfreut über das war, was es dort lesen musste. Knurrig wandte es sich an Knecht Ruprecht: „Ich glaube, dieser Fall liegt so klar, dass wir ihn gar nicht weiter zu diskutieren brauchen. Tu deine Pflicht, alter Gesell!"

Und ehe wir es uns so recht versahen, hatte Knecht Ruprecht mit einer einzigen, geschickten und kraftvollen Bewegung seiner teils rötlich und teils schwärzlich behaarten, riesigen Hände meinem Bruder die krachledernen Hosen heruntergezogen und verbläute ihm mit einer nagelneuen Weihnachtsrute recht kräftig den Allerwertesten. Da halfen meinem armen Bruder auch kein Sträuben und kein Wehgeschrei. Der Knecht Ruprecht war einfach zu riesig und zu kräftig, als dass man sich ihm entwinden konnte. Auch die Beteuerungen des armen Xaver, dass er sich im nächsten Jahr bessern wollte, berührten das Christkind nicht im Geringsten. Das hatte natürlich seine Erfahrungen und war völlig abgebrüht und abgehärtet gegenüber solchen Versprechungen von Kindern. Die versprachen im Angesicht der Rute natürlich alles Mögliche, vor allem sich bis zum nächsten Weihnachten zu bessern. Das konnte man glauben oder auch nicht. Das Christkind zog es jedenfalls vor, diesen Versprechungen nicht zu glauben. Ohne sich weiter um das Weinen und das Geschrei meines Bruders zu kümmern, wandte sich das Christkind nun an meine größere Schwester Vroni. Die Vroni war wirklich ein braves Kind und hatte nichts Böses getan. Dazu wäre sie ja auch viel zu blöd gewe-

23

sen. Und bigottisch war sie auch noch dazu und versuchte sich beim Kaplan einzuschleimen, indem sie immer besonders frommes und völlig unverständliches Zeug erzählte. Die Vroni wollte daher natürlich das Christkind mit ihrer Frömmigkeit und ihrem Glauben beeindrucken und sagte:

„Liebes Christkind, ich habe für dich ein modernes Gedicht auswendig gelernt. Es ist von Jörg Zink. Es reimt sich nicht einmal. So modern ist es:

> *Fluchtpunkt der Flucht ist Ägypten.*
> *Fluchtpunkt der Flucht ist nicht Ägypten,*
> *Fluchtpunkt der Flucht ist das Kreuz!*

Das Christkind war nicht so richtig begeistert und moserte sogar etwas säuerlich: „Das Gedicht ist nicht von Jörg Zink sondern von Kurt Marti. Und es gefällt mir nicht. Karfreitag und Weihnachten soll man nicht vermischen. Außerdem mag ich es nur, wenn es sich reimt. Und irgendwie ist es auch zu kurz. Da muss man sich beim Auswendiglernen ja gar nicht richtig plagen und mühen."

Na, da musste sich die Vroni nicht wundern, dass sie außer zwei Mandelkernen nur ein Paar Socken bekam und zwar von der Sorte, die so entsetzlich auf der Haut kratzt, dass man sie eigentlich nicht auf der Haut haben kann.

Nun wandte sich das Christkind der Heidi zu, einer meiner größeren und recht schlauen Schwestern, die auch Bücher las, die wir in der Schule eigentlich nicht behandelten. Der Herr Schulmeister und der Herr Kaplan hatten auch so manches Mal gewarnt: „Bildung ja, aber zu viel Bildung ist auch nicht gut!" Aber die Heidi wollte nicht hören. Manchmal war es mir fast so erschienen, als sei das große Schwesterchen ganz vom Glauben abgefallen. Aber das war ja eigentlich bei uns im Hochgebirge gar nicht möglich. Tatsächlich trug die Schwester ein ganz eigenartiges Gedicht vor, wie wir es noch nie gehört hatten, das aber dunkel und geheimnisvoll klang:

*Im Heiligen Land geschah hohes Geschehen,*
*der Götter Gunst traf auf gemeine Menschen,*
*die Hirten der Herden hörten es,*
*In Krippen krakeelt künftiger König.*
*Esel essen Engel!*
*Ochsen orgeln im Offizium*
*Drei Könige künden künftigen Herren.*
*Weh wird walten im Weltenkreis.*

Das Christkind schluckte kurz: „Naja, irgendwie ist das ja schon ein Reim. Aber es fehlt ein bisschen der christliche Bezug. Finde ich jedenfalls."

Heidi beharrte darauf, dass immerhin von Ochsen und Eseln, der Krippe und dem Heiligen Land die Rede war. Und das müsse nun auch fürs Christliche vorerst reichen. Das Christkind guckte etwas befremdet und meinte dann resigniert seufzend: „Na, ja! Mit mir kann man es ja machen." Und es gab drei Pfeffernüsse, einen Mandelkern und eine Haselnuss sowie ein buntes Heiligenbildchen, das den Heiligen Bartholomäus beim Märtyrertod durch Enthäuten zeigte.

Endlich hatte der Knecht Ruprecht mit seiner Prügelpeitsch von unserem Bruder abgelassen. Das Christkind überreichte dem Vater, der aufgrund der schnellen Dynamik des frommen Geschehens fast so eingeschüchtert wirkte wie das Xaverl selbst, die schon etwas abgewetzte Rute mit dem Bemerken, nicht zu sparsam mit ihr zu sein und sie tüchtig weiter zu nutzen.

„Wer bei seinem Sohn mit der Rute spart, der hasst ihn. So heißt es ja schon so nett in der Bibel", meinte das Christkind kumpelhaft zum Vater.

Nun war die Reihe an mir. Durfte ich noch auf Schlittschuhe hoffen, nachdem man meine Geschwister so dürftig abgespeist hatte. Ich hoffte allerdings immer noch, dass sich das Christkind zunächst die schwarzen Schafe vorgenommen hatte, und nun der angenehmere Teil der Bescherung in Form meiner neuen Schlittschuhe beginnen würde. Es ließ sich auch recht gut an. Das Christkind verlangte zunächst ein Gedicht. Und ich hatte ein ganz, ganz langes und sehr, sehr frommes Gedicht auswendig gelernt, voller Anspielungen auf den Geist der Weihnacht. Und ich konnte es zu meinem eigenen Erstaunen ganz ohne Stocken aufsagen. Es sprudelte nur so aus mir heraus. Ja, jetzt zeigte es sich, dass ich ein guter Lerner war, obwohl ich die Schule so oft geschwänzt hatte. Was sollte der Schulmeister einer wie mir eigentlich noch bieten, in dieser trüben Anstalt für lernschwache Vollpfosten. Und ab ging es mit meinem sehr, sehr langen und sehr, sehr frommen Gedicht:

> *Das Jesulein im Krippelein,*
> *Herzliebst und auch noch ziemlich klein,*
> *Es ist der Heiland, der uns heut geboren,*
> *Der liebe, gute Jesus Christ,*
> *der für uns am Kreuz gestorben ist,*
> *Just heute ist er  auserkoren.*
> *Zu Bethlehem im Heil' gen Land,*
> *das war den Hirten wohlbekannt,*
> *Es rührte an der Menschen Herzen,*
> *die leiden oft so große Schmerzen,*
>
> *Wir wissen ja, was dann geschah*
> *am Freitag mit dem großen Kar.*

Oha, jetzt war es mir auch passiert. Wie der Vroni. Weihnachten und Karfreitag miteinander vermischt und verknubbelt. Dabei hatte das Christkind doch gerade gesagt, dass es das nicht mochte. Na, egal! Was passiert war, war passiert. Vielleicht hatte das Christkind wegen der unübersichtlichen Länge des Gedichts auch gar nichts von dem Malheur mitbekommen. Schien aber nicht so. Denn es runzelte schon ein wenig bedenklich die Stirn, sagte aber wenigstens nichts. Und getreu dem Grundsatz, dass Angriff die beste Verteidigung ist, fuhr ich munter fort:

> *Laut singt der frohen Engel Chor,*
> *Der Heil'ge Geist steht auch davor.*
> *Er ist der Mast von diesem Boot.*
> *Alles ist jetzt in gutem Lot.*
> *Erhalt uns Herr bei Deinem Wort*
> *und steure deiner Feinde Mord!*
> *Schaff auch mir die Gegner fort!*

Leider schien das Christkind von meinem ebenso langen wie frommen Gedicht immer noch nicht sonderlich beeindruckt zu sein, denn es rollte jetzt entnervt mit dem Augen, und Knecht Ruprecht hüstelte verlegen. Vielleicht waren die beiden mystischen Wesen mit der Art und Weise meines Vortrages nicht einverstanden. Leierte ich den Text zur sehr herunter? Fehlte es an Inbrunst? Ich hoffte, dass ihnen wenigsten der Inhalt des Gedichtes zusagte. Ich versuchte daher, das Gedicht mit noch mehr Emphase zu rezitieren:

> *Und Ochs und Esel tun hier hocken,*
> *Maria fromm mit ihren güldnen Locken*
> *Sie betet um die Gnad besessen,*

*Den Jesum darf man nicht vergessen.*
*Die Gläubiger sind fromm und schweigsam,*

„Gläubige, nicht Gläubiger. Das ist ein Unterschied", zischte mir in diesem Augenblick die schlaue Heidi von der Seite zu. Ich stotterte ein wenig, war verunsichert. Was sollte ich tun? Musste mir diese Heidi mit ihrer Besserwisserei auch immer irgendwie in die Quere kommen? Der Lehrer und der Kaplan hatten schon Recht, wenn sie davor warnten, dass zu viel Bildung auch nicht gut war. Aber dann gelang es mir, mich wieder zu fassen, und mit meinem frommen Gedicht weiter zu machen:

*Die Gläubigen sind fromm und schweigsam,*
*angesichts dessen, was vom Himmel kam.*
*Geboren ist heut' uns der Verkünder,*
*was sind wir bloß für schlimme Sünder!*

Ja, das war gut. Man musste sich stets freimütig bekennen, ein Sünder zu sein. Das machte auf die Instanzen den richtigen Eindruck. Selbst wenn einem im Augenblick nicht einfiel, warum man Sünder war. Aber irgendetwas war immer, und wenn es die Erbsünde war. Und weiter im Text:

*Doch Jesus kam in unsere Welt,*
*das ist es, was für uns was zählt,*
*der Gott ist Fleisch geworden,*
*das Glück tut uns nun überborden,*
*Der Jesus ist uns Trank und Speise,*
*Fürwahr auf ganz besond're Weise.*

Den Bezug auf das heilige Abendmahl fand ich besonders gut. Da konnte ja nun wirklich niemand etwas dagegen haben. Und weiter ging's im Sauseschritt durch das fromme Gedicht:

> *Die Gnade hat uns nicht  vergessen,*
> *trotzdem sind wir oft sehr vermessen.*
> *Das Christfest brachte uns den Jesum,*
> *mit furchtbar viel Brimborium,*
> *Engel, Könige und Hirten,*
> *alle wollen wir wohl bewirten,*
> *Weihnachten ist wunderbar,*
> *wir schrei'n deshalb  Hurra, hurra,*
> *Hosianna, Amen und Halleh-Luja!*

Da ich das Gedicht jetzt nicht einfach so herunterleierte, sondern ab und zu die Stimme hob und senkte und bei besonders wichtigen Stellen auch mal laut wurde, dachte ich, dass das doch was anderes wäre als die üblichen Weihnachtsgedichte, und dass so ein richtiges Christkind doch so etwa gerne hören würde. Vor allem das mit dem Stall und den Engeln und den Hirten. Aber das Christkind war inzwischen noch nervöser geworden, rollte noch doller und entnervter mit den Augen. Es begann offenbar ob der nicht erwarteten Länge meines Gedichtes nervös mit den Flügeln zu flappen. Aber ich musste doch fortfahren, denn das Gedicht war noch lange nicht zu Ende. Aber ich kürzte jetzt doch etwas ab, indem ich einige Strophen, deren Inhalt mir auch völlig unverständlich war, einfach wegließ:

> *Wie köstlich  ist des Jesukindleins Lächeln,*
> *tut es uns doch Gnad und Liebe fächeln,*
> *die Heil'gen Könige, die drei,*
> *voll Freude sind sie auch dabei,*
>
> *der böse Satan ganz hingegen,*
> *der ist  uns auch sehr einerlei*

*und stört uns nicht auf unseren Wegen.*
*Der kann uns nicht erschrecken,*
*allhier und an den anderen Ecken.*

Jetzt gab es keinen Zweifel mehr. Ich hatte mit dem langen, frommen Gedicht auf das falsche Pferd gesetzt. Es war zu lang. Es enthielt zu viele pseudoreligiöse Stereotypen auf einmal. Irgendwelche sich fromm anhörende Schlagwörter reichten nicht aus. Vielleicht beim Kaplan, aber nicht beim Christkind. Ich war auch – und das musste ich mir jetzt eingestehen – einfach nicht gut genug im schauspielerischen Vortrag gewesen. Was auch immer! Das Christkind war von meinem Gedicht ganz offensichtlich keineswegs erbaut. Es schaute völlig bedient drein und murmelte mir entnervt zu:

„Ja, Satan geht natürlich auch gut zu Weihnachten. Satan geht eigentlich immer. Aber wo wir gerade beim Satan sind, der uns zu allen möglichen Untaten verleiten will, würde ich jetzt gerne hören wollen, was du so alles angestellt hast. Erzähl uns lieber mal etwas von deinen Missetaten!"

Aber ich ließ es mich nicht bange machen. Offen erzählte ich, dass ich nicht immer gehorsam gegenüber den Erwachsenen gewesen war und dass ich es in der Schule öfter einmal am gebotenen Fleiß hatte fehlen lassen. Soviel Offenheit musste dem Christkind doch gefallen: Aber ich hatte mich getäuscht. Das Christkind wurde fuchsteufelswild und kreischte:

„Das sind doch ganz gemeine Verniedlichungen, Verdrehungen und Untertreibungen. Hier im schwarzen Buch steht es doch: Du bist eine notorische, nutzlose und verdorbene Göre, was sich insbesondere darin äußert, dass du permanent die Schule schwänzt."

Ich versuchte, etwas zu erwidern und das Ausmaß meiner Missetaten etwas zu relativieren. Etwa, dass ein intelligenter Mensch wie ich in der Schule ohnehin nichts lernen könne. Aber da war ich beim Christkind an den Falschen geraten. Es wurde immer erregter und ließ gar nicht mit sich reden. Es bölkte mich an:

„Papperlapapp! Ich will überhaupt nichts hören. Dein braver Lehrer kann sich plagen und abmühen und nur das Beste für dich wollen und du...... und du......... und du? Dir ist das alles egal. Und deine armen, ehrlichen, alten Eltern..... denen gegenüber fühlst du dich auch überhaupt nicht schuldig, was? Und beten tust du auch nicht. Du bist ein ganz grässliches Kind! Ja, du bist sogar schon eine voll ausgebildete Range. Was aber den Fass den Boden aufsetzt ist, dass du auch noch unverschämte Wünsche hast, statt ganz ruhig in der Ecke zu stehen und über deine Verdorbenheit nachzudenken."

An der Kritik war natürlich etwas dran, aber die eigentliche Wahrheit war es auch nicht. Ich war weder besonders gut noch besonders schlecht. Jetzt mal rein menschlich gesehen. Und das mit der Schulschwänzerei sollte ja nun ohnehin keinen großen Geist stören, denn ein halbwegs intelligentes Schulkind konnte in der Schule sowieso nichts lernen. Aber ich wusste nur zu gut, was jetzt geschehen würde. Da brauchte ich das Christkind nur anzusehen, wie es mit vor Zorn hochrotem Gesicht dastand. Seine Schläfenadern pulsierten gefährlich. Dann gab es dem Knecht Ruprecht das Handzeichen und rief:

„Tu, deine Pflicht, alter Gesell!"

Und erneut zog Knecht Ruprecht eine riesige, grausam anzuschauende Rute aus seinem prallen Sack hervor. Na, das kam mir aber doch gar zu ungerecht vor, was man hier mit mir veranstalten wollte. So schlimm war ich nicht gewesen, wie es hier gesagt wurde. Gut – wenn man mich nicht beschenken wollte, das war eine Sache. Und ich fragte mich jetzt auch langsam, ob ich von solch einem Christkind überhaupt Geschenke annehmen wollte. Wenn man ein Geschenk annimmt, erkennt man damit in gewisser Weise den Schenkenden auch als Autorität an und begibt sich in dessen Abhängigkeit. Die Gabe blickt meistens auf die Gegengabe, heißt es ja auch. Dann eben keine Geschenke zu Weihnachten! Aber mich zu schlagen, zu beschimpfen und zu quälen, das war eine andere Sache. Aber darüber wollte ich jetzt auch nicht mehr diskutieren. Die Zeit des Redens war vorbei. Die Zeit der Taten war gekommen. Bei Faust heißt es ja auch so nett: Am Anfang war die Tat!

Ich weiß nicht, welcher Teufel mich ritt, und das in unserer frommen Gegend. Ich, ein zartes Mädchen, stürzte mich auf den riesigen Knecht Ruprecht. Natürlich war er mir an Leibeskraft unendlich überlegen. Deswegen musste ich mit dem Überraschungselement arbeiten, und ihn vor allem an seinen empfindlichen Stellen treffen. Ich griff nach seinem Bart und ließ mich mit meinem ganzen Körpergewicht nach hinten fallen. Und ich flog polternd auf den Rücken und hatte Tatsächlich den halben Bart des Knechts in meiner Hand. Der heulte vor Schmerzen auf und war tatsächlich für einen Augenblick außer Gefecht gesetzt. Natürlich war der Ruprecht nur ein Erfüllungsgehilfe. Das Christkind war die eigentliche Ursache des Elends. Und natürlich auch meine Eltern und der Kaplan und der Lehrer und sie alle……sie steckten alle unter einer Decke. Aber vom Ruprecht ging in diesem Augenblick die konkrete Gefahr aus, und außerdem hatte er einen Bart, an dem man reißen konnte. Das Christkind war hingegen vollkommen bartlos. Und beim Ruprecht hatte die Überrumpelungstaktik hingehauen. Vor Schreck hatte er auch gleich Rute und Sack fallen gelassen.

Jetzt hatte alles seine eigene Dynamik. Ich war zu weit gegangen. Ein Rückwärts gab es jetzt nicht mehr. Hatte nicht auch der Heilige Antonius von Padua – nein ich glaube es war doch eher der Genosse Trotzki - gesagt, dass eine Revolution sinnlos sei, wenn man nicht bereit sei, sie auch mit allen Mitteln zu verteidigen? Jetzt, wo die Rute am Boden lag, konnte ich nicht darauf warten, dass Knecht Ruprecht die Waffe wieder an sich nahm und erneut auf mich losging. Ich trat so fest ich konnte mehrfach auf das grausame Instrument unserer Unterdrückung, bis sie unter meinen harten Tritten zerbröselte. Wir Kinder trugen damals ja noch recht derbes Schuhwerk, vor allem im Winter. Im Sommer waren wir meist barfuß. Da hätte ich mit dem Zertreten der Rute ein Problem gehabt. Xaver, der immer noch weinte, nicht so sehr wegen der körperlichen Schmerzen, die man ihm zugefügt hatte, sondern wegen der Enttäuschung und der Demütigung, hörte vor Überraschung mit dem Flennen auf. Meine Brüder Toni und Seppl schauten sich vielsagend an, waren aber unentschlossen und ratlos.

Aber auf den Xaver, der von dem ganzen weihnachtlichen Geschehen sowieso voll bedient war, und der innerlich mit dem ganzen Christfest schon abgeschlossen hatte und völlig resigniert zu sein schien, hatte meine unüberlegte Tat wie ein Fanal gewirkt. Während die meisten Geschwister, meine Eltern und das Christkind selbst noch so erschüttert über meine plötzliche Insubordination waren, dass sie lediglich erstarrt, verdattert und schweigend drein glotzen konnten, brach bei meinem Bruder der lange aufgestaute Hass sich Bahn. Er stürzte sich auf das Christkind, hebelte es mit einer raschen Bewegung seines Beines um, so dass es polternd in seiner ganzen

Größe auf den Fußboden unserer Stube stürzte. Vor Schreck hatte es offenbar nicht nur den festen Stand sondern auch die Sprache verloren, denn es drang nur noch ein bösartiges Zischen und Gurgeln aus seiner Kehle. Mein Bruder Franzl, der wirklich ein freches Kind und auch niemals auf den Mund gefallen war, hatte seine Sprache nicht verloren, sondern rief uns anderen Kindern zu:

„Auf sie, Brüder und Schwestern! Wie lange wollen wir uns die Demütigungen und Misshandlungen noch gefallen lassen. Die paar mickrigen Geschenke lohnen es doch niemals, dass wir nicht nur unsere körperliche Unversehrtheit sondern auch noch unsere Ehre und unsere Freiheit verlieren."

Und dann stürzten wir uns alle zusammen auf das Christkind und seinen Knecht Ruprecht. Im Nu war die schönste Prügelei ausgebrochen. Aber es war ein harter und schwerer Kampf, den wir keineswegs aufgrund unserer zahlenmäßigen Überlegenheit gleich gewonnen hätten. Knecht Ruprecht war ein alter, verschlagener und kräftiger Gesell, der mit seinen großen Fäusten eine Menge Knüffe, Püffe und Hiebe austeilen konnte. Immer wieder gelang es ihm, mit seinen gewaltigen Fäusten eines von uns auf die Planken zu hauen.

Und das Christkind blieb auch nicht einfach liegen, wo wir es hingestreckt hatten. Rasch hatte es sich wieder aufgerappelt. Dank seiner Flügel hatte es die absolute Lufthoheit, die es auch schamlos ausnutzte. Wir Kinder mussten eine Menge Schrammen und blaue Flecken einstecken, wenn es immer wieder wie ein Sturzkampfbomber auf einzelne von uns niederstieß. Und ich brauche wohl auch kaum zu erwähnen, dass es sich immer wieder die Schwächsten und Kleinsten von uns aussuchte, die es im

Einzelkampf attackierte. Der Kampf wogte so einige Zeit hin und her, ohne dass es zu einer Entscheidung kam. Vater und Mutter standen fassungslos neben dem Schlachtfeld. Mutter rief eins ums andere Mal: „Oweh!" Vater blickte ernst drein. Was sollte er denn sonst auch groß machen. Und Großvater, der ja schwerhörig und halb erblindet war, begriff gar nichts, sondern sprach: „Jau, jau, dasch Chrischtfescht ist in meiner Kindheit ruhiger und inniger gefeiert worden. Aber esch ischt fei schön, wenn auch ordentlich Leben im Häusle ischt wie heuer bei uns."

In dem Kampfgetümmel wandte sich mein Bruder Seppl an den Xaver und fragte plötzlich: „Sag mal, worum ging es bei Weihnachten denn wirklich. Das mit den Geschenken und dem Chrischtkindle kann doch nicht alles sein?"

„Nein, Weihnachten wird gefeiert, weil die Pharaonen an diesem Tag den Jesus an einem Tannenbaum aufgehängt haben, du Depp!" gab Xaver zurück. Vroni rief besserwisserisch dazwischen: „Nein, das waren nicht die Pharaonen. Das waren die Pharisäer." Und Franzl gab auch noch seinen Senf dazu: „Ihr seid ja alle blöd, das war nicht an Weihnachten, das war an Ostern. Daher auch der Brauch mit den Ostereiern." Ich hatte schon immer den Verdacht gehegt, dass einige meiner Geschwister während der religiösen Unterweisungen unseres ebenso gestrengen wie verehrten Herrn Dorfkaplan die Augen nicht nur wegen der inneren Sammlung geschlossen hielten.

Doch zurück zum Feld der tobenden Schlacht. Inzwischen hatten wir Kinder dem Knecht Ruprecht zwei blaue Augen gehauen, und er zog es vor, das Hasenpanier zu ergreifen und kräftig Fersengeld zu geben. Das Christkind hatte auch im wahrsten Sinne des Wortes einige

Federn gelassen. Seine Flügel sahen schon etwas gerupft aus. Schließlich gelang es uns, ihm das schwarze Buch zu entreißen. Wir warfen es mit Freudengeheul in die offene Ofenluke, wo es lustig knisternd in Flammen aufging. Mittlerweile schien das Christkind recht enttäuscht darüber zu sein, dass meine Geschwister und ich nicht so richtig bibelfest waren und auch nicht in der gewünschten Weihnachtsstimmung zu sein schienen. Was auch immer den Ausschlag gab. Dass wir sein schwarzes Buch verbrannt hatten, gab ihm wohl den Rest. Es flatterte beleidigt in die schwarze Weihnachtsnacht von dannen. Von unserem gemeinsamen Erfolg ermutigt schleuderte die kleine Zenz ihren Teller mit den Pfeffernüssen dem Christkind hinterher und schrie: „Lass dich hier ja nicht wieder blicken, du doofes Chrischtkindla! Sonst wird es dir schlecht ergehen!" Und die schlaue Heidi, die ja sowieso zu viele Bücher gelesen hatte, meinte ganz versonnen: „Vielleicht ist dieses Weihnachten ja auch nur ein großes Missverständnis!"

Ja, ja, so besinnlich und fröhlich ging es in unserer Kindheit an Weihnachten zu. Aber heute – in unserer kommerzialisierten und völlig verweltlichten Zeit, in der man die Geschenke im Warenhaus vom laufenden Band, nach Katalog oder von der Stange kauft, hat das Christfest natürlich seinen tieferen Sinn verloren.

*******************

Die Geschichte hat der Verfasser 1973 aufgeschrieben. Und zwar hatte er im Fernsehen zum 100. Mal irgendwelche Bergbewohner im putzigen, oberdeutschen Dialekt Weihnachtliches singen und rezitieren hören. Er hat daraufhin gedacht: Deswegen waren wir nun 1968 auf den Barrikaden gewesen, damit heute noch so süßlicher Kitsch verbreitet wird. Und dann war die Idee da, dass auch aus dem süßlichsten Kitsch der Geist der Rebellion entstehen kann. Hat nicht auch Camus gesagt, dass sich nur in der Auflehnung der Sinn des Lebens entfalten kann? Als Autorin wurde im Jahre 1985 die Heidemaria Unterberger, geb. 1920 in Heiligenbimmbamm im Hinterduldental erdacht. Sie ist die Schöpferin kitschigster Heimatgeschichten aus den Bergen. (Im Flachland ist Weihnachten eigentlich sowieso nicht denkbar!) Damals war Heidemaria also mal gerade 65 Jahre alt. Ihre beiden Hauptwerke sind „Besonnte Vergangenheit" und „Vergangene Besonnenheit". Heute dürfte Frau Unterberger  kaum noch leben oder wäre wenigstens völlig dement, obwohl erfundene Gestalten ja immer ein recht langes Leben haben.

*********************

# Weihnachten bei Muttern
## Von Eberhardt Porkmann

### a. Vorgeschichte in Berlin

„Es gibt auch Gänsebraten – satt ....... mit Knödeln und zweierlei Kraut – Grünkohl und Rotkraut", lockte meine Freundin Bärbel mich, damit ich einwilligte, mit ihr über Weihnachten zu ihren Eltern nach Schafingen zu fahren. Naja, wir waren noch nicht sehr lange mit einander befreundet, wohnten aber schon seit einigen Monaten zusammen in der Wohnung meiner früheren, seit einiger Zeit abgängigen Freundin Brigitte. Die hatte unter dramatischen Umständen ein Verhältnis mit einem katholischen Geistlichen in ihrer Heimat angefangen und war zu ihrer Familie nach Westfalen zurückgekehrt, die dort Schweine züchtete. Aber das ist eine andere Geschichte.

Also warum nicht? Bärbel war ja in der Tat eine etwas vernünftigere und geerdetere Frau als Brigitte. Wenn ich so etwas einmal sagen darf, denn schließlich wohnten wir jetzt ja beide in Brigittes Wohnung. Allerdings durfte Brigitte auch froh sein, dass ich mich um ihre Wohnung in Berlin kümmerte, während sie ihren Leidenschaften mit dem Prälaten im Echterland frönen durfte. Ich machte mir auch keine Gedanken, ob sie ihre Wohnung überhaupt jemals wiederhaben wollte. Falls ja, würde das eine ziemlich peinliche Angelegenheit werden. Ich und Bärbel als Paar, jetzt in Brigittes Wohnung! Wir hatten sogar Brigittes skandinavische helle Holzmöbel übernommen.

Ich wollte Bärbels Familie ja auch gerne einmal kennenlernen, und meine eigenen Eltern wollten Weihnachten auf Mallorca verbringen, so dass ich selbst keine familiären Verpflichtungen hatte. Wenn ich gewusst hätte, was mir dann tatsächlich bei Bärbels Familie widerfahren sollte, wäre ich natürlich besser nach Malle geflogen, und hätte mich dort am Ballermann vor dem Schicksal versteckt. Und hätte mich um meine Eltern gekümmert. Notfalls auch am Ballermann. Um Eltern kann man sich ja gut durch einfaches Dasein kümmern. Oder ich wäre ganz einfach in unserer kleinen Wohnung in Berlin geblieben. Und hätte mich in der Besenkammer eingeschlossen und keinen reingelassen. Das wäre ja auch eine Alternative gewesen. Bärbel hätte es natürlich ahnen müssen, was geschehen würde. Schließlich studierte sie Sozialpsychologie und Sonderpädagogik. Da lernt man ja Familienaufstellung und so was. Aber heute ist es zu spät, darüber zu greinen. Geschehen ist geschehen.

Nachdem Bärbel mich schließlich überredet hatte, die Feiertage bei ihrer Familie zu verbringen, und ich anfing, mich ein wenig darauf zu freuen, schränkte sie meine frohen Erwartungen jedoch ein. Ja sie warnte mich sogar ein wenig vor dem Familienleben:

„Also ich freue mich natürlich, wenn du mitkommst. Aber du darfst dir auch nicht zu viel davon erwarten. Meine Familie ist halt, wie Familie so ist. Vater, Mutter und drei Kinder. Ich habe zwei Geschwister. Eigentlich drei, aber das ist eine andere Geschichte. Habe ich dir - glaube ich – schon erzählt. Meistens ist es natürlich gemütlich, wenn wir zusammen sind, aber manchmal haben wir auch Knatsch. Meine Eltern sind sehr konservativ. Also natürlich auch liberal. Wenigstens ein bisschen. Aber eher konservativ. Du verstehst, was ich meine. Mutter war früher mal Kunst- und Werkkundelehrerin. Aber ich glaube, dass sie nicht gerne berufstätig war. Heute ist sie Hausfrau mit Leib und Seele. Deshalb hat Weihnachten auch so eine ungeheure Wichtigkeit für sie. Weihnachten ist ja nicht nur das Fest Christi Geburt, sondern auch die Leistungsschau der deutschen Hausfrau. Da gibt dann oft einen Riesenstress bei uns zu Weihnachten. Vater bleibt zu Weihnachten ruhiger, weil er ja Ferien hat. Er ist Oberstudienrat für Alte Philologie und hat viel Ärger an der Schule sowohl mit den Schülern als auch mit den Kollegen und seinen Vorgesetzten, weil er noch so Alte Schule ist. Aber was soll ein Altphilologe sonst auch sein? Außerdem will keiner mehr Griechisch oder Latein lernen. Deswegen muss er auch Geografie in der Unterstufe geben, so mit Beckenlandschaften in China. Da gibt es ja jede Menge Becken. Da unten in China. Deswegen ist er manchmal etwas brummig, weil ihm die chinesischen Becken natürlich am Arsch vorbei gehen. Aber wir wohnen in einem großen Einfamilienhaus im BHW-Stil. Da kann man sich auch schon mal zurückziehen, wenn es einem zu viel wird."

„Du hast mir doch erzählt, dass du drei Geschwister hast. Was ist denn mit denen? Kommen die auch?" wollte ich wissen.

„Ach so! Meine beiden älteren Geschwister Mareile und Hans-Peter kommen natürlich mit ihren Familien. Mutter rastet dann oft völlig aus. Vor allem wegen der Enkel. Ich habe sowieso das Gefühl, als sei ich nur Kind minderer Güte oder zweiter Klasse, weil ich noch keine Kinder habe." Bei diesen Worten schaute mich Bärbel etwas erwartungsvoll an. Aber vielleicht geheimnisste ich da auch nur etwas hinein.

„Meine ältere Schwester Mareile wohnt mit ihrem Mann Klaus-Dieter, der ist glaube ich Großhandelskaufmann oder so etwas, und ihren beiden Kindern, Torben-Jakob und Anne-Sophie, in einem Dorf in der Nähe von Schafingen in einem Häuschen, ebenfalls im BHW-Stil", fuhr Bärbel fort. „Und meinen großen Bruder Hans-Peter hat es nach Mönchen-Gladbach verschlagen. Er ist dort

Studienrat wie Vater, aber für modernere Sachen. So Naturwissenschaft und Gesellschaftskunde. Er hat zwei Kinder, einen schon entsetzlich pubertierenden Jungen mit Namen Lars. Das gab damals ja so einen Nordlandfimmel mit den Schwedenmöbeln und dem Familienurlaub in einem Sommerhaus an der dänischen Nordseeküste. Da haben sie ihn Lars genannt. Und jetzt haben sie noch ein Baby bekommen. Mutter gerät immer an den Rand eines Ausnahmezustandes, wenn sie das Baby auch nur erwähnt."

„Sag' mal, was ist denn der BHW-Stil?" wollte ich wissen. Mit Architektur kannte ich mich gut aus, allerdings eher mit mittelalterlichen Sakralbauten. Bärbel lachte glockenhell:

„Das sind Häuser, die sich Beamte leisten können. BHW heißt Beamtenheimstättenwerk. Und weil die finanziellen Möglichkeiten bei allen Beamten ähnlich sind, und die Phantasie bei diesem gesellschaftlichen Stand auch nicht so ausgeprägt ist, sehen die Häuser alle ähnlich aus, von Flensburg bis Kaufbeuren. Unten ein großes Wohnzimmer, Küche, Gästetoilette, ein kleines Arbeitszimmer, und oben noch drei Zimmer. Und ganz, ganz oben unter dem Dach gibt es noch zwei Kabuffs. Wir haben im Keller sogar noch einen echten Atombunker, weil man damals als Beamter noch Zuschüsse vom Katastrophenamt dafür kriegte. Und meine Eltern hatten auch immer tüchtig Angst vorm Russen. Das Haus meiner Eltern liegt in einer Siedlung oberhalb der Stadt, auf dem so genannten Glücksberg. Man hat einen tollen Blick auf die Stadt und den frühgotischen Dom St. Urunäus. Der steht extra für dich da. Beziehungsweise habe ich ihn im Mittelalter extra für dich errichten lassen."

Bei diesen Worten gab Bärbel mir einen Kuss und lachte schelmisch. Sie teilte meine Vorliebe für mittelalterliche Architektur zwar nicht. Sie studierte mit Leib und Seele Sozialpsychologie und Pädagogik. Aber sie akzeptierte meine Leidenschaft für die Ideen vergangener Epochen. Und ich konnte wahrlich froh sein, dass ich als angehender Historiker und Kulturwissenschaftler überhaupt eine Stelle ab 2. Januar bekommen hatte. Und zwar als Assistent am Institut für Ideengeschichte. Und die Stelle hatte ich wahrscheinlich nur wegen meiner EDV-Kenntnisse bekommen, über deren Umfang ich im Bewerbungsgespräch auch ein bisschen geschummelt hatte. Aber ein angehender Universitätsassistent machte auch bei der Familie der Liebsten mehr her als ein abgebrochener Student. Die neue Stelle war wirklich das schönste Weihnachtsgeschenk, das ich mir nur wünschen konnte.

Bis zum 2. Januar musste ich also auf jeden Fall wieder zurück in Berlin sein. Aber das würde ja zu schaffen sein. Notfalls konnte ich bis Sylvester bei Bärbels Familie in Schafingen bleiben. Bis zum Abend des Neujahrstages war ich mit Sicherheit wieder zurück. Und selbst wenn das Sylvesterfest sehr feuchtfröhlich werden würde, so könnte ich spätestens am 2. Januar völlig ausgenüchtert und voller Tatendrang an meinem neuen Arbeitsplatz erscheinen. Aber ich wusste ja, was Familienleben bedeuten kann und wie anstrengend das sein konnte. Bis Neujahr würde ich nur unter günstigsten Bedingungen dort verweilen. Ich musste mich aber auch nicht festlegen.

„Bisher hast du mir aber nur von zwei Geschwistern erzählt. Was ist mit deinem dritten Geschwister", wollte ich nun auch noch ganz neugierig wissen.

„Ach, die Nele! Die sprichst du am besten nicht an. Das ist ein ganz wunder Punkt in unserer Familie. Die ist

Punk geworden. Die wohnt in einem Abrisshaus in Hamburg und ganz genau weiß keiner, was sie eigentlich macht. Aber mit Sicherheit nichts Gutes. Die Eltern haben sie auch schon enterbt. Wahrscheinlich lässt sie sich auch zu Weihnachten nicht blicken."

Ich durfte also gespannt sein, was mich in Schafingen erwartete. Großfamilie konnte ja auch spannend sein. Das kannte ich von Zuhause auch nicht. Ich war Einzelkind. Irgendwelche Sorgen machte ich mir aber wegen dem Familienleben nicht, noch nicht! Große Erwartungen hatte ich aber auch nicht. Und Weihnachtsstress war mir auch nichts Unbekanntes. Als meine Eltern noch nicht über Weihnachten nach Malle geflogen waren, hatte auch meine Mutter so etwas wie Weihnachtsaufgeregtheit produziert. Dabei waren meine Eltern Atheisten, und das christliche Weihnachten war ihnen völlig egal.

Was dann aber in Schafingen bei den Schultzes auf mich zukommen sollte, ging weit über das hinaus, was man euphemistisch mit Weihnachtsstress umschreiben könnte.

*********

### b. Am 22.12. mit der Reichsbahn von Berlin nach Schafingen

Das Desaster ging schon mit der Anreise nach Schafingen los. Die Reise war die reinste Höllenfahrt.

Das ganze Unglück dieser Fahrt begann aber eigentlich schon zu Hause. Ich musste, bevor wir loskamen, dringend auf die Toilette. Aber nachdem ich mich schon ruhig ins Bad zurückgezogen hatte, und versuchte, mich zu entspannen, hämmerte Bärbel schon gegen die Badezimmertür und brüllte dabei wie ein Feldwebel beim NATO-Alarm:

„Kannst du nicht schneller scheißen. Wir verpassen doch noch den Zug und Vater holt uns doch am Bahnhof ab. Der fährt nicht gerne umsonst zum Bahnhof." Ich konnte trotz der angespannten Atmosphäre nicht anders und machte noch den ziemlich blöden Kalauer: „Nein, umsonst fährt er bestimmt nicht zum Bahnhof. Das kostet auf jeden Fall Benzin. Allenfalls fährt er vergeblich."

Bärbel grunzte freudlos: „Ha, ha, sehr witzig!"

Und ich bekam ein Problem. Ich war sofort wie zugeschnürt. Den Zug wollte ich natürlich auch nicht verpassen, fand aber dass wir noch massig Zeit hatten. Mit der U-Bahn waren wir ja in 10 Minuten am Bahnhof Zoo. Aber Bärbel war schon so aufgeregt, dass sie unbedingt eine halbe Stunde vor der fahrplanmäßigen Abfahrt des Zuges auf dem Bahnsteig sein wollte. Als wir denn eine gefühlte halbe Ewigkeit auf dem zugigen Bahnhof standen, hätte ich natürlich aufs Klo können. Aber weit und breit war keine Gelegenheit, um sich zu erleichtern. Ich überlegte, ob ich für 50 Pfennige aufs hygienisch eher zweifelhafte Bahnhofsklo im zweiten Tiefgeschoss des finsteren Bahnhofs gehen sollte. Da untern hingen zwar die Junkies und die Penner herum. Aber ehe man sich in die Hose machte.........

Aber Bärbel hielt mich zurück: „Du kannst mich doch nicht alleine auf dem Bahnsteig zurücklassen. Ich bin schon so aufgeregt genug. Im Zug sind doch auch Toiletten." Das war zwar richtig. Aber richtig angenehm waren die Abtritte in den Waggons der Interzonenzüge bei der Reichsbahn auch nicht. Aber man konnte die Klobrille ja zunächst mit Wasser, Seife und Papierhandtüchern reinigen. Außerdem stank es so sehr nach DDR-üblichen

Desinfektionsmitteln, dass wahrscheinlich ohnehin keine Bakterien oder sonstige Erreger überlebt hatten.

Die Eisenbahnreise, die dann folgte, war alles andere als entspannend und erholsam. Wie weiland in biblischen Zeiten hatte sich alle Welt auf den Weg gemacht, ein jeglicher in seine Stadt. Nur wollten wir nicht geschätzt werden, sondern sollten Weihnachten im Kreis der trauten Familie verleben. Der schlingernde Interzonenzug, der von einer heulenden Taigatrommel durch das Gebiet der DDR nach Westdeutschland gezogen wurde, war bis zum Anschlag gefüllt. Vor allem die beiden kümmerlichen Kurswagen nach Schafingen waren besonders voll mit entnervten Weihnachtsreisenden, alle am Rande des psychischen Ausnahmezustandes. Bärbel hatte zwar vorab Platzkarten besorgt. Trotzdem war die Fahrt der reine Horrortrip. Die Abteile des vergammelten Reichsbahnwagens wiesen je Abteil ohnehin schon acht äußerst enge Sitzplätze auf. Normale Bundesbahnwagen hatten damals auf die gleiche Breite nur sechs Sitze, drei auf jeder Seite. Also herrschte in diesen Ostwagen schon bei normaler Belegung eine ungemütlich drängelige Enge. Nun wurden aber noch zusätzlich Kinder, zierliche Omas und auch Reisende normalen körperlichen Ausmaßes in die ohnehin schon vollen Abteile gequetscht. Überall standen riesige Geschenkkartons und gewaltige Gepäckstücke herum. Es roch auch etwas strenge.

Als der Zug in Griebnitzsee, dem Grenzbahnhof zwischen Westberlin und der DDR wieder anfuhr, wollte ich endlich aufs Klo. Es schien mir höchste Zeit zu sein, denn ich bekam schon nachhaltig schlechte Laune. Von den leichten Darmkrämpfen einmal abgesehen. Mein Bauch war stramm gespannt wie eine Trommel. Doch die Lage war ernst und schwierig. Es war fast unmöglich, von unserem Abteil bis zum Abort am Ende des Waggons zu gelangen. Und als ich mich schließlich durch die Masse der Reisenden, die keinen Sitzplatz mehr bekommen hatten, und ihrem Gepäck durchgearbeitet hatte, und endlich aufatmend auf der Klobrille hockte, wurde ununterbrochen an die Lokustür geklopft. Da die Fahrt durch die DDR, also feindliches Ausland, führte, hatte ich natürlich Angst, dass irgendwelche Organe der Grenztruppen kontrollieren wollten, ob sich Flüchtlinge auf dem Klo versteckt hielten, oder Klassenfeinde von dort aus irgendwelche anderen Interessen der herrschenden Arbeiterklasse beeinträchtigen wollten. Diese Angst vor den Grenzorganen führte nun dazu, dass ich mich völlig verkrampfte und ein anständiges Ausscheiden von Stoffwechselprodukten gar nicht mehr möglich war. Als ich die Klotür wieder öffnete, stellte ich fest, dass natürlich gar keine Grenzorgane an die Tür gehämmert hatten, sondern ein kleiner Junge, der seine Mutter mit quietschiger Stimme fragte: "Mutti, Mutti, warum ist der Mann so lange auf der Toilette gewesen? Der Mann ist doof. Der soll weggehen!" Und die Mutter fauchte mich an: „Gehen Sie weg! Sehen Sie nicht, dass Sie meinem Sohn Angst machen!"

Schließlich am Abend erreichten wir mit halbstündiger Verspätung den Schafinger Hauptbahnhof. Endlich angekommen: Endstation! Alles Aussteigen! Zerschlagen und verknittert stürzten wir aus dem Waggon. Es hätte nicht viel gefehlt, und ich hätte den schmutzigen Bahnsteig geküsst.

Bärbels Vater, der Oberstudienrat Schultze, holte uns mit dem Auto vom Bahnhof ab. Herr Schultze war ein großer, breitschultriger Mann mit einem grauen, zerknitterten Gesicht. Sein dunkler Mantel verstärkte den düsteren Eindruck, den er ohnehin machte. Herr Schultze trieb uns an, uns möglichst rasch zu bewegen, weil er mit seinem

Wagen im Halteverbot stand. Für großartige Begrüßungen war daher auch keine Zeit.

Herrn Schultzes Auto stand am wenig benutzten und schlecht erleuchteten Hintereingang des Bahnhofes. Das hatte den Effekt, dass ich nicht einmal einen flüchtigen Eindruck vom Bahnhofsvorplatz erhaschen konnte. Wir bemühten uns, die wohl notwendigerweise an derartigen Bahnhofszugängen herumlungernden Elendsgestalten zu ignorieren. Ein gewisser Ausdruck des Ekels war aber auf dem Gesicht des Herrn Schultze nicht zu übersehen. Und er murmelte so etwas wie: „O tempora o mores!" Richtig, er war ja Altphilologe.

Rasch um diesen ebenso schaurigen wie halteverbotenen Platz zu verlassen, wurden wir ins Auto verladen. Da es schon dunkel war, konnte ich gar nichts von der Stadt sehen. Und dann ging die schnelle Fahrt in die Familienheimstatt auch schon los: Wir rasten um einige Kurven durch Straßen, die offensichtlich keinerlei Randbebauung aufwiesen, auch einmal auf einem kurzen Stück völlig leerer Autobahn. Neben uns erschienen düstere Brachen, krautige Fußballfelder unterster Ligen, vielleicht auch Kleingärten, Rieselfelder oder Kraftwerksbezirke. So etwas wie eine Stadt im eigentlichen Sinne des Wortes schien es nicht zu geben. Ich hatte jede Orientierung verloren. Ein wenig kam ich mir vor wie das Opfer einer Entführung, das in ein Auto gezerrt worden ist, eine schwarze Kapuze über den Kopf gestülpt bekommt und dann in ein fieses Versteck geschleift wird. Nur war die schwarze Kapuze völlig überflüssig. Ich war auch so desorientiert genug. Herr Schultze gab eine nachvollziehbare Erklärung ab, warum nichts zu sehen war: „Ja, seit die neue Umgehungsstraße fertig ist, geht es viel schneller zu uns rauf. Da braucht man gar nicht mehr durch die Stadt."

„Ja, das ist schon toll, wie schnell das heute geht", bemühte Bärbel sich, dem zuzustimmen. Ich ließ mir meine Enttäuschung nicht anmerken. Ich hätte doch zu gerne etwas von der Stadt gesehen, in die man mich gelockt hatte.

Das Ganze wurde für mich auch dadurch besonders unheimlich, dass Bärbel und ihr Vater vorne saßen, und ohne auch nur ein einziges Wort an mich zu verschwenden pausenlos über Personen und Vorgänge sprachen, von denen ich noch nie etwas gehört hatte. Ich saß hinten zwischen den Reisetaschen und verstand wegen der Fahrgeräusche auch kaum etwas von den Ausführungen des Vaters. Nur so viel: Er hatte endlich wieder eine höhere Lateinklasse bekommen, mit der er den Bello Gallico lesen konnte. Mit dem Griechisch-Unterricht war es immer noch Essig an seiner Anstalt. Da konnte er froh sein, wenn sich überhaupt eine kleine Arbeitsgemeinschaft zusammenfand. „Tja, das hätte ich damals nach dem verlorenen Krieg auch nicht gedacht, dass die humanistische Bildung mal so wenig gelten würde. Damals waren wir froh, dass es überhaupt etwas gab, an das wir uns halten konnten."

Latein- und Griechischlehrer waren meiner Meinung nach ohnehin eine Gattung von Menschen, die mindestens so überflüssig wie Kröpfe oder sagen wir mal wie Telefonhörer-Desinfektoren waren. Also ein paar Leute muss es natürlich geben, die Latein können, um Quellen zu erschließen, wie es ja auch ein paar Leute geben muss, die Permjakisch können müssen: Wegen der Quellenforschung. Und ein paar Telefonhörerdesinfektoren waren sicher auch notwendig, denn es gibt manchmal ja wirklich furchtbar versiffte Hörer, bei denen der Fachmann ran muss. Eigentlich hatte ich gedacht, dass Lateinlehrer seit meiner Schulzeit ausgestorben sein mussten, ähnlich dem Tyrannosaurus Rex. Wir hatten übrigens einmal einen Lateinlehrer, Herrn Höttges, der den Spitznamen Tyrannosaurus getragen hatte. Man kann sich ja vorstellen, warum. Spitznamen kommen ja nicht aus dem Nichts. Herr Schultze sah auch nicht viel besser aus, wenn ich ihn mir jetzt näher von schräg hinten betrachtete. Mit seiner Halbglatze, seinem Bauchansatz, seinem vorzeitig gealterten, grauen etwas starren Gesicht und seinen stechenden Augen sah er genau so aus, wie man sich in seinen Vorurteilen einen Lateinlehrer vorstellt. Nicht nur das wenige Haupthaar, die ganze Erscheinung war grau. Ein wenig glatt, vor allem aber eisgrau.

Endlich hörte das finstere Unland um uns her auf, und wir fuhren durch eine gepflegte Siedlung mit Eigenheimen, wie man im kalten, grellen Licht der Peitschenlampen deutlich erkennen konnte.

„Das ist unsere Siedlung Glücksberg. Wir sind schon da" erläuterte Bärbel mir, während sie sich endlich auch mal zu mir herumdrehte. Herr Schultze öffnete das Wagenfenster und drückte auf eine Fernbedienung. Ein Garagentor schwang quietschend und knarzend auf. Wir fuhren in eine dämmrige Garage, und das Garagentor schwang hinter uns noch quietschender und knarzender als beim Öffnen wieder zu. Ich musste an Spukschlösser denken, in denen sich die Tore hinter den all' zu kecken Besuchern schlossen, um sich nie wieder zu öffnen. Um mich herum herrschte sparsames Halbdunkel. Das gesamte Untergeschoss des Hauses wurde offenbar von der Garage, von Abstellräumen und Werkstätten eingenommen. Hinter einer Metalltür mit unverständlichem Warnsignets dröhnte eine Ölheizung. Ich nahm jedenfalls an, dass es sich um eine Ölheizung handelte, die da brummte und nicht um die Gespenster des Hauses

Schultze. Die sollte ich dann allerdings früher kennen lerne, als mir lieb war.

In den oberen lichten Räumen des Hauses angekommen begrüßte uns Frau Schultze, die eine weiße Kittelschürze trug, und daher ein wenig wie eine Laborantin, wenn nicht gar wie eine Ärztin aussah. Sie umarmte ihre Tochter und begann sofort, sie mit Vorwürfen zu überschütten, ehe sie mich überhaupt zur Kenntnis nahm:

"Ach Bärbel, ich habe doch gedacht, dass du ein paar Tage früher kommst. Ich habe doch so viel zu tun und du könntest mir doch auch mal helfen." Dann reichte sie mir die Hand und murmelte: „Angenehm, Schultze!" Dabei schaute sie etwas beleidigt drein. Etwa so, als sei ihr gar nichts angenehm sondern eher sehr, sehr unangenehm. Ich wusste aber nicht, warum sie so guckte, denn ich war mir keiner Schuld bewusst. Aber ehe ich sagen konnte, dass es mir auch angenehm sei, und ich Eberhardt Porkmann hieß, wurden wir auch schon ins Esszimmer gelotst: „Ihr kommt aber auch spät. Deshalb mussten wir so lange mit dem Essen auf Euch warten. Es gibt jetzt auch nur noch einen rustikalen Imbiss."

Eigentlich wäre ich jetzt lieber auf ein Klo als in ein Esszimmer gegangen. Da ich mich den ganzen Tag lang nicht hatte erleichtern können, hatte ich den Eindruck, dass ich Wackersteine im Leib hatte wie weiland der Wolf bei den Gebrüdern Grimm. Inzwischen litt ich auch unter qualvollen Blähungen und musste mich sehr zusammenreißen, damit mir keine peinlichen oder gar lautstarken und stinkigen Darmwinde abgingen. Ich litt unter einem unangenehmen Gefühl der übermäßigen Sattheit und hätte allenfalls noch einen Apfel essen mögen, aber einen geschälten. Die Schale wäre mir schon zu sättigend gewesen. Stattdessen gab es jetzt eine deftige Erbsen-

50

suppe und jede Menge Vollkornstullen mit Braten, Schnitt- und Streichkäse.

Wohl nicht nur wegen meiner Missempfindungen sondern auch wegen der allgemeinen gruppendynamischen Situation, die ich aber noch gar nicht beurteilen konnte, kam am Abendbrottisch kein richtiges Gespräch zustande. Bärbels Mutter sprang ununterbrochen auf, rannte in die Küche und wieder zurück und schnatterte dann über Fragen der Weihnachtsgestaltung auf ihren Gatten und auf Bärbel ein. Das ging dann um Fragen des Weihnachtsbaumschmucks, das Aufstellen der Krippe, die Menüfolge an den einzelnen Feiertagen und wer welches Geschenk zu bekommen hätte oder auch nicht. Mich nahm man nicht zur Kenntnis, so als existierte ich gar nicht. Um nun nicht als völlig unhöfliches, verschlossenes Subjekt zu wirken, lobte ich ab und an die Speisen. Wenigstens dann wandte sich Bärbels Mutter an mich: „Greifen Sie nur ordentlich zu! Nehmen Sie doch noch etwas! Oder schmeckt es ihnen etwa nicht?"

Blöde Frage, denn ich hatte das Essen ja gerade gelobt. Und dann wandte sich die Mutter wieder den ihren zu. Auch Bärbel ignorierte mich vollständig, seit wir in ihrem Elternhaus angekommen waren, nein eigentlich schon seit wir den Fuß auf den Boden ihrer Heimatstadt gesetzt hatten. Ich aß in meiner plötzlich einsetzenden Vereinsamung und Verzweiflung noch eine Scheibe Vollkornbrot mit Schweinekrustenbraten, sauren Gurkenscheiben und Meerrettich. Der scharfe Meerrettich tat gut.

Nach einiger Zeit, als ich mir gerade überlegt hatte, dass ich mich jetzt schnell auf der Toilette einschließen könnte, wandte Herr Schultze sich dann doch noch an mich: "Junger Mann, wie sieht denn eigentlich ihre berufliche Situation aus? Meine Tochter hat mir gesagt, dass sie etwas mit EDV machen. Kann man denn damit überhaupt Geld machen."

Na, der Herr Vater wollte wohl wissen, ob ich in der Lage war, seine Tochter zu unterhalten, wie man früher so nett sagte. Ich versuchte zu erläutern, dass es bei meiner Stelle um ein Mittelalter-Forschungsprojekt am Institut für Ideenlehre handelte, dass wir aber computergestützt arbeiten würden. Ich dachte, dass so etwas einen alten Lateinlehrer interessieren und vielleicht imponieren würde. Imponieren vor allem wegen der Computer, von denen er ganz bestimmt gar nichts verstand. Und Mittelalter und so etwas mochten die alten Lateinlehrer doch auch, weil damals die Gebildeten Latein gesprochen hatten. Allerdings nicht das, was an der Schule gelehrt wurde, sondern mittelalterliches Latein, das im Unterricht der Gymnasien verpönt war. Warum wusste ich eigentlich auch nicht. Aber immerhin entsprach alles der Wahrheit, was ich dem Herrn Schultze erzählte. Da war nichts erfunden oder angegeben. Ich unterließ es allerdings, darauf hinzuweisen, dass ich den Job erst am 2. Januar antreten würde und bisher meine Zeit mit dilatorischen Studien vertrödelt hatte. Herr Schultze schien aber ohnehin völlig desinteressiert an mir als Person und an meinen Ausführungen zu sein und als höre er mir nur mit mühselig aufgesetzter Höflichkeit zu. Während ich noch ausführlich darüber sprach, dass unsere Arbeit am Institut fächerübergreifend und sowohl historisch als auch soziologisch angelegt sei, sprang er plötzlich auf, rannte ans Fenster, riss es auf und brüllte in die Nacht: „Hau ab, du Töle, sonst brenne ich dir eins auf den Pelz."

Bärbels Mutter rief: „Reg dich nicht so auf Fritz! Denk an dein Herz! Und deinen Blutdruck! Und deinen Zucker!"

Und erklärend wandte sie sich an Bärbel und mich: „Es ist wegen Nachbar Herrschenröders Hund, dem Bello. Der macht immer sein Geschäft in unseren Vorgarten. Und dann regt Vati sich so auf. Und das mit seinem schwachen Herzen.

Nach diesem unschönen Vorfall wollte gar kein so richtiges Gespräch mehr aufkommen. Herr Schultze brummelte noch etwas wie:

„Die Scheißtöle gleich standrechtlich erschießen und den Herrschenröder mit dazu." Und dann murmelte er noch, dass der Mangel an humanistischer Bildung zu allem Elend in der heutigen Welt geführt hätte. Schließlich meinte Frau Schultze, die ungemütliche Tafel aufheben zu sollen:

„Wir sollten jetzt zu Bett gehen. Morgen wird ein bitterharter Tag mit der ganzen Vorbereiterei für Weihnachten. Mein Gott! Wie soll ich das nur wieder alles schaffen?"

Mir war das nur recht. Ich hatte auch keine Lust, die schwergängige Konversation fortzusetzen. Ich fühlte mich ausgebrannt und erschöpft, und aus dem Bauch meinte ich ein kränkliches Gefühl zu verspüren. Bärbel und ich zogen uns in ihr altes Jungmädchenzimmer zurück. Bärbel hatte recht gehabt. Es war sehr gemütlich, aber vor allem auch sehr klein. Obwohl ich todmüde war, schlief ich nicht sofort ein. Wie ein Mahlstrom des beginnenden Irrsinns kreiste alles, was ich bisher erlebt und gehört hatte, durch mein Hirn. Wo war ich hier nur wieder hineingeraten? Warum tat ich mir das an? Dann fiel ich in einen unruhigen Schlaf.

****

### c. Am 23.12. bei der Familie Schultze,
### bis zum Mittagessen

Gegen Morgen, kurz vor dem Aufwachen, die Schamanen nennen sie die Stunde des Wolfs, hatte ich einen ganz besonders merkwürdigen Traum. Ich stand unter einem gewaltigen, kitschig geschmückten Weihnachtsbaum. Auf seiner Spitze quäkte ein Engel in kurzen Abständen: „Frieden, Frieden" und manchmal auch: „Den Menschen ein Wohlgefallen, jedenfalls sofern sie guten Willens sind."

Ich war sehr - jedenfalls in dem Alptraum - sehr klein und wartete auf die Bescherung. Plötzlich kam ein riesiger, brutal aussehender, düsterer Weihnachtsmann mit Narben im Gesicht ins Zimmer und verlangte von mir, dass ich schwierige lateinische Verben wie *condere* und *posse* konjugierte. Wörtlich meinte der Weihnachtsmann zu mir, dass er mich zu Klump hauen würde, wenn ich auch nur einmal falsch läge. Dabei schwenkte er in einer Hand eine wirklich gefährlich aussehende Rute und in der anderen ein Buch, das *Lateinische Wortkunde* hieß, an das ich mich dunkel und voller Unbehagen aus der Zeit meines eigenen Lateinunterrichts erinnern konnte. Ich versuchte durch eines der zahlreichen Türchen des Weihnachtszimmers zu fliehen. Aber alle Türen wurden von biblischen Gestalten bewacht, den Heiligen Drei Königen, den Engeln des Herrn, den kräftigen Hirten vom Felde oder gar dem Heiligen Geist selbst, der sehr unheimlich aussah. Sie alle ließen mich nicht hinaus, während der Weihnachtsmann rutenschwingend hinter mir her lief und verlangte, dass ich jetzt auch noch das schwierige Substantiv *cornus* deklinierte. Ich versuchte aus dem Fenster zu springen. Aber es war sehr hoch und da unten vor dem Fenster standen der Ochs und der Esel aus dem

Krippenspiel und machten den Eindruck, als würden sie mich sofort unbarmherzig tottrampeln, wenn ich aus dem Fenster sprang. Der Ochse war zum wilden Stier und der Esel zu einem überhaupt ganz mystischen und gefährlichen Wesen, eher einem Basilisken als einem Equiden, mutiert. Er spie auch Feuer und Schwefel. Zu allem Überfluss erschienen nun auch noch die Grenzorgane der DDR und erklärten mir: „Mit weihnachtsflüchtschen Bärsonen machen wir ganz gurzen Brozess."

Schweißgebadet wachte ich auf. Und man soll ja nichts auf Träume geben. Träume sind Schäume, sagt man. Aber bei Anwendung einer vernünftigen Traumdeutung, hätte ich das Haus der Schultzes jetzt sofort und ohne Verweil auf Nimmerwiedersehen verlassen.

Es war der 23.12. und schon halb zehn am frühen Vormittag. Bärbel, die ja neben mir auf dem engen Snapp-Sofa geruht hatte, war offenbar schon lange aufgestanden und verschwunden. Es war - die Sonne hier in Westdeutschland geht ja später auf als in Berlin - immer noch ziemlich dunkel. Aber irgendwo und irgendwie musste wohl doch die Sonne aufgegangen sein. Aber vor dem kleinen Dachfensterchen konnte man nur den grauen Nieselregen bewundern, der alles Licht zu schlucken schien. Der von Bärbel angekündigte herrliche Blick den Hügel hinunter auf Schafingen fiel erst einmal aus. Auch die wuchtige Sct.-Urunäus-Kathedrale war nur als Schemen zu erkennen.

Während ich mich noch schlaftrunken räkelte, öffnete sich schon die Kammertür und die vermisste Bärbel steckte den Kopf herein: "Was ist los mit dir, du Faultier. Wir schuften hier schon seit Stunden wie die Wahnsinnigen, und du liegst faul herum. Wir haben schon ohne dich gefrühstückt."

Dagegen, eine Mahlzeit ausfallen zu lassen, hatte ich ja wirklich nichts. Das grauenhafte Völlegefühl war über Nacht nicht viel besser geworden. Außerdem hatte mir schon der gestrige Abend die Freude am Zusammensein mit den Schultzes verhagelt. Vater Schultze kam mir doch ein wenig zu mürrisch und verschlossen vor, als dass man ihn sich als Gesprächspartner gewünscht hätte. Und ein wenig arrogant war der Herr Oberstudienrat dann wohl auch noch. Und Mutter Schultze war nur mit dem Weihnachten, wie sie es verstand und sich wünschte, beschäftigt. Und wenn ich ehrlich war, musste ich mir eingestehen, dass mich meine Quasi-Schwiegermutter ganz einfach ignorierte. Es war nur noch nicht ganz klar, ob sie mich auf höfliche oder unhöfliche Weise missachtete. Da gibt es ja ganz feine Nuancen beim Missachten. Da ich meine doch sonst so lustige Bärbel auch ein wenig übellaunig und verschlossen empfand, seit sie in Schafingen bei ihrer Familie weilte, hatte ich schon den Eindruck, dass Übellaunigkeit und Verschlossenheit ein Markenzeichen der Familie Schultze war. Wenn ich meinen ersten Eindruck einmal offen aussprechen darf: Bärbel war in Berlin in unserer kleinen Wohnung am Volkspark ein völlig anderer Mensch gewesen, als sie es jetzt hier in Schafingen war. Aber ich wollte da jetzt auch nicht so viel hinein interpretieren. Jede neue Entität schafft neue Voraussetzungen, sich in irgendeiner Weise zu verhalten. Und ich war ja durchaus bereit dazu, mich der Entität ihrer Familie zu stellen.

Ich schlich erst einmal ins Bad und machte mich ein wenig frisch. Duschen ging nicht, denn in der Duschtasse stand der Weihnachtsbaum in einem kalten Fußbad. Allerdings nadelte er gleichwohl schon jetzt. Ich setzte mich gemütlich aufs Klo und hoffte, mich endlich von dem schmerzenden Druck auf Ober- und Unterbauch befreien zu können. Da rüttelte es schon an der Badezimmertür und Frau Schultze brüllte wie ein Stier: „Ich kontrolliere nur, ob genügend Klopapier da ist. Wir müssen bestimmt noch welches kaufen, wenn wir so viele Leute im Haus sind. Mein Gott! Wer blockiert denn da schon wieder so lange das Badezimmer. Das ist ja furchtbar."

Um ihre Worte zu unterstreichen, rüttelte sie noch einmal besonders kräftig an der Tür, dass ich den Eindruck hatte, die rabiate Mutter würde sie gleich aus den Angeln reißen. Und ich saß ganz still auf der Toilette, versuchte das Sonnengeflecht zu entspannen, um endlich abführen zu können. Aber angesichts dieses akustischen Sturmangriffs verkrampfte sich natürlich alles. Das Gedärm wurde hart und härter. Kein Gedanke an Entspannung und schon gar kein strömend warmes Sonnengeflecht. Da konnte ich meine Bemühungen, mich zu erleichtern, gleich ganz einstellen. Ich begab mich zu Bärbel und ihrer Mutter in die Küche. Obwohl mir gar nicht nach Essen zumute war, überlegte ich mir, dass ein kräftiger schwarzer Kaffee vielleicht alles in Bewegung bringen könnte.

Das Frühstück verlief dann auch alles andere als gemütlich. Ich wurde von Bärbel in die Küche bugsiert und dort zwischen einem Tisch, auf dem sich klebrige Teigreste befanden, und einem Schrank, dessen Türen ständig von alleine aufgingen und mir in den Rücken schlugen auf einem wackeligen Hocker platziert. Ich bekam einen Becher mit Kaffee und eine Käsesemmel hingestellt. Ich versuchte, die Semmel mit dem Kaffee in mich hinein zu spülen. Währenddessen sprangen Bärbel und ihre Mutter in höchster aufgedrehter Aktivität durch die Küche, ohne dass zumindest ich irgendeinen Sinn in diesem irrwitzigen Tun erkennen konnte. Ab und zu überschütteten sie sich mit hässlicher Kritik und üblen Beschimpfungen. Der jeweils andere mache alles falsch. Hier schien ein Ort zu sein, an dem niemand nichts richtig machen konnte. Das Nichtstun, dem ich frönte, war aber auch falsch.

Da im Backofen seit Stunden wohl schon weihnachtliche Gerichte buken, war es in der Küche heiß wie in einer Stahlkocherei. Der Schweiß brach mir aus und am liebsten hätte ich den größten Teil meiner Oberbekleidung abgelegt. Aber das ging natürlich hier in Gegenwart von Frau Schultze gar nicht. Bärbels Mutter schien mich in ihrem Küchenreich auch ziemlich überflüssig zu finden. Sie bemühte sich daher, mich weiterhin weitgehend und gründlich zu ignorieren. Nach einer Weile bemerkte sie mich aber doch, vielleicht war ihr aufgefallen, dass es auch nach kleinbürgerlichen Benimmvorstellungen als ziemlich unhöflich gilt, wenn man den Besuch völlig ignoriert und sie wandte sich mit ihrer üblichen Ansprache an mich:

„Greifen Sie tüchtig zu, junger Mann. Oder mögen Sie etwa nichts essen!" Denn stellte sie mir noch eine Schale mit Weihnachtsgebäck hin: „Greifen Sie tüchtig zu. Es ist genug da." Ich hätte weinen können, denn nach nur einem halben Käsebrötchen war mir schon wieder so voll gepfropft zumute wie am gestrigen Abend. Und das war schon schlimm genug. Aber alles, aber auch wirklich alles sollte noch schlimmer kommen, auch wenn ich mir das zu jenem Zeitpunkt noch nicht vorstellen konnte.

„Ihre Mutter bäckt doch sicher auch viele Plätzchen zu Weihnachten", wollte Mutter Schultze nun schon fast persönlich werdend von mir wissen. „Wissen Sie noch, welche Sorten bei Ihnen zu Haus gebacken worden sind."

Natürlich war ich froh, endlich einmal persönlich angesprochen zu werden. Es hatte zwar auch einen Vorteil, wenn man übersehen wurde, denn dann konnte man nicht dumm auffallen. Aber ein wenig unangenehm war es mir schon, dass man mich weitgehend ignorierte. Aber Besucher gar nicht erst zur Kenntnis zu nehmen, gehörte ja wohl zum Stil des Hauses Schultze, jedenfalls soweit ich das nach meinem kurzen Aufenthalt in diesem Hause beurteilen konnte. Oder lag es an mir als Person oder meinem besonders seltsamen Auftreten, dass man mich übersah? Aber was an mir war denn so seltsam? Naja, so lange man nicht offen schlecht zu mir war, sollte es mir egal sein. Ich war nun einmal hier, um Bärbel einen Gefallen zu tun, und da musste ich durch. Und wenn Bärbel und ich noch länger zusammen bleiben würden, war es natürlich notwendig, dass ich mich irgendwie in ihre Familie einbrachte. Wie auch immer. Da musste man durch als Lurch, wie der Berliner so nett sagt.

Die Frage nach den Plätzchen meiner Mutter war aber schwierig zu beantworten. Meine Mutter befand sich ja im Augenblick in der Ferne auf Mallorca, weil sie den Weihnachtstrubel nicht mehr aushielt, und so lange ich mich zurückerinnern konnte, hatte meine Mutter nie gebacken. Plätzchen hatte es allenfalls in Form gekaufter Spekulatius vom Discounter gegeben, noch nicht einmal aus dem Fachhandel. „Das ist total unwirtschaftlich, wenn man selber bäckt, und die Küche sieht nachher aus wie ein Schlachtfeld", hatte meine Mutter kategorisch erklärt.

Aber das konnte ich Bärbels Mutter, für die Weihnachten einen so großen Stellenwert hatte, ja kaum erklären. Meine Mutter hatte sogar einmal gesagt, dass wir hier nicht einfach zuckersüße, verkitschte Weihnachten feiern, und uns die Leiber vollstopfen dürften, so lange in Indien und Afrika noch Kinder hungern müssten. Das war aber auch nicht so richtig nachvollziehbar, denn den hungernden Inderkindern ging es nicht einen Deut besser, wenn wir Weihnachten nicht feierten. Das alles wollte ich Bärbels Mutter aber nicht erläutern. Das wäre ja viel zu komplex geworden. Ich erzählte, dass meine Eltern Weihnachten auf Mallorca verbrachten. Sie, Mutter Schultze, müsse also kein schlechtes Gewissen meinen Eltern gegenüber haben, dass Bärbel und ich Weihnachten gemeinsam hier bei Ihnen, Bärbels Eltern, verbrachten.

Frau Schultze verstand das von mir angeschnittene Problem überhaupt nicht und meinte nur: „Meine Kinder sind Weihnachten immer bei mir. Das war immer so.“

Dass ihre Kinder bei ihr waren, war das eine. Da aber doch nun alle ihre Kinder mehr oder minder verpartnert waren, musste zwangsläufig eine Konfliktsituation dahingehend auftreten, dass auch die sozusagen Schwiegerkinder ihrerseits unter dem Zwang standen, mit ihren jeweiligen Partnern aus der Familie Schultze nicht nur zu Schultzes sondern auch zu ihren eigenen Eltern zu kommen. Ich versuchte dieses Problem zu erklären, so gut ich konnte. Frau Schultze verstand überhaupt nicht, was ich meinte, sondern brummelte halb abwesend: „Nein, so etwas gibt es bei mir nicht. Weihnachten ist das Fest der Familie. Da gehören wir zusammen. Da müssen die Kinder bei den Eltern sein. Das gehört sich so.“

Ich erzählte nun, und es war eindeutig falsch, jetzt überhaupt noch etwas erzählen zu wollen, dass es bei den meisten primitiven Gesellschaften so sei, dass das junge Mädchen ihre Familie verlässt, in den Kral des Mannes zieht und dort der Schwiegermutter zu Diensten sein muss, bis sie später selbst in die Rolle der Matriarchin schlüpfen kann. Frau Schultze starrte mich daraufhin an, als sei ich ein ekelerregendes Insekt. Sie sagte gar nichts zu mir sondern kreischte Bärbel an, dass sie das Mehl für die Piratenplätzchen falsch sieben würde. Und Bärbel kreischte ihre Mutter an, dass sie keine Ahnung habe. Und dass es jedes Mal zu Weihnachten das gleiche sei.

Da ich überall in diesem Hausstand im Wege war und sich auch niemand mit mir abgeben wollte, versuchte ich, die Sanitäreinrichtungen des Hauses einmal genauer auszukundschaften. Ich würde mich dringend längere Zeit in eines dieser Gemächer zurückziehen müssen. Das Völlegefühl hatte ein Ausmaß erreicht, dass ich befürchtete, ernstlich krank zu werden.

Im ersten Obergeschoss gab es ein großes, helles und freundlich gefliestes Bad. Man konnte es auch ordnungsgemäß von innen verriegeln. Allerdings wurde in diesem Raum außer dem Weihnachtsbaum auch noch allerlei hauswirtschaftliches Gerät verwahrt. Das hatte zu Folge, dass ständig jemand aus der Familie Schultze erschien und an der Tür rüttelte, um irgendeinen Gegenstand zu holen. Weiterhin gab es im Erdgeschoss neben der Garderobe ein kleines Kabuff mit einer Gästetoilette und einem winzigen Waschbecken. Leider war die Verriegelung defekt, sodass man, während man auf dem Lokus saß, ständig mit einer Hand die Tür zuhalten musste, wollte man nicht hilflos auf dem Scheißhaus - gekrümmt hockend mit heruntergelassenen Hosen elend dasitzend – von jemandem überrascht werden, der die Klotür aufriss.

Ich schlich auch noch in den Keller. Vielleicht gab es dort ja ein ganz ruhiges, verstecktes Klo. Tatsächlich fand ich einen voll ausgebauten Hobby- und Werkstattraum vor. Ich erschrak fürchterlich, als ich Herrn Schultze dort auf einem Schemel hocken sah. Ich wollte ja auch nicht, dass der Eindruck entstand, als schnüffele ich hier im Hause herum. Herr Schultze schien mich aber gar nicht zu bemerken. Blicklos starrte er auf eine Sammlung verschiedenartiger Bohrmaschinen. Damit gar nicht erst ein peinliches Schweigen auftrat, begrüßte ich ihn mit einem schneidigen: „Guten Morgen, Herr Schultze! Schon so früh fleißig in der Werkstatt?"

Herr Schultze machte seinerseits einen ertappten Eindruck und murmelte etwas Unverständliches, was vielleicht ein Morgengruß sein konnte. Er murmelte, es sei ja immer etwas zu reparieren in einem so großen Einfamilienhaus.

Tatsächlich hatte er sich hier aber wohl nur zurückgezogen, um dem Getümmel in den oberen Stockwerken zu entgehen und zwar unter dem Vorwand, hier irgendetwas Sinnvolles zu tun. Ich fragte in meiner stoffwechselmäßigen Verzweiflung, ob es hier unter ein Klo gebe. Oben sei alles besetzt. Herr Schultze brummte verständnissinnig:

"Ja, das Problem kenne ich. Die Weiber blockieren alle Sanitärräume. Deswegen habe ich hier unten ein Pinkelbecken installiert. Dann braucht man die Werkstatt wegen dem kleinen Geschäft gar nicht zu verlassen." Das war ja wenigstens etwas, nützte mir in meiner Situation aber auch nicht viel. Es war ja nicht so sehr die Blase, sondern das Gedärm, das mich quälte. Aber gut zu wissen, dass es hier im Keller ein geheimes Pinkelbecken gab. Wenn der Darm voll ist, muss man ja auch ständig Pipi machen. Ich ließ Herrn Schultze in seinem meditativen Nichtstun in seiner Werkstatt zurück und ging wieder nach oben.

Ich zog mich auf die kleine, bequeme Ledercouch im Wohnzimmer zurück. Das schien mir ein guter Ort zu sein, um sowohl meinen Gastgebern meine Präsenz zu demonstrieren als auch, ihnen nicht im Weg zu sein. Still vertiefte ich mich in Entspannungsübungen meines Ober- und Unterbauches. Der Kaffee war eigentlich schon ganz gut gewesen und hatte irgendetwas in Bewegung gebracht. Die halbe Semmel lag aber wie ein Wackerstein in meinem Magen. Und die Plätzchen hatten natürlich eine ganz furchtbare Wirkung. Ein säuerlicher Geschmack stieg die Speiseröhre hinauf.

Irgendwer hatte den Fernseher eingeschaltet. Und ich traute mich nicht, ihn wieder auszuschalten, weil ich dachte, jederzeit könne jemand hereinkommen, der eine ganz bestimmte Sendung ansehen wollte. Es kam aber niemand und ich ließ mich nolens volens auf die Fernsehsendungen ein. Es liefen ganz radikal verschärfte Weihnachtssendungen: Meistens schneite es auf dem Bildschirm, also nicht empfangstechnisch, sondern die Macher der gezeigten Filme wollten den Zuschauern vermitteln, Weihnachten sei eine Zeit, in der alles voll verschneit war. Das hatte zwar nichts mit der meteorologischen Wirklichkeit zu tun, aber wenn ich hier im Innenraum des Hauses Schultze irgendwie festsaß, dann konnte ich mir ja wenigstens einbilden, dass es draußen winterlich schön war. Rentiere zogen mit klingelnden Glöckchen Schlitten durch tief verschneite Winterwälder. Weiße Berge ragten im Hintergrund geheimnisvoll auf. Kinderchöre sangen mit engelsgleichen Stimmen alte Weihnachtslieder. Fröhliche Schneeballschlachten wurden von herzigen Halbwüchsigen geschlagen. Lustige Schneemänner wurden gebaut. Im Fernsehen war alles gut und schön. Hier im Schafinger Stadtteil Glücksberg pleisterte hingegen der graue Schneeregen herunter, ein böiger Wind peitschte gegen die Fenster. Und auf dem halb gefrorenen Erdboden und den Bürgersteigen hatte sich der abstoßendste Matsch gebildet, den man sich nur vorstellen kann.

Aber dann ließ der schon fast permanente Schneeregen doch nach. In diesem Augenblick kam Bärbel, die ich schon lange nicht mehr gehört oder gesehen hatte, auf einmal zu mir herein und sah, wie ich da auf der Couch lag, und dem Fernsehprogramm folgte. Schrill fuhr sie mich an: „Ha, da liegst du hier herum und tust nichts, während wir anderen uns die Seele aus dem Leib schuften."

Dieser Vorwurf war völlig ungerecht, denn mangels Anweisungen und überhaupt mangels jeder Ansprache bestand die einzige Möglichkeit, mit der ich helfen konnte darin, dass ich nicht im Wege stand. Eine konkrete Aufgabe hatte mir niemand gestellt. Und überhaupt hatte sich der pater familias, der Herr Schultze, auch einfach klamm und heimlich abgesetzt. Angeblich war er in seiner Werkstatt im Keller und werkelte an irgendwelchen weihnachtlichen Geräten und Apparaten herum. Ich wusste es aus eigener Anschauung besser. Er saß doch nur in seiner Werkstatt herum und stierte Löcher in die Luft. Wahrscheinlich träumte er von der Antike oder irgendeiner anderen Vergangenheit. Von welcher Vergangenheit er träumen mochte, sollte ich dann noch früh genug erfahren.

Da das Wetter inzwischen etwas trockener geworden war, ich mich auch dringend etwas bewegen wollte, und man mir mein Herumliegen sowieso nicht gönnte, fragte ich Bärbel, wie ich denn in die Stadt kommen könnte. Ich würde mir doch gerne die Innenstadt und den Sct.-Urunäus-Dom anschauen.

„Oh, der ist heute, glaube ich, geschlossen. Ich glaube auch, dass er renoviert wird."

„Macht nix", erwiderte ich. „Dann gucke ich ihn mir von außen an. Das ist bei so einer Kubatur ohnehin das Wichtigste. Und die ganze Altstadt können sie ja nicht schließen. Die Geschäfte haben ja auch noch auf. Also:

Deine Heimatstadt Schafingen möchte ich natürlich sehen. Außerdem muss ich mich unbedingt bewegen. Man kann ja nicht nur essen und trinken."

Bärbel war mit meinem Vorschlag gar nicht einverstanden: "Nein, da gibt es nichts zu sehen. Das ist da ganz hässlich. Und außerdem ist das viel zu weit. Da läuft man Stunden. Und dann ist der Weg auch nicht leicht zu finden. Das geht ja ganz über den Hungrigen Wolf."

Den Hungrigen Wolf! Ich war einen Augenblick erstaunt. Dann ergab sich aber aus dem folgenden Gespräch, dass es sich beim dem hungrigen Wolf nicht um einen gefährlichen Caniden und Carnivoren sondern um einen Hügel handelte, der die Schafinger Innenstadt vom Glücksberg abriegelte oder wenigstens irgendwie dazwischen lag. Wie Hügel das so machen.

Ich mochte das alles gar nicht glauben, dass es so schwierig sein sollte, vom Hause der Schultzes in die vielleicht doch ganz interessante Innenstadt zu gelangen. Auf jeden Fall war es dort sicherlich interessanter, als ununterbrochen im Hause Schultze zu verweilen. Mochte die Stadt vielleicht wirklich scheußlich und langweilig sein, so war es doch eine Abwechslung gegenüber dem Herumhängen im Einfamilienhaus. Scheußlicher und langweiliger als auf einer Couch bei den Schultzes bewegungslos herumzuliegen, konnte es gar nicht sein. Langsam bekam ich den nicht ganz unbegründeten Verdacht, dass es wahrscheinlich gar nicht schwierig war, in die Innenstadt zu gelangen, sondern dass man nicht wollte, dass ich das Haus der Schultzes verlassen würde. Das war seltsam, weil ich mich andererseits in diesem Haus auch nicht sonderlich willkommen fühlte und ich mich offensichtlich auch in keiner Weise nützlich machen konnte. Was erwartete man überhaupt von mir? Was plante man mit mir.......? Was würde geschehen? Sollte ich als eine Art persönlicher Gefangener gehalten werden?

„Fährt denn nicht vielleicht ein Stadtbus in die Innenstadt. Schafingen ist doch eine Großstadt. Und ich habe gestern Abend eine Bushaltestelle ganz hier in der Nähe gesehen", fragte ich nicht ohne eine gewisse Hinterlist.

Bärbel wandte sich an ihre Mutter: „Du Mutti, kann man überhaupt noch mit dem Bus in die Innenstadt fahren?"

„Nein, das ist zu kompliziert. Da muss man ja auch umsteigen. In die „11" oder in die „8". Das haben die auch geändert Das geht jetzt über den Hungrigen Wolf. Da verfährt der sich", erläuterte die Mutter des Hauses die Probleme des öffentlichen Nahverkehrs ihrer Heimatstadt und meiner wahrscheinlichen Unfähigkeit, diesen Problemen zu begegnen

Und da war er also wieder: Der Hungrige Wolf. Ob zu Fuß oder mit dem Bus, an dem musste man vorbei. Aber vor dem fürchtete ich mich nicht, vor allem seit ich wusste, dass er nur ein Hügel war. Ich hatte eher den Eindruck, als seien es die Schultzes, die mich mit Haut und Haar verschlingen wollten. Denn es war ja offensichtlich, dass sie, einschließlich Bärbels, nicht wollten, dass ich das Haus verließ. Ich diskutierte und disputierte noch ein wenig, dass ich sowohl intellektuell als auch psychisch und physisch durchaus in der Lage sei, von einem Bus in den anderen umzusteigen. Aber Bärbel ließ sich gar nicht auf solche Diskussionen ein, weil es ohnehin gleich Zeit zum Mittagessen sei und daher niemand das Haus verlassen dürfe. Außerdem sei es gleich so weit, dass Mareile und ihre Familie kämen. Das wäre es doch unhöflich, wenn ich dann nicht da sei. Na gut, unhöflich wollte ich nicht sein. Dann würde ich mich eben nach dem Mittagessen mit den Örtlichkeiten in Schafingen vertraut machen. Bei dem Wort Mittagessen, wurde mir aber etwas blümerant. An Essen mochte ich eigentlich nicht einmal denken, geschweige denn tatsächlich essen - im Sinne von Nahrung in sich hineinstopfen.

Da klingelte es schon an der Haustür. Bärbel öffnete sie, und Mareile und ihr Gatte Klaus-Dieter traten ein, hinter ihnen die beiden avisierten herzigen Kinder, Torben-Jakob und Anne-Sophie. Sofort herrschte im unteren Flur ein gewaltiges Getöse, denn warme Mäntel und schwere, winterliche Schuhe wurden ausgezogen. Koffer und Reisetaschen wurden bewegt. Torben-Jakob und Anne-Sophie sahen im Augenblick gar nicht niedlich aus, sondern eher recht grimmig und entnervt. Ich hatte in der Apothekenzeitung gelesen, dass Kinder heute vermehrt mit Stress auf die Vorweihnachtszeit reagierten, häufig bis zu Symptomen der Managerkrankheit. Manche bekamen sogar starke Tranquilizer verschrieben, um wenigstens bis zu Bescherung nicht durchzudrehen. Mareile sah ganz nett aus, wenn auch ein wenig verkniffen, etwa so wie eine kleinere, etwas ältere Ausgabe von Bärbel. Klaus-Dieter war ein sportlicher, kräftiger untersetzter Typ mit schneidiger Kurzhaarfrisur. Er drückte mir so kräftig die Hand, dass es schmerzte und wurde gleich kameradschaftlich zu mir: „Ich bin der Klaus-Dieter, meine Freunde nennen mich KaDe."

Ich stutzte kurz und sagte dann: „KaDe! Ach so wie der Jai Ar aus Dallas. Ich bin nur der Ebi. Kurzform von Eberhard."

KaDe wollte wohl noch etwas sagen, wurde aber unterbrochen, weil Torben-Jakob schreiend durch die Wohnung lief, auf dem Parkett des Wohnzimmers schlitterte und dabei laut und misstönend sang: „Hoho, ich bin ein

Seeräuber. Ihr müsst euch alle vor mir fürchten." Das war in der Tat furchterregend. Besonders furchterregend war es, dass der Knabe dabei einen Baseballschläger schwang. KaDe, der meinen missbilligenden Blick bemerkte, erläuterte mir kurz: „Der Torben-Jakob wird im Januar in einer Jugend-Baseballmannschaft anfangen. So eine Art Mannschaftssport ist für Jungen in dem Alter sehr wichtig. Da können sie sich mit anderen messen. Der Torben-Jakob ist schon sehr aufgeregt deshalb, und daher nimmt er seinen Schläger jetzt überall hin mit."

Ich war in diesem Augenblick wahrscheinlich der einzige, der sich wirklich ein wenig vor dem ungebärdigen Kind mit der Keule fürchtete. Die anderen Erwachsenen ignorierten ihn ganz einfach oder unterhielten sich über gewichtige Probleme, zum Beispiel wie das weitere weihnachtliche Procedere voranschreiten sollte, vor allem mit dem unvermeidlichen Essen. Torben-Jakob hatte sich inzwischen ein Sofakissen ergriffen und schwenkte es in der Hand wie eine Fahne, während er mit der anderen Hand noch mit dem Schläger gestikulierte. Dabei stieß er furchterregende Kriegsschreie aus. Mit dem Ruf: „Tod den Zylonen! Tötet sie alle!" raste er wie eine steuerlose Rakete hinaus auf den Flur. Offenbar war die Seeräuberphase beendet und er befand sich jetzt im Weltall. Dabei warf er ein zierliches Beistelltischchen und einen Esszimmerstuhl um, auf dem einige Suppenteller abgestellt worden waren, die nun klirrend auf dem harten Parkettfußboden zersprangen. Torben-Jakob störte dies offenbar gar nicht. Und seine Eltern KaDe und Mareile schauten nicht einmal in seine Richtung. Außer mir, der ich mich nicht berufen fühlte, irgendwie einzugreifen, schien nur seine Oma den Vorfall bemerkt zu habe. Die alte Frau Schultze machte ein beleidigte Gesicht und greinte vorwurfsvoll: „Aber, Torben-Jakob!"

Auch seine Schwester, Anne-Sophie, die sich bisher relativ ruhig verhalten hatte, war mittlerweile schon ziemlich mies drauf, wohl weil ihr der Bruder durch sein wüstes Toben die Schau gestohlen hatte. Sie stampfte mit ihren kleinen Füßchen auf und schrie: „Alles hört auf mein Kommando! He – ihr sollt mir zuhören! Zuhören sollt ihr mir! Ich muss euch was zeigen. Ihr seid alle doof, doof, doof, doof seid ihr.......!"

Es blieb aber unklar, was Anne-Sophie uns zeigen oder sagen wollte, denn schon erschien der immer lauter kreischende Torben-Jakob mit immer wilderen und bizarreren Sprüngen im Wohnzimmer und brüllte immer noch: „Nieder mit den Zylonen! Tötet sie alle! Keiner darf entkommen!"

Dabei trat der Knabe mir so heftig ans Schienenbein, dass ich vor plötzlichem Schmerz fast aufgeheult hätte. Offenbar hielt Torben-Jakob mich für einen Zylonen und niemand schien Anstoß daran zu nehmen, dass ich hier von einem Familienmitglied grundlos misshandelt wurde. Ja, ich hatte fast den Eindruck, als würde KaDe stolz auf sein Söhnchen sein, weil es so aufgeweckt und kreativ war. Und es war weiß Gott besser, wenn ich gar nicht reagierte, denn Torben-Jakob hatte mich schon als das leichteste und ungefährlichste Opfer unter der ganzen Schar auserkoren. Er zeigte mit dem Finger auf mich und rief: „Der da ist doof. Der steht im Wege."

Mir war das natürlich peinlich. So dürfen Kinder sich bei aller freien Erziehung nicht benehmen. Ich erwartete, dass einer der Erwachsenen den wilden Knaben jetzt disziplinieren würde. Und falls jetzt jemand was böses zu Torben-Jakob gesagt hätte, dass er nicht so frech zu mir sein sollte, so hätte ich natürlich irgendetwas gesagt wie: „Aber das macht doch nichts. Kinder sind eben Kinder".

Aber niemand sagte etwas. Ich hatte eher den Eindruck, dass mich alle strafend anschauten, so als stünde ich wirklich dem wilden Torben-Jakob bei dessen sinnvollen Aktivitäten im Wege und nicht als sei ich das Opfer seiner rechtswidrigen, tobenden Attacke. Am liebsten hätte ich den widerlichen kleinen Racker gepackt, und ihm den Hosenboden versohlt. Aber an so etwas war ja nicht im Traum zu denken, denn ich wollte auf Bärbels Familie natürlich einen guten Eindruck machen. Ich hatte allerdings den Eindruck, als würde es mit dem guten Eindruck sowieso nicht mehr klappen. Das war schon irgendwie von Anfang an vermurkst, ohne dass ich eigentlich wusste, warum. Aber wenigstens wollte ich nicht noch weiter einen noch schlechteren Eindruck machen, als ich es ohnehin tat, etwa als Kinderfeind.

Jetzt heulte auch Anne-Sophie wieder auf: „Ihr Doofis, ihr seid so doof. Ich will dass ihr mir zuhört. Ich muss euch etwas zeigen." Ich hoffte, dass wenigstens Frau Schultze diesen durchgeknallten Wildfang bändigen würde. Denn das Herumgehampel und Gekreisch waren unerträglich und nervtötend. Auch wenn mir Bärbels Mutter bisher reichlich unsympathisch erschienen war, so schien sie mir in diesem Augenblick als die am ehesten geeignete Person, dem irrwitzigen Verhalten ihrer Enkel ein Ende zu machen. So schnell ändern sich die Allianzen, nicht nur in der großen Politik, sondern auch im Familienalltag. Tatsächlich fing die Oma jetzt wenigstens ihren sich wild gebärdenden Enkel Torben-Jakob ein und versuchte, ihn in Richtung Küche zu zerren, und mit den Worten zu beruhigen: „Will mein kleines Schätzchen nicht vielleicht die Teigreste aus den Schüsseln schlecken?"

Endlich reagierte Mareile, die bisher so getan hatte, als ob das Kreischen und Toben ihrer Sprösslinge völlig normal war, und kreischte nun ihrerseits: „Mutter, du weißt doch dass Torben-Jakob kein Weißmehl bekommen darf, wegen der Gluten. Außerdem könnten Salmonellen im Teig sein."

Mutter Schultze raunzte zurück: "Gluten, ich glaube, du hast sie nicht mehr alle. Früher gab es auch keine Gluten. Und in meiner Küche ist es immer sauber. Da gibt es keine Salmonellen. Du musst nicht vom Zustand deiner eigenen Küche auf die deiner Mutter schließen."

Aber Torben-Jakob wollte nun - Gluten hin, Salmonellen her - Teig schlecken und kreischte immer lauter, wobei er wie ein Fisch am Haken zappelte: „Ich will aber Teig naschen, ich will naschen, ich will……

Dann wurde er auf einmal gespenstig ruhig. Torben-Jakob lief blau an und begann nach Luft zu schnappen wie ein Fischlein auf dem Trockenen. Ich war sehr erschrocken, denn so etwas hatte ich bisher nur in Filmen gesehen, bei denen die Protagonisten in dramaturgisch entscheidenden Momenten vom Schlag getroffen werden. Das waren dann aber meistens ältere Leute, feiste und fiese Schurken, Erbonkel oder so ähnliche unangenehme Protagonisten. Bei Kindern hatte ich so etwas noch nie gesehen, schon gar nicht in der Wirklichkeit. Ich sah deswegen wohl auch wie vom Tod erschrocken aus, als ich sah, wie der Knabe das Atmen vollständig einstellte. Ich hatte zwar einen Erste-Hilfe-Kurs für Vorgerückte absolviert. Das war aber schon einige Jahre her, und ich hatte es in der Praxis noch nie mit einer Person mit Atem- und Herzstillstand zu tun gehabt. Und zur Mund-zu-Mund-Beatmung bei dem widerlichen Knaben hatte ich nicht geringste Lust. Die anderen Anwesenden blieben aber eher verhältnismäßig ruhig, wohl weil sie so etwas schon öfter erlebt hatten. Mareile, die auch ein wenig, aber nicht sehr beunruhigt wirkte, fühlte sich bemüßigt mir eine Erklärung zu geben: "Das ist der Pseudo-krupp. Torben-Jakob ist ja so allergisch, und wenn er sich aufregt...... Und die ganzen Gluten in der Atemluft hier......." Dabei blickte sie spitz umher.

Frau Schultze zog sich jetzt beleidigt zurück: „Und dann bin ich wieder schuld. Dabei weiß ich wirklich, wie man mit Kindern umgeht. Immerhin habe ich schon Stücker vier groß gezogen. Und dabei gab es damals noch keine Gluten. Und Pseudokrupp auch nicht, wenn ich das schon höre. Ihr habt sie ja nicht mehr alle."

Jakob wurde inzwischen von seinen mittlerweile doch mehr und mehr besorgten Eltern aus der Oberbeklei-dung herausgeschält. Und Mareile versuchte, ihn mit ei-nem Spray, das sie in seine oberen Atemwege pumpte, wieder ins Reich der Lebenden zurückzuholen. Ich zog mich lieber wieder auf die kleine Ledercouch zurück, weil mir die Szene zu persönlich und auch irgendwie peinlich war. Bärbel kam hinter mir her und schalt mich: „Eber-hardt!" Alleine wie sie das Wort Eberhardt aussprach, war eigentlich schon Schimpfe genug. „Du legst dich hier ein-fach hin, während der arme Jakob mit dem Leben ringt."

„Du meinst sicherlich mit dem Tode. Man ringt mit dem Tode und nicht mit dem Leben, obwohl man im philoso-phischen Sinne natürlich auch mit dem Leben ringen kann. Das Leben als Krankheit zum Tode! Aber ich kann euch da auch nicht helfen. Ich bin schließlich kein Pneumologe. Ich helfe dadurch, dass ich nicht im Wege stehe. Ich weiß nicht einmal was Pseudokrupp ist. Ich kenne nur Krupp. Du weißt schon: Was Krupp in Essen, sind wir in Trinken."

„Ach Eberhardt, du kannst nur Sprüche machen und ver-stehst auch gar nichts. Meine Eltern reden schon über dich!" kanzelte mich Bärbel ab und verschwand grollend.

Aber lange konnte ich nicht ruhig auf der Couch liegen bleiben und in meine gequälten Verdauungsorgane hineinhorchen. Anne-Sophie war es wohl auch zu langweilig bei ihrem keuchenden Bruder geworden. Außerdem stahl er ihr mit seinem Pseudokrupp natürlich wirklich die Show. Sie setzte sich zu mir, und begann ein Gespräch mit mir. Dafür hätte ich ja eigentlich dankbar sein können, denn normalerweise wollte in diesem Haus ja niemand mit mir sprechen. Aber was Anne-Sophie mir zu sagen hatte, war dann doch ein wenig ungemütlich, wenn nicht gar pikant:

„Weißt du was? Ich bin ein Mädchen. Torben-Jakob ist ein Junge."

Na, das war ja noch ganz unverfänglich. Aber dann ging es schon gleich hart zur Sache: „Ich habe eine Scheide und Torben-Jakob hat einen Penis. Mutti hat auch eine Scheide. Und Vati hat einen Penis."

Aus meiner eigenen Kindheit war mir noch gut in Erinnerung, dass die Geschlechtsteile des Menschen für Kinder von großem Interesse waren. Aber natürlich hatten wir damals, als ich noch ein Kind war, nicht so offen über diese Teile gesprochen. So groß das Interesse war, so groß war auch das Tabu, mit dem diese Teile belegt waren. Unser Religionslehrer hatte uns auch ausdrücklich verboten, unsere Eltern mit Sex und Unzucht, worin auch immer da der Unterschied bestehen mochte, in Verbindung zu bringen. „Bedenket, dass eure Eltern euch rein gezeugt haben, ihr Buben, hatte Pastor Schickelgruber anlässlich seiner Erläuterungen der zehn Gebote, insonderheit des sechsten Gebotes während des Religionsunterrichts in der frühen Mittelstufe erläutert. Ob meine eigenen Eltern wirklich so rein gewesen waren, wie der geistliche Herr behauptete hatte, musste ich immer bezweifeln. Meine Eltern hatten oft recht offene Reden geführt, und Vater hatte wiederholt verkündet, vor allem wenn er etwas zu viel getrunken hatte: „Es geht doch nichts über einen anständigen Weiberarsch im Bett." Natürlich wusste ich, dass mein Vater nicht nur den Arsch meinte. Dieser Ausdruck stand natürlich nur als pars pro toto für das, was Männer und Frauen so im Bett machen konnten. Tatsächlich benutzte mein Vater in Bezug auf Sex gerne drastische Worte, nie aber so hochsprachlich einwandfreie und saubere Ausdrücke wie Penis und Scheide. Diese Worte waren ihm wohl einfach zu medizinisch und eher für den Biologieunterricht geeignet als für das richtige Leben. Also richtig prüde erzogen war ich nicht. Aber auch nicht richtig offen. Bei Gesprächen über sexuell konnotierte Ausdrücke hatte ich doch immer eine gewisse Scheu. Und gerade die wissenschaftlich völlig sauberen Worte Penis und Scheide hörten sich in meinen Ohren irgendwie ein bisschen schweinisch an. Und ausgerechnet die waren offensichtlich die Lieblingsworte der kleinen Anne-Sophie.

Ich hatte nicht die geringste Lust, mich mit dem kleinen Mädchen über Scheiden und Penisse zu unterhalten. Also schwieg ich einfach. Aber die junge Sexualwissenschaftlerin fühlte sich ob meines Schweigens zu weiteren Ausführungen über den Unterschied von Mann und Weib bemüßigt. Sie wurde grundsätzlich: „Alle Jungen haben einen Penis. Alle Mädchen haben eine Scheide."

Das Gespräch wurde mir allmählich zu ungemütlich. Ich hatte keine Ahnung, wie man pädagogisch korrekt mit kleinen Kindern zu sprechen hatte. Natürlich hatte man mit Kindern offen und ehrlich und unverklemmt zu sprechen. Aber da gab es sicherlich auch Grenzen, die ich nicht kannte. Ich brummte daher nur unfreundlich und desinteressiert: „Ja, ja! So ist das nun mal!"

Aber damit kam ich nicht weit. Anne-Sophie hatte sich auf das Thema Geschlechtsorgane und auf mich als potentiellen Gesprächspartner eingeschossen. Jetzt wurde sie auch noch persönlich: „Hast du auch einen Penis?"

Das ging mir nun doch zu weit und ich antwortete mit einem gehässigen Unterton: "Nein. Und jetzt hör auf, mich so blöd zu fragen!" Ich dachte, dass das eine gute Antwort war und das Thema endlich beendet war.

Aber meine Antwort war nun völlig falsch. Anne-Sophie fing an zu weinen und stürzte zu ihrer Mutter, um ihr zu berichten. Ich dachte natürlich, dass Mareile ihrer Tochter nun erklärte, dass man mit fremden Onkels nicht über Geschlechtsteile reden dürfe. Aber das Gegenteil trat ein. Mareile stürzte nun wie eine Furie auf mich zu, der ich doch hilflos auf der Couch lag. Im Gegensatz zu ihrem Mann, KaDe, duzte sie mich auch nicht gleich, sondern fuhr mich ganz böse und unpersönlich an: „Schämen Sie sich! So etwas sagt man doch nicht zu einem Kind. Das schadet der Psyche und der Entwicklung."

Und dann tuschelte sie mit Bärbel. Mehrmals zeigte sie mit dem ausgestreckten Zeigefinger auf mich und es fielen Worte wie: „.... hat bestimmt eine schlimme Neurose, wahrscheinlich sogar ein Borderlein - bedarf dringend der therapeutischen Intervention - nicht ungefährlich! - unbedingt beobachten! - alle großen Sexualverbrecher haben mal so klein angefangen. Wahrscheinlich auch völlig verpanzert und verkopft." Alles verstand ich nicht, denn Mareile und Bärbel flüsterten, tuschelten und zischelten. Und was ein Borderlein sein sollte, war mir völlig unklar.

Und meine Freundin Bärbel wagte auch keine Widerworte sondern murmelte so etwas wie: „Hm,hm! – Er ist schon manchmal etwas komisch – hat auch lange planlos herumstudiert – kommt morgens nicht aus dem Bett – ist immer sehr ironisch!"

Das psychiatrische Fachgespräch zwischen den beiden Schwestern über meinen Geisteszustand und über die Gefahren, die von ihm als Zustand und mir als Person für die keimende Jugend ausgingen, wurde dadurch unterbrochen, dass Mutter Schultze schon wieder zum Essen rief. Die Kinder hatten sich inzwischen auch wieder beruhigt. Torben-Jakob zelebrierte keine Erstickungsanfälle und Anne-Sophie hatte auch aufgehört zu weinen, sondern hatte sich ein anderes Opfer für ihr Lieblingsthema ausgesucht:

„Oma hast du auch eine Scheide. Und was ist mit Opa. Hat der einen Penis." Oma Schultze gab ihrer Enkelin als Antwort einen sanften Klaps auf die Wange. Der konnte nicht wehgetan haben. Ich hatte das genau beobachtet. Anne-Sophie plärrte aber sofort wieder los und zwar so laut und kreischend, als wäre ein übersteuertes Megaphon eingeschaltet worden. Und Mareile fing sofort eine Grundsatzdiskussion darüber an, dass sie es nicht dulde, wenn Gewalt gegen ihre Kinder angewandt werde. Mutter Schultze war ganz perplex: „Aber das war doch nur ein ganz liebevoller Klaps, damit die Anne-Sophie von dem Unsinn, den sie da redet, abgelenkt wird."

Mareile wurde noch böser, weil ihre Kinder keinen Unsinn redeten, sondern kindliche Wahrheiten von sich gäben. Wenn das manchen vielleicht peinlich sei, dann müssten jene sich fragen, wo ihr Problem sei. Dabei schaute sie wieder hasserfüllt auf mich. Schließlich langte es dem Vater Schultze und er brüllte: „Ruhe jetzt. Ich will in Frieden Mittag essen. Ich dulde keine Ferkeleien an meinem Tisch."

Das Machtwort saß. Selbst Mareile hielt die Klappe. Es gab auch dick panierte, riesige Schweinekoteletts, dazu Rosenkohl mit ausgelassenen Speckwürfeln und Salzkartoffeln mit flüssiger Butter. Wer wollte, konnte sich nachnehmen. Als Nachtisch: Karamellpudding mit Himbeersoße. Der Zustand meines Leibes war nach diesem neuerlichen Exzess unbeschreiblich.

### d. Was sonst noch am 23.12.bei den Schultzes nach dem Mittagessen geschah

Nach dem Essen fühlte ich mich so aufgedunsen wie noch niemals zuvor in meinem Leben. Ich eilte ins Badezimmer im Obergeschoss. An die Gästetoilette mit dem defekten Türverschluss im Erdgeschoss neben der Garderobe war gar nicht zu denken, so lange die beiden ungebärdigen Kinder heulend durch die Wohnung jagten und dabei unvermittelt alle Türen aufrissen und in die Räume hineinjaulten. Aber das obere Badezimmer war bereits von einer ruhesuchenden Person besetzt und verriegelt worden. Von drinnen hört ich ein Röhren. Aber nein, das war kein Röhren wie von einem Hirsch, das war unverkennbar ein Geräusch, als ob sich jemand erbrach. Hoffentlich war niemand ernsthaft erkrankt! Plötzlich stand Bärbel hinter mir und flüsterte verschwörerisch: „Das ist Mareile. Sie leidet an Bulimie. Das darf aber keiner wissen, vor allem nicht die Eltern."

„Meinetwegen erfährt das keiner", erwiderte ich. „Aber ich denke doch, dass Mareile mich gerade für verrückt erklärt hat. Haltet ihr denn Bulimie für eine Form geistiger Gesundheit?"

„Davon verstehst du nichts!" fuhr mir Bärbel über den Mund. Naja, so viel verstand ich wohl in der Tat nicht vom wirklich wahren Leben, wenn ich mich so in der Familie Schultze umsah. Allerdings sollte man bedenken, dass Kotzen ja auch eine Form der Erleichterung ist. Vielleicht sollte ich auch mit Bulimie anfangen. Millionen magersüchtiger Mädchen können nicht irren.

„Das ist doch etwas völlig anderes. Mareile meint doch nur, dass du ein schlimmes Borderlein hast, während sie nur eine Essstörung hat."

Endlich hatte Mareile ausgekotzt und kam aus dem Bad heraus. Glücklicherweise war sie ihrer Leidenschaft bei offenem Fenster nachgegangen und hatte noch einen Raumspray benutzt, so dass ich mich gemütlich einschließen konnte und nicht von üblen Gerüchen gestört wurde. Aber kaum, dass ich mich ruhig und entspannt auf der Brille niedergelassen hatte, hämmerte es von außen an der Tür, und Anne-Sophie kreischte: „He, aufmachen! Ich muss da rein. Ganz dringend!" Und Torben-Jakob assistierte der Schwester beim Kreischen und brüllte: "Die Anne-Sophie macht sich gleich in die Hose."

Mein Verdauungstrakt, der eben noch vielversprechend gebrummt hatte, war schon wieder wie versiegelt. Und Torben-Jakob schrie immer wilder und obsessiver, dass seine Schwester gleich in die Hose machen würde. Ich musste befürchten, er bekäme schon wieder einen Krupp oder gar einen Pseudokrupp. Und ich wäre dann auch noch dran schuld.

Ich überlegte, dass ich am besten jetzt doch einen Spaziergang in die Stadt machen sollte. Irgendwo würde es da ja wohl eine öffentliche Bedürfnisanstalt geben, wo ich Ruhe finden könnte. Oder ein Café mit einer ruhigen Toilette möglichst im stillen, abgelegenen Kellergeschoss.

Herr Schultze hatte sich inzwischen sehr herzlich an Ka-De gewandt. Ohne sonderliche Eifersucht stellte ich fest, dass ihm dieser Schwiegersohn deutlich sympathischer war als ich. Aber wir kannten uns ja auch noch nicht so lange. Und ich hatte das dumpfe Gefühl, dass unser Verhältnis auch nicht herzlicher würde, wenn wir uns näher kannten. Er nahm den KaDe förmlich in den Arm und sagte: „Hör mal Klaus-Dieter, willst du mal meine neue Schlagbohrmaschine sehen, eine Honoro-Macho mit 12 Feinstufen und Argus-Regler. Habe ich mir gestern aus dem Baumarkt geholt."

KaDes Augen leuchteten auf: „Na, das lass ich mir doch nicht zweimal sagen. Ich will mir jetzt auch eine neue Bohrmaschine kaufen: und zwar die F 5000 mit 30 Kubik-Klutschkupppelung und 5-Gang-Getriebe." Der alte Schultze klopfte seinem Schwiegersohn anerkennend auf die Schulter und meinte schmunzelnd: „Du hast ja auch Geld. Da kann so ein kleiner Schulmeister wie ich nur von träumen."

Als die beiden im Keller verschwanden, schloss ich mich ihnen an. Ich war zwar nicht ausdrücklich eingeladen mitzukommen. Aber mir erschien alles verlockender zu sein, als bei den irren Töchtern und den durchgedrehten Enkeln in den oberen Stockwerken zu bleiben.

Wie ich ja schon flüchtig gesehen hatte, war im Keller eine gut ausgestattete Werkstatt eingerichtet worden. Das wunderte mich eigentlich bei einem so vertrockneten Altsprachler. Die haben ja normalerweise zwei linke Hände. Aber der Alte schien wirklich eine handwerkliche Ader zu besitzen. Ich hingegen wusste nicht einmal bei der Hälfte seiner Apparate und Geräte wozu diese dienen könnten. Vater Schultze wuchtete einen gewaltigen, männlich aussehenden Apparillo hervor. KaDe stieß einige schrille

79

Begeisterungslaute aus. Und die beiden Männer begannen sofort miteinander technisch zu fachsimpeln. Ich verstand kein Wort und fühlte mich mal wieder sehr ausgeschlossen. Inzwischen drückten meine gefüllten Därme auch noch auf die Harnblase, so dass ich auch ständig glaubte, Wasser abschlagen zu müssen. Ich verdrückte mich daher schnell aus der Werkstatt, und nutzte noch einmal das von Herrn Schultze höchstvorsorglich angebrachte Pipi-Becken.

Inzwischen hatte der Regen etwas nachgelassen. Ich hatte zwar gemerkt, dass es nicht erwünscht war, wenn ich das Haus verlassen wollte. Aber ich war nun schon seit etwa 20 Stunden in Schafingen und das einzige, was ich bisher gesehen hatte, war das Innere des Einfamilienhauses der Schultzes. Ich zog mir in dem allgemeinen Chaos meinen Wintermantel über und verließ, ohne dass mich jemand daran hindern konnte, das gut geheizte Haus durch die Vordertür. Draußen war es in der Tat nur wenig verlockend. Ein eisiger, schneidender Wind peitschte mir ins Gesicht. Der Himmel war immer noch trübe und dunkel. Man konnte noch nicht einmal erahnen, wo die Sonne überhaupt am Himmel stand, ein Umstand, der sich bald als schlimmes Problem für mich herausstellen sollte.

Ich ging erst einmal ganz einfach die Straße entlang nach links, da ich dort das Stadtzentrum vermutete. Ich glaubte, zwischen zwei Häusern im fahlen Dunst der Ferne die ungleichen Türme des Schafinger Doms erkannt zu haben.

Der ähnliche Geschmack und die gleichermaßen egalitär verteilten finanziellen Mittel, der hier ansässigen Beamten und Pensionisten hatten dazu geführt, dass die Straße etwas einförmig wirkte. Die Häuschen sahen sich alle zum Verwechseln ähnlich. Der schnelle Schritt, den ich anschlug und die heftig nasskalte Luft taten gut. Nach ungefähr 20 Minuten hatte ich das Gefühl, dass ich bald würde auf die Toilette gehen können. Hoffentlich kam ich bald an einem Café, einem Kaufhaus oder einer öffentlichen Bedürfnisanstalt vorbei.

Die Stadtlandschaft hatte sich trotz des erheblichen Weges, den ich schon zurückgelegt zu haben glaubte, gar nicht verändert. Nur zum Verwechseln ähnliche Einfamilienhäuser mit gepflegten Vorgärten, deren Koniferen jetzt mehr oder minder weihnachtlich geschmückt waren. Nichts wies darauf hin, dass ich mich einer urbaneren Gegend näherte. Der Drang, mich zu entleeren, wuchs mächtig an. Aber in die Vorgärten konnte ich mich nicht hocken. Das hätte ja mächtig Skandal gegeben! Der Gast eines Oberstudienrates kackt in den Vorgarten eines BHW-Reiheneigenheimes! Und selbst wenn es hier irgendwo wildes Grün mit dichten Büschen gegeben hätte, hätte ich mir ja im wahrsten Sinne des Wortes den Arsch abgefroren. Klopapier hatte ich natürlich auch nicht mitgenommen.

Dann plötzlich! Was war das? Ich erschrak zu Tode. Das war doch das Haus der Schultzes, das da zu meiner Linken auftauchte. Das konnte doch nicht sein. Ich war so weit gelaufen und doch noch am Ausgangspunkt meiner Wanderung. War ich etwa im Kreis herumgeirrt. Nein, das konnte nicht sein. Im Urwald, in der Wüste oder der Antarktis, ja da passierte das natürlich ganz leicht. Aber hier in einem ganz normalen Vorort mitten in der BRD? Das musste ein ähnliches Haus sein. Es war ja auch alles zum Verwechseln ähnlich. Langweilig und furchtbar! Aber da schaute schon Bärbel aus dem Fenster heraus und brüllte mir zu:

„Da bist du ja endlich wieder. Komm sofort rein. Wir wollen Kaffee trinken. In diesem Augenblick fuhr ein Stadtbus an mir vorbei mit dem Fahrtrichtungsschild:

> **Hbf./ZOB/Zentrum**
>
> **über Dom**

Zu spät. Ich musste wieder ins Schultzesche Heim.

Am Kaffeetisch wurde ich streng vermahnt: „Greifen Sie nur tüchtig zu, Herr Porkmann, oder schmeckt es ihnen nicht? Sie müssen doch völlig ausgehungert sein, nachdem Sie da draußen stundenlang im Regen herumgelaufen sind." Ich aß zwei Stück Sahnetorte und einen Riesenhaufen trockene Plätzchen. Ich erzählte von meinen Abenteuern, weil ich dachte, dass sie vielleicht zur allgemeinen Unterhaltung beitragen könnten. Wie ich offenbar im Kreise gegangen und noch ganz verwirrt darüber war, dass ich nach über 20 Minuten zügigen Laufs immer in die vermeintliche Richtung zur Innenstadt doch nur wieder am Schultzeschen Haus herausgekommen war.

Bärbel kicherte: „Du Schäfchen! Wir wohnen doch im Petunienring. Das ist wie der Name schon sagt, eine Ringstraße. Wenn du in die Stadt willst, musst du am Glockenblumenring nach links abbiegen. Da kommst du dann auf die Käferloher Chaussee. Die führt in die Innenstadt und da fährt auch der Bus lang. Hier auf dem Glücksberg sind alle Straßen Ringstraßen. Ich weiß auch nicht warum. Aber die Stadtplaner fanden das wohl damals besser. Aber in der Stadt gibt es wirklich nichts zu sehen." Und Mutter Schultze fügte hinzu: „Der Bus fährt zur Zeit auch gar nicht. Wegen der Bauarbeiten."

Ich überlegte. Wenn die Sonne nicht am Himmel stand und man keine Karte und keinen Kompass hatte, war es in der Tat schwierig, in die Stadt zu finden. Angesichts der Ringstraßen konnte man leicht im Kreis laufen. Dass der Bus angeblich nicht fuhr, war natürlich glatt gelogen. Ich hatte ihn ja gerade erst abfahren sehen. Warum nur wollten Bärbel und ihre Mutter verhindern, dass ich auf eigene Faust die Stadt erkundete? Hier im Hause, das ich ja offenbar nicht verlassen sollte, ignorierten sie mich doch weitgehend, sofern ich nicht zum Essen animiert wurde. Eine echte Bereicherung für das routiniert ablaufende Familienleben war ich in der Tat nicht.

Nach dem Kaffee und dem Kuchen fühlte ich mich ganz schwindelig. Das drängende Grummeln in meinem Gedärm war in dem Augenblick wieder verschwunden, in dem ich das Haus der Schultzes wieder betreten hatte. Ich lag wie betäubt auf einem geblümten Kanapee. Auf einem Sessel oder gar einem Stuhl konnte ich gar nicht mehr sitzen, weil das meinen aufgedunsenen Bauch zu sehr eingequetscht hätte. Halb im Unterbewusstsein belauschte ich wieder ein Gespräch zwischen Bärbel und ihrer Schwester Mareile. Sie schienen mich auf dem geblümten Liegemöbel gar nicht richtig wahrzunehmen. Wortfetzen von Mareiles gedämpfte Stimme drangen an mein Ohr: „Kann noch großen Ärger mit Klaus-Dieters Eltern geben. Wir müssen am ersten Feiertag auf jeden Fall da hin. Sonst droht Enterbung. Letztes Jahr waren wir ja am Heiligen Abend schon hier, weil die Alte sonst herumkreischt. Deswegen sind wir ja auch schon einen Tag früher gekommen, damit Mutter nicht merkt, dass wir eigentlich nur einen Tag da sind."

Also hatte ich doch recht gehabt mit dem, was ich Frau Schultze  vergeblich zu erklären versucht hatte. Verpartnerte Kinder hatten Probleme damit, wie und wo sie Weihnachten verbringen mussten. KaDes Eltern verbrachten das Fest der Fleischwerdung Gottes offensichtlich im Gegensatz zu meinen Eltern nicht auf Mallorca sondern in Deutschland und erwarteten erbarmungslos ihren Sohn und ihre Schwiegertochter nebst Enkelschar zum Wiegenfest Christi in ihrem Haushalt. Da hieß es zwar so harmlos in dem alten Weihnachtslied *Ihr Kinderlein kommet,* aber wenn die Kinder nicht wussten, wo sie genau hinkommen sollten, war die menschliche Katastrophe vorprogrammiert.

So verbrachte ich den weiteren Nachmittag und frühen Abend in einem halbkomatösen Zustand auf der Couch. Nur mein Darm grollte ab und an ein wenig. Wahrscheinlich war alles Blut aus meinem Gehirn abgezogen worden und floss jetzt um das träge Gedärm herum. Herr Schultze war mit seinem Schwiegersohn KaDe wieder in den Werkstattkeller gegangen. Dort tranken sie ganz offensichtlich Bier, und zwar in nicht zu knapp bemessenen Dosen, und bewunderten die Schlagbohrmaschinen und Kettensägen und sprachen über Probleme des Bausparens. Ach, nicht nur die weihnachtliche Welt der Weiber, auch die ernste Welt der Männer war mir fremd und verschlossen geblieben.

Frau Schultze war mit ihren beiden Töchtern in die Küche gegangen, wo sie in Permanenz dem Backen, Braten und Sotten frönten. Immer wieder hörte man, wie sie sich anschrien und beschimpften, gerade so als machten sie in der Tat ununterbrochen alles aber auch alles, was man nur falsch machen konnte, falsch. Einmal hörte ich Frau Schultze aufstöhnen:

„Ach Kinder, macht mir doch zu Weihnachten nicht immer alles so schwer. Mareile, müsst ihr denn wirklich schon am Ersten Feiertag zu Klaus-Dieters Eltern? Da soll es doch mittags die Gans bei uns geben. Das ist doch der Höhepunkt von Weihnachten. Warum muss ich denn immer alles selbst machen? Warum hört denn keiner auf mich?" Ich hielt die Augen geschlossen und sah deshalb nichts, hörte nur Stimmen. Und die Stimme von Frau Schultze wurde einerseits immer jammeriger aber gleichzeitig immer schneidender und fordernder. Fast tat mir Mareile schon leid, aber nur fast. Wer von mir behauptet, ich hätte ein Borderlein, was immer das nun war, kann nur mit geringem Mitleid von meiner Seite rechnen. Und irgendwo im Hinterkopf machte sich ein Gefühl breit, als drohe eine unbestimmte Gefahr. Und die Gefahr kam immer näher. Ob das ein Symptom für ein Borderlein war. Oder drohte wirklich Gefahr und ein sechster Sinn wollte mich warnen?

Mareile schlug in ihrer Not vor, die Gans vielleicht doch schon am Heiligen Abend abends zu essen. „Dann können wir am Ersten Feiertrag noch zusammen ausgiebig frühstücken, und wir sind wenigstens mittags dann bei Klaus-Dieters Eltern. Die sind auch nicht so einfach!"

„Was heißt hier auch nicht so einfach. Das muss ich mir nicht sagen lassen. Ich bin ganz einfach: Zu Weihnachten gehören die Kinder zu den Eltern", keifte Mutter Schultze. Und Mareile versuchte vergeblich zu erklären, was mir schon nicht gelungen war: „Das meine ich doch. KaDes Eltern meinen auch, dass wir Weihnachten zu ihnen gehören." Mutter Schultze wurde immer eingeschnappter: „Papperlapapp! So einen Unsinn will ich nicht hören. Wenn ich zu meiner Mutter so frech gewesen wäre wie du, dann hätte es einen Satz heißer Ohren gegeben." Mareile insistierte: „Was spricht denn gegen die Gans am Heiligen Abend. Da bleibt sicher was nach, und ihr könnte am Ersten Feiertag auch noch davon essen."

So einen Vorschlag konnte natürlich jemand, der Bulimie hatte, gut machen. Oh, wie beneidete ich mit meinem aufgedunsenen, quälenden Gedärm die Bulimiker. Glückliche Mareile! Und die war trotz ihres üppigen Nahrungsmittelkonsums auch tatsächlich gertenschlank, während ich schon ganz schnell ein kleines Bäuchlein bekam, das mir jetzt im Augenblick meiner feiertäglichen Mästung ganz gigantisch vorkam.

Meine schlaue Bärbel versuchte zu vermitteln: „Wir könnten vielleicht am Ersten Feiertag die Gans ein wenig früher essen, und dann könntet ihr gleich nach dem Mittagessen zu KaDes Eltern. Da seid ihr dann bestimmt rechtzeitig bis zum Nachmittagskaffee."

Mutter Schultze war mit diesem doch recht vernünftigen Kompromiss nicht einverstanden. Sie zog ein schaurig beleidigtes Gesicht und greinte: „Ja, ja, mit seiner alten Mutter kann man es ja machen."

Mareile wurde jetzt richtig frech. Selbst ich fand es ganz schön ungezogen, was sie jetzt keifte: „Außerdem wollen uns KaDes Eltern enterben, wenn wir zu Weihnachten nicht zu ihnen kommen. Und wir brauchen das Geld irgendwann mal für KaDes Geschäft. Da haben wir noch ordentlich Kredite laufen. Und hier bei euch ist ja nicht viel zu holen. Das geht dann ja alles durch vier."

„Nele ist schon enterbt. Und wenn du so weiter machst, bist du die nächste, die von der Liste gestrichen wird", giftete Mutter Schultze zurück.

Ich lag hilflos und leidend mit meinem gewaltig aufgetriebenen Leib auf der Couch. Torben-Jakob und Anne-Sophie kamen ständig türenschlagend ins Wohnzimmer, umkreisten mich kreischend und liefen schreiend wieder hinaus. Zum Lesen anspruchsvoller Literatur war ich einerseits zu geschwächt. Andererseits war es auch zu unruhig, um zum Beispiel in meinem Sachbuch über die romanischen Dome zu lesen. Da musste man sich konzentrieren, um überhaupt zu verstehen, was der Autor, ein bekannter Kulturhistoriker, überhaupt sagen wollte. Auch das Buch *Jimmy, oder Hilfe mein Skalp*, ein etwas aus der Zeit gefallener Wildwestroman konnte mich nicht fesseln. Jimmys Welt auf dem Rücken der Pferde war so weit von der Couch entfernt, auf der ich vollgefressen lagerte, dass ein Universum zwischen uns zu sein schien. Auf dem Couchtischchen war eine Apothekenzeitschrift vergessen worden. Ich blätterte halb abwesend ein wenig darin herum. Da las ich es, was ich ohnehin schon dumpf befürchtet hatte: An der Universität von Südkalifornien hatte man bei Feldstudien festgestellt, dass Patienten wirklich geplatzt waren, und zwar nicht weil sie zu viel gefressen hatten, sondern weil sie an psychosomatisch bedingter Verstopfung erkrankt waren. Dieser Artikel beunruhigte mich sehr, sehr ernsthaft.

Irgendeines der Kinder schaltete den Fernseher wieder an, schaute kurz auf die flimmernde Mattscheibe und rannte dann brüllend und türenschlagend wieder hinaus. Im Fernsehen, waren wieder die tief verschneiten Berge zu sehen. Ein uralter Tiroler erzählte, wie man in seiner Kindheit Weihnachten gefeiert hatte. Ja, damals herrschte große, bittere Armut. Aber trotz der wirtschaftlichen Not war die Stimmung mit den vielen Geschwistern einfach super gewesen. Einmal hatten sie sogar das Christkind verhauen, weil es so frech zu den Kindern gewesen war. Dann erschien eine etwas urbanere und modernere Oma, die vom Weihnachten der Nachkriegszeit berichtete. Ja, das war schon eine harte Zeit gewesen. Nichts zu brechen und nichts zu beißen, dafür nur Kälte und Russen, davon aber mehr als genug. Und ich lag hier auf der Couch und drohte zu platzen wie die verstopften Südkalifornier aus der Apothekenzeitschrift. Damals bitterer

Hunger, und heute drohte mein Ende wegen Überfressens. Welch' ein Wandel! Welch' ein Gegensatz der Schicksäler.

Die kleine Anne-Sophie erschien und fragte mich streng: „Jetzt zum letzten Mal: Hast du einen Penis, oder nicht? Ich will eine ehrliche Antwort. Sonst sage ich es meiner Mutter. Und die kann sehr schnell sehr unangenehm werden." Entkräftet und ermattet wollte ich schon wahrheitsgemäß antworten. Aber da rief Mutter Schultze schon zum Abendessen, indem sie ein kleines Silberglöckchen läutete.

Ich konnte meinen inzwischen schon robbenartigen Leib fast nicht mehr von der Couch wuchten. Wir waren doch gerade erst von der Kaffeetafel aufgestanden. Ich glaubte, dass ich außerstande sein würde, auch nur das allerkleinste Bröckchen Nahrung in mich hineinzubringen. Aber man nötigte mich so heftig, dass ich wider alle Vernunft zwei belegte Stullen in mich hineinstopfte. Und dann aß ich zu allem Überfluss noch drei Buletten mit Senf, Ketschup und Majonäse.

Währenddessen kam es zwischen Mareile und ihren beiden Kindern zu den unschönsten Diskussionen. Torben-Jakob und Anne-Sophie waren einerseits ziemlich mäkelig mit dem Essen, andererseits aber auch gierig auf alles, was nach Ansicht ihrer Mutter ungesund war. Mareile versuchte gerade ihren Sohn davon zu überzeugen, dass er eine Scheibe glutenfreies Vollkornbrot mit einer speziellen ebenso biologischen wie vegetarischen Creme essen sollte, als Jakob heulend aufschrie: „Torben-Jakob will aber ein Nutellabrot, ein Nutellabrot. Ich will, ich will........"

Der Knabe fing schon wieder an, gefährlich violett anzulaufen. Ein neuerlicher Pseudokrupp-Anfall schien zu drohen. Frau Schultze meinte zwar recht streng und bestimmt: „Kinder mit Willen, kriegen was auf die Brillen – aber kann der Torben-Jakob nicht doch ein Nutellabrot bekommen. Das enthält doch auch Energie fürs Wachstum. Und außerdem ist es doch auch Weihnachten." Aber Mareile blieb hart: „Nein, der Junge kriegt keinen Industriezucker. Den verträgt er nicht."

Torben-Jakob keuchte aber auch ohne Industriezucker immer schlimmer und Mareile zuckte schon den Anti-Kruppspray. Interessant, dass bereits das Zeigen dieses Instruments dazu führte, dass der Knabe mit dem Keuchen aufhörte. Hier hatte offenbar noch ein anderer außer mir psychosomatische Probleme. Vielleicht war der kleine Torben-Jakob sogar ein Leidensgenosse von mir und wir hatten beide Borderleine. Seine Oma hatte ihm inzwischen auch eine Scheibe Weißbrot mit der begehrten braunen Masse zugeschoben. Torben-Jakob verschlang, einer Riesenschlange, die ein ganzes Schwein verschlingt, nicht unähnlich, das Brot mit einem Happs. Mareile überschüttete ihre Mutter mit den schrecklichsten Vorwürfen und setzte zu einem Vortrag über gesunde Ernährung an. Ich hatte den Eindruck, dass ihre Enterbung unmittelbar bevorstand.

Anne-Sophie unterbrach die Auseinandersetzung mit weiteren sexualwissenschaftlichen Erläuterungen. Sie hatte die große grüne Salatgurke auf dem Esstisch entdeckt, die dort als Dekorationsmöbel für die Stullen lag und fragte: „Ist das auch ein Penis?"

Ich guckte bei dieser seltsamen Frage wohl wirklich ein wenig blöd drein. KaDe fühlte sich bemüßigt, mir das sexualfixierte Interesse seiner Tochter zu erklären: „Anne-Sophie ist gerade gründlich aufgeklärt worden. Da ist natürlich alles für sie interessant, was auch nur im Entferntesten mit Sexualität zu tun hat."

Ob Herr Schultze noch nicht aufgeklärt worden war, weiß ich nicht, jedenfalls fing er jetzt auch an zu hyperventilieren. Vielleicht lag das mit dem Pseudokrupp ja in der Familie. Das ist bestimmt auch erblich. Mareile war jetzt, in Gegenwart ihrer Eltern, auch nicht mehr so offen mit Sexthemen wie vorhin, als es gegen mich gegangen war. Sie zischte ihrer Tochter zu: „Jetzt nicht Anne-Sophie! Nicht bei Tisch!"

Ich sagte auch lieber nichts, denn noch eine Neurose oder gar ein weiteres Borderlein wollte ich mir nicht nachsagen lassen. Allerdings flüsterte ich zu Bärbel, mit der ich hier in ihrem Elternhaus kaum noch persönliche Worte wechselte, nur um einen harmlosen Scherz zu machen: „Naja, ein echter Penis ist die Gurke ja nicht, aber wohl doch ein Phallussymbol." Es war mir aber schon aufgefallen, dass Bärbel scheinbar jeden Sinn für Humor verloren hatte, seit sie bei ihren Eltern weilte. Entsprechend freudlos raunte sie: „Sei doch endlich still! Sei bitte still! Sag' am besten gar nichts!" Dabei sagte ich doch sowieso meistens gar nichts mehr.

Ich machte mich an diesem Abend dann noch durch übermäßigen Bierkonsum unbeliebt. Nicht dass ich wirklich viel Bier getrunken hätte. Herr Schultze und KaDe hatten ja schon zuvor einige Fläschchen ohne mich im Keller gezischt. Auch war ich keineswegs betrunken oder torkelte lallend umher. Aber durch die vielen salzigen und süßen Speisen, zu denen man mich genötigt hatte, litt ich unter einem enormen Durst. Das kalte, bitter gehopfte leicht alkoholische Bier tat mir gut. Meinte ich jedenfalls. Aber der Berliner sagt ja schon: Bier is ooch Stulle. Und ähnlich einem Dürstenden auf dem Meer, der in seine

Not schließlich das Salzwasser des Ozeans trinkt, half mir das Bier nicht wirklich. Ich fühlte mich noch voller als zuvor. Und Herr und Frau Schultze blickten mich an, als sei ich ein ganz übler, haltloser Alkoholiker, und als Bärbel sah, dass ihre Eltern mich böse anguckten, schaute sie mich auch böse an.

Ich sah aber auch zu grausig aus. Als ich mich im großen Flurspiegel selbst erblickte, erschrak ich richtig. Ein ungesund aufgedunsenes Wesen mit lila bis grünlicher Gesichtshaut und tiefliegenden, schwarz umränderten Augen blickte mich an. Solch ein Wesen würde kein Personaldirektor der Welt einstellen außer in einer Geisterbahn als Hilfserschrecker. Na, glücklicherweise hatte ich ja die Einstellungszusage zum 2.1. schon in der Tasche. Und bis dahin, so hoffte ich, würde ich mich in ein menschenähnlicheres Wesen zurückverwandeln können. Ich würde gleich nach Weihnachten nach Berlin fahren, um mich dort zu pflegen und zu erholen, einerlei, ob Bärbel noch bei ihren Eltern bleiben wollte oder nicht.

Ich war froh, als ich endlich ins Bett gehen konnte. Normalerweise schläft man ja schlecht, wenn man so übersättigt ist. Bei mir war aber bereits ein Zustand eingetreten, dass die Fülle des Leibes alleine schon einen einzigen Erschöpfungszustand darstellte. Ich fiel sofort in einen unruhigen, komatösen Schlaf, wobei es wiederum ein Unterhaltungsprogramm mit den scheußlichsten Alpträumen gab.

*****

91

### e. Am 24.12.vormittags bei der Familie Schultze

Der Tag des Heiligen Abends begann so ähnlich, wie der
23.12 geendet hatte. Ich schlief lange. Was sollte ich
auch sonst tun. Gegen zehn scheuchte Bärbel mich aus
dem Bett. Ich könne nicht den ganzen Tag verschlafen.
Sie sei schon seit Ewigkeiten auf, weil so viel zu tun sei.
Merkte sie denn nicht, dass es für mich nichts aber auch
gar nichts zu tun gab? Und daher natürlich auch keine
Veranlassung, das Bett zu verlassen. Da war ich wenigstens niemandem im Wege.

Ich fühlte mich immer noch entsetzlich, wenn auch nicht
mehr ganz so aufgedunsen wie tags zuvor. Die in meinen
Därmen angesammelten Massen hatten sich offenbar
verdichtet. Sie, die Massen, und damit auch mein Leib
hatten an Volumen verloren, dafür war mein Inneres völlig verhärtet. Es fühlte sich wie eine Betonwand an, wenn
ich auf meinen Bauch drückte. Dehydrierung nennt man
das, glaube ich. Als ich in mich hineinhorchte, fühlte ich
leicht schmerzhafte Krämpfe im Unterbauch.  Aber auch
an diesem trüben Morgen war in diesem Hause nicht daran zu denken, längere Zeit einmal ganz ruhig auf dem
Klo herumsitzen zu können. Das Badezimmer suchte ich
sowieso kaum noch auf. Da wurde spätestens nach zwei
Minuten an der Tür gerüttelt. Ich hatte mich in den engen
düsteren Lokus gleich neben der Garderobe zurückgezogen. Das Problem, dass man diesen Raum nicht richtig
verschließen konnte, hatte ich gelöst. Wenn man die Klobürste richtig verkantete, so konnte man die Tür des Ka-
binetts von außen nicht mehr öffnen. Aber als ich gerade
ruhig dasaß, brach erneut ein gewaltiges Getöse aus.
Jetzt war Bärbels Bruder Hans-Peter mit seiner Familie
angekommen. Und die begannen natürlich direkt an der
Garderobe neben der Gästetoilette zu lärmen und zu toben.

„Wir sind schon so früh da, weil wir noch in der Nacht in Mönchen-Gladbach losgefahren sind. Da ist noch nicht so viel Verkehr. Wir sind auch über die A76 gefahren. Das ist zwar weiter, geht aber schneller als über die A 314", tönte die Stimme eines jüngeren Mannes. Vater Schultze dröhnte: „Wenn ihr am Antenbacher Dreieck auf die A 32 abgebogen wärt, wäre es noch schneller gegangen. Da hättet ihr in Gontenbach-Nord die Ausfahrt nehmen müssen und wärt auf der B 738 weiter gefahren."

Die junge Stimme wagte Widerworte: „Am Antenbacher Dreieck ist Baustelle. Da hätten wir schon in Gontenbach-Süd abfahren müssen und auf der B 422 ist immer Stau."

Für einen Westberliner U-Bahn-Nutzer war dieses Gespräch unverständlich und völlig sinnfrei. Für die beiden Westdeutschen schienen ihre dunklen Worte aber durchaus sinnreich zu sein, denn sie kabbelten sich noch eine Weile über den besseren Fahrweg von Mönchengladbach nach Schafingen. Ach, wären sie doch nur später losgefahren und in einen Stau geraten. Ich hätte dann länger ruhig auf dem Klo hocken bleiben können. Aber bei dem Allgemeinen Geschreie und Herumgejage wurde es immer ungemütlicher in der Nasszelle neben der Eingangstür. Jetzt drückte auch jemand die Klinke herunter und versuchte gegen den Widerstand, den ich mit der Klobürste aufgebaut hatte, die Tür mit Gewalt aufzudrücken. Eine raue, aber noch sehr junge Stimme brüllte: „Mein Gott, wer scheißt denn da so lange? Ich muss pissen, wie ein Pferd." Frau Schultze kreischte: „Dann geh doch nach oben. Da ist frei." Und Herr Schultze brüllte: „Du kannst in den Keller gehen. Da habe ich ein Pinkelbecken installiert, weil die Weiber die anderen Klosettanlagen immer so lange blockieren."

Ich musste mir eingestehen, dass auf meinem Besuch bei den Schultzes kein Segen lag. Es war furchtbar langweilig bei ihnen, sie mochten mich nicht, ich fühlte mich vereinsamt, musste zu viel fressen und gleichwohl kam ich nicht zur Ruhe, nicht einmal, um aufs Klos zu gehen. Wieder einmal eine völlig vermurxte Reise nach Westdeutschland!

Und ehe ich es mir versah, saßen wir auch schon wieder am Esstisch der Familie, wo für ein opulentes Frühstück aufgedeckt war. Hans-Peter und seine Frau Sonja, die ich schon auf den ersten Blick für außerordentlich attraktiv hielt - trotz ihrer aber auch vielleicht wegen ihrer etwas herben, resignierten Gesichtszüge - hatten von irgendwoher in dieser frühen Stunde jede Menge frischer Backwaren mitgebracht. Dazu gab es Unmengen Schinken, Käse, Marmelade und allerlei andere Köstlichkeiten wie geräucherten Lachs und eingelegte Eier. Ich weiß nicht, was mich dazu trieb, dass ich unbedingt noch zwei dick belegte Bemmen in mich hineinschlingen musste, obwohl ich mich doch schon so unangenehm gefüllt fühlte. Wahrscheinlich, weil man mich in dieser Menge von Menschen eigentlich vollständig ignorierte. Ganz sicherlich führt heftiges Ignoriert-Werden zu ebenso heftigen Heißhunger wie auch zur berüchtigten Fresssucht aus Langeweile. Aus der Apothekenzeitung wusste ich ja, dass es entgegen volkstümlicher Vorstellungen durchaus möglich war, dass Menschen platzen können, wenn sie nicht mehr aufs Klo gehen können. Andererseits war Nachstopfen ja vielleicht ein probates Mittel um wieder Bewegung in das träge Gedärm zu bekommen. Ich aß deshalb noch einen Joghurt mit Kiwi und Stachelbeere und trank drei Gläser Orangensaft. Durst hatte ich nämlich immer, seit ich in Schafingen war und mich mit salzigen, süßen und würzigen Speisen vollstopfen musste.

Hans-Peters und Sonjas Kinder waren wenigstens auf den ersten Anschein hin deutlich angenehmer als Torben-Jakob und Anne-Sophie. Lars, der Ältere, war ein hoch aufgeschossener, ungefähr sechzehnjähriger Knabe mit verschlossenem pubertär verpickeltem, etwas ausgemergeltem Gesicht. Schön war etwas anders. Aber wenigstens nervte er nicht durch permanentes Blödsinnreden, denn er war wesensmäßig genauso verschlossen, wie sein Gesicht es versprach.

Selbst auf direkte Fragen seiner Großeltern, etwa in der Art: „Junge, was macht die Schule? Wirst du denn auch versetzt werden", antwortete er nur zurückhaltend, ja fast schon mürrisch und ausweichend: „Ja, das läuft alles ganz cool." Oder auf die Frage „Was machst du denn so in deiner Freizeit?" meinte er nur: „Ach ich höre Musik, so coole Sachen, von denen ihr sowie so nichts versteht."

Frau Schultze versuchte durch geschickte Verhörtechnik, Näheres über die Lebensumstände ihres ältesten Enkels herauszufinden: „Hast du denn schon Freunde an der neuen Schule gefunden, mit denen du gemeinsame Interessen teilst?" Lars brummelte: „Ja, ich habe da so 'ne Clique und hänge mit ein paar coolen Typen ab."

Seine kleine Schwester fiel auch nicht dumm auf, denn die war ja noch ein Säugling und quakte nur ab und zu. Wie die kleine Schwester hieß, habe ich nie herausbekommen, denn sie hieß nur die Kleine, das Baby oder die Süße. Und wenn sie zu sehr quakte, nahm ihre Mutter sie hoch, knöpfte ungeniert die Bluse auf und legte die Süße an ihre schönen Brüste an. Auch Herr Schultze konnte kaum einen lüsternen Blick unterdrücken, wenn er eine solche Szene beobachten konnte.

Und ich erwähnte ja bereits. Die Sonja wäre auch mein Fall gewesen. Und warum nicht ein Verhältnis mit der eigenen Schwägerin anfangen? Das bot sich ja förmlich an. Bärbel hatte ja sowieso keine Zeit für mich. Und außerdem zeigten sich ja hier in Schafingen mehr und mehr ihre schlechten Eigenschaften. Sie bekam auch diese scharfen Züge um die immer mehr heruntergezogenen Mundwinkel. Dadurch sah sie in erschreckendem Maße auch ihrer Schwester Mareile und ihrer Mutter immer ähnlicher. Und die sahen nun wirklich völlig unmöglich aus, wie ich mittlerweile fand.

Sonja schien mich auch ganz nett zu finden, so wie sie ab und an zu mir herüber schaute. Schließlich waren wir in diesem durchgeknallten Haushalt ja irgendwie Schicksalsgeschwister. KaDe hätte eigentlich der Dritte im Bunde sein können. Aber der hatte sich völlig bei den Schultzes integriert und war noch doller das Lieblingskind von Vater Schultze als es die leiblichen Kinder waren.

Hans-Peter, der mir ohnehin ein wenig nervös und leidend zu sein schien, verabschiedete sich erst einmal mit den Worten: „Also, die Autofahrt heute Nacht hat mich so erledigt, dass ich mich erst einmal hinlegen muss. Ich bekomme sonst meine Migräne."

Da konnte man ja gut einmal ungestört mit Sonja plaudern. Sie sprach mich dann sogar direkt auf meinen Beruf an: „Sag mal, du bist doch an deinem Hochschulinstitut für die EDV zuständig. Ich überleg gerade, ob ich mir nicht einen Computer kaufen sollte. Ich gebe Englisch und Geschichte an einem Gymnasium in Mönchengladbach. Viele meiner Schüler sind heute schon computersüchtig. Dauernd spielen sie mit ihrem Playboy herum."

„Und das mit den Gameboys wird noch viel schlimmer werden", gab ich zurück aber erzählte natürlich nicht, dass ich eigentlich gar kein DV-Mann war und ich mich nur notgedrungen darum gekümmert hatte, weil kein an-

derer dazu Lust hatte und ich die Stelle sonst nicht gekriegt hätte. Und schon gar nicht erzählte ich, dass meine
eigentliche Berufstätigkeit erst im neuen Jahr anfangen
würde, sondern bramarbasierte drauf los, dass es nur so
eine Freude war: „Und das ist erst der Anfang. In einigen
Jahren werden alle deine Schüler einen Computer haben. Und die werden alle unter einander vernetzt sein. Im
Hochschulbereich ist das heute schon der Fall. Aber im
nächsten oder allerspätestens im übernächsten Jahr wird
es ein weltweites Netz aus allen Rechnern der Welt geben. Und wenn du dich dann nicht damit auskennst, dann
siehst Du alt aus."

Sonja war beeindruckt und murmelte: „Was meinst du,
was mir die Schüler heute schon erzählen?

Gerne hätte ich mich noch intensiver mit der attraktiven
Frau unterhalten. Und wäre ihr vielleicht bei einem inten-
siven Gespräch auch körperlich etwas näher gekommen.
Das bot sich förmlich an, als ich ihr auf ein Papier malte,
worauf sie beim Kauf eines Computers zu achten hätte.
Aber in Folge der starken Obstipation, unter der ich litt,
hatte ich das Gefühl, äußerst unattraktiv auszusehen und
auch nicht gut zu riechen. Ständig bekam ich Schweißausbrüche und ein permanentes Aufstoßen war schwer
zu unterdrücken. Und entspannen durfte ich mich auch
nicht, denn dann wären mir die knallendsten und stin-
kendsten Fürze entwichen. Dabei ging die Neigung zu
abgehenden Darmwinden glücklicherweise langsam zurück, weil mein Enddarm inzwischen durch einen harten
Stöpsel mehr und mehr hermetisch verschlossen zu sein
schien. Also, wie auch immer: Ich ein knarzendes, übel
riechendes, unförmiges Wesen fühlte mich in der Gegenwart einer schlanken, wohlriechenden Person wie
Sonja gar nicht wohl. Nicht wegen Sonja, sondern wegen
meiner eigenen Körperlichkeit.

Lars hatte es sich inzwischen vor der Glotze gemütlich gemacht. Auf der Senderskala hatte er einen Sender gefunden, den ich bisher noch nie gesehen hatte. Ununterbrochen lief ein schrilles Musikvideo nach dem anderen, lediglich unterbrochen von noch irreren Werbeblocks.

„Schau dir doch nicht den ganzen Tag den Schwachsinn an, Lars, du kriegst sonst noch viereckige Augen und die progressive Verblödung", warnte ihn seine Mutter. Doch Lars antwortete nur unwirsch: „Jetzt lass mich doch. Eine Freude dürfte mir wohl zustehen, wenn ich Weihnachten hier bei euch und den anderen alten Mummel- und Tattergreisen abätzen muss."

Ich fragte mich, ob ich wohl auch schon zu den Mummel- oder gar den Tattergreisen gezählt werden musste. Und was es wohl überhaupt bedeutete, wenn man mummelte und tatterte. Ich interessierte mich tatsächlich nicht die Bohne für die hampeligen Videos. Die Musik war schaurig genug. Es war eigentlich gar keine Musik sondern eine röhrende, knarzende Geräuschkulisse. Wahrscheinlich war mein fehlendes Verständnis für diese Art Musik ein untrügliches Zeichen dafür, dass ich schon tatterte oder gar mummelte. Aber obwohl ich die Musik überhaupt nicht mochte, legte ich mich in all diesem Getöse auf die Couch. So völlig erschöpft vom Essen und Verdauen war ich schon. Ich blätterte ein wenig in meinen beiden mitgebrachten Büchern. Aber die Welt der Romanik kam mir so weit weg vor, wie sie auch tatsächlich war. Und das Wildwestbuch erschien mir mittlerweile richtig abgeschmackt. Eigentlich eine Schande, wenn ein erwachsener Mensch sich so etwas noch reinzog. Gedankenverloren starrte ich auf die flimmernde Mattscheibe und gab mich finsteren Gedanken hin.

Lars schien aber zu glauben, dass ich echtes Interesse an den flackernden Filmchen mit den johlenden Solisten hatte und meinte, seine übliche finstere Verschlossenheit ablegend:

„It's cool, man, yeah! Alter!"

Ich wusste gar nicht, was ich darauf antworten sollte. Im Verhältnis zu Lars kam ich mir ja ohnehin sehr, sehr alt vor. Zugeben, dass ich seinen Musikgeschmack auch völlig entsetzlich fand, konnte ich nicht. Ich hatte mich in diesem Hause ohnehin schon unbeliebt genug gemacht. Ich antwortete daher:

„Wow, yeah, Alter!"

Ich hoffte, den richtigen Ton getroffen zu haben. Hatte ich wohl auch, denn Lars meinte jetzt auch ganz mitfühlend zu mir: „Alter, was ist mit dir los? Du siehst voll Scheiße aus. Aber don't worry! No problem, man! Ich kann dir helfen. Er holte eine ziemlich große Bonbontüte aus seiner weiten, wattierten Jacke und bot mit ein giftig grünes, in der Farbe leicht changierendes ja manchmal sogar phosphoreszierendes Bonbon an:

„Hier nimm das, Alter! Du siehst so lila im Gesicht aus wie jemand, der das brauchen könnte."

Gehorsam steckte ich den Bonbon in meinen Mund. Die kurze Zeit meines Aufenthalts bei den Schultzes hatte dazu geführt dass ich widerstandslos alle Nahrung in mich einführte, wann sie mir angeboten wurde. Außerdem kam es jetzt auch nicht mehr darauf an, und eine so kleine Süßigkeit würde mein körperliches Unwohlsein auch nicht mehr verstärken. Das Bonbon schmeckte ein wenig wie Spülmittel. Ich war enttäuscht und meckerte: „Eh, Alter, das schmeckt ja rauf wie runter."

Lars nickte wohlwollend und meinte nur: „Wart's ab, wart's ab. So nimmt ein Kind Mutter Brust auch nicht am Anfang willig an, doch dann ernährt es sich mit Lust."

Also ganz blöd konnte der Lars nicht sein, wie er da den Mephisto zitierte. Und da breitete sich ganz langsam ein Wohlbefinden in meiner Magengegend aus. Ganz langsam, dann immer schneller, dann der ganze Oberbauch, dann der Unterbauch. Dann begann ich Farben und Formen intensiver zu sehen und fühlte mich pudelwohl. Zum ersten Mal seit ich das Haus der Schultzes betreten hatte, war dieses blöde dumpfe Gefühl weg. Vor allem das Völlegefühl. Was diese Jungen heute so alles an Bonbons mit sich herumschleppen. Aber wenn man zum Beispiel zehn Stunden lang in der Disko Hiphop tanzen will, muss man auch in der Lage sein, Leistung zu bringen. Ohne Hilfsmittel war da sicher nicht viel drin.

Leider führte das jetzt fällige Mittagessen dann zum Ende dieser angenehmen Gefühle. Es wurde eine riesige Terrine Kartoffelsuppe mit Speck aufgetragen. Wenn es wenigstens nicht noch Würstchen dazu gegeben hätte! Der Familienkreis war inzwischen riesig geworden und der Tisch war noch weiter auseinander gezogen worden, damit alle Platz fanden. Hans-Peter kaute nur an einem trockenen Brötchen: „Ich bin leider noch sehr indisponiert. Ihr wisst ja, meine Migräne!"

Schade! Auf das mit der Migräne hätte ich auch kommen können, um dann die Nahrungsverweigerung zu zelebrieren. Aber ich hätte wahrscheinlich bei Erwähnung einer eigenen Migräne nur vorwurfsvolle Blicke geerntet und man hätte über mich getuschelt, dass ich psychosomatisch völlig daneben sei. Während des Mittagessens, bei dem ich völlig verstummt blieb, weil das weitere Essen so anstrengend war, hackten die Großeltern auf Lars herum:

„Junge, du musst mehr aus dir herausgehen. Du denkst nur an dich und nicht an die anderen. Als wir jung waren galt noch der Grundsatz: Edel sei der Mensch, hilfreich und gut. Das unterscheidet uns doch vom Tier."

Lars blieb jedoch obstinat und grummelte: „Eure Welt macht es doch auch nicht mehr lange, Opa, Denk´ nur an die Umweltverschmutzung, Waldsterben und so. Und was die Tiere angeht: Die sind doch eigentlich die besseren Menschen. Deswegen werden sie auch so mies von euch behandelt."

Herr Schultze wurde richtig wütend und schnauzte den Enkel an: „Ruhe, jetzt! So etwas will ich nicht hören. Das liegt doch alles am Mangel an humanistischer Bildung. Und daran, dass es keine Zucht und keine Ordnung mehr gibt! Aber vor allem an der fehlenden humanistischen Bildung. Früher hat es das nicht gegeben."

Ich sagte gar nichts dazu, weil ich fand, dass hier alle Unsinn redeten. Außerdem tat mir der Bauch schon wieder so weh, dass es mir die Sprache verschlagen hatte. Und mochte Lars auf den ersten Blick zwar finster und verschlossen wirken, so fand ich ihn aber ganz nett. Schon deshalb, weil er die wohltuenden Bonbons besaß und den Mephisto zitierte. Natürlich war mir klar, dass sich das Rauschgiftdezernat sehr wohl für die grünen Bonbons interessiert hätte. Aber ich war ja nicht das Rauschgiftdezernat.

*******

## f. Was sonst noch am 24.12. bei den Schultzes geschah

Ich hatte gehofft, dass wenigstens an diesem Heiligen Abend das Kaffeetrinken ausfallen würde. Schließlich stand ja noch die Bescherung an. Aber kaum dass die Reste des Mittagsmahls abgetragen worden waren, wurde eine gewaltige Kaffeetafel aufgebaut. Noch größer als am Tag zuvor. Die weihnachtliche Stimmung schien einem Höhepunkt entgegenzustreben, der nach Entladung strebte. Das wusste ich schon von Canetti. Wenn sich die Masse emotional auflädt, kommt es früher oder später zur Entladung. Aber wie sollte die Entladung stattfinden. Die Kleinen würden sich sicherlich wie verrückt über die Geschenke freuen. Aber wie würde die Entladung bei den Alten aussehen. Da musste dann doch schon der Weihnachtsbaum explodieren, wenn jetzt überhaupt noch etwas zu retten war. Diese diffuse Angst, die schon bei unserer Abfahrt in Berlin über mich gekommen war, und die sich seit dem Betreten des Hauses Schultze noch verstärkt hatte, beherrschte immer mehr meine Gedanken. Denn dass es nun einfach eine Bescherung geben würde, und dann gut, konnte ich mir angesichts der aufgeheizten Atmosphäre nicht vorstellen.

An dem Ausziehtisch des Esszimmers, der nun noch weiter ausgezogen war, fanden jetzt schon 11 ½ Personen Platz, jedenfalls wenn man das Baby als halbe Person mitzählte. Ich fragte mich, wie weit man dieses Wunderwerk von einem Ausziehtisch ausziehen konnte, ohne dass alles zusammenbrach. Und schon gab es unschöne Szenen, weil ich mich da hingesetzt hatte, wo ich bisher gesessen hatte. Dabei veränderten sich natürlich bei jedem Ausziehen des Tisches die angestammten Sitzpositionen. Torben-Jakob war mit meiner Stuhlwahl gar nicht einverstanden und keifte mich an: „Du bist doof sei. Das ist mein Platz." Aber ehe es zu bösen Auseinandersetzungen kam, zog Anne-Sophie wieder mit ihrem Lieblingsthema die Aufmerksamkeit auf sich. Natürlich fragte sie ihren großen, neu in dieser Runde hinzu gekommenen Vetter Lars: "Hast du auch einen Penis, Lasse?"

Die Luft knisterte schon wieder. Ich fand es aber nur zu gerecht, dass alle Teilnehmer unserer weihnachtlichen Runde und nicht nur ich mit peinlichen Fragen überzogen wurden. Nur dass Lars natürlich auf diese Frage deutlich cooler, geistreicher und schlagfertiger reagierte als ich: „Yeah Schwester, na klar habe ich einen Schwanz und was für einen riesigen Riemen."

Lars wirkte eigentlich körperlich nicht besonders kräftig. Ich nahm an, dass er nur angab. Aber Anne-Sophie musste natürlich lernen, dass sie auf ihre seltsam intimen Fragen auch seltsame Antworten bekam. Die Großeltern, Herr und Frau Schultze, mochten derartige Themen ja gar nicht und bebten schon wieder vor Zorn und wurden bleich wie frisch getünchte Wände und überlegten sich, ob sie das Gespräch nicht mit einem Machtwort beenden sollten. So sehen Menschen aus, die gleich zu platzen drohen.

Und Mareile zischte schon wieder wie eine bösartige Schlange, und wollte über ihre Lieblingsthemen, die Neurosen und die Psychosen und das ihr offensichtlich besonders ans Herz gewachsene Borderlein sprechen. Ich hatte übrigens immer noch keine Ahnung, was das Borderlein war, und um was es sich dabei drehte. Dabei besaß ich ja angeblich nach Ansicht von Mareile ein besonders großes dieser Art. Recht eigentlich hörte sich das Wort Borderlein aber eher niedlich an. Zu fragen traute ich mich sowieso nicht, weil dann meine offenbare

Unbildung sicherlich wieder Anlass zu giftigen Bemerkungen geben würde. Ich würde in Berlin im Medizinischen Wörterbuch nachschauen müssen, um mehr zu erfahren. Bärbel schien sich hingegen mit der Materie auszukennen, denn sie nickte immer wieder verständnissinnig über die lichtvollen Ausführungen ihrer psychologisch so hoch gebildeten Schwester.

Hans-Peter waren die offenen Bemerkungen seines Sohnes auch sehr peinlich. Er hatte ein lachsrotes Gesicht bekommen und sah so aus, als wollte er dem Lars eine knallen. Und KaDe sah auch so aus, als wenn er seine Tochter gleich züchtigen wollte. Der Geist der autoritären Erziehung wallte durch das Weihnachtszimmer. Dabei wäre in einer richtigen Machogesellschaft ein Vater natürlich stolz, wenn der Sohn mit der Größe seines Schwanzes prahlte, so lange der nicht größer als der des Vaters war. Überprüft wird so etwas ja normalerweise auch nicht. Inzwischen hatte sich die Szene am Tisch wieder beruhigt. Diszipliniert wurde das Kaffeetrinken bei Gesprächen über Torben-Jakobs schulische Erfolge zu Ende gebracht. Wenn man vom Pseudokrupp absah war er der Stolz der Familie. Außer im Sport war er in allen Fächern einer der besten in seiner Klasse. Ich glaubte hingegen aufgrund dessen, was ich in der Schule erlebt hatte, dass Torben-Jakob wahrscheinlich nur ein mieser, kleiner Streber oder vielleicht auch nur ein mieser, großer Angeber war.

Dann wurde die Kaffeetafel aufgehoben und es begann so etwas wie eine vorweihnachtliche Unstrukturiertheit zwischen den vielen Menschen, die nun durch das Haus der Schultzes wimmelten wie Ameisen durch ihren Bau. Dabei herrscht im Ameisenstaat ja eben gerade kein Chaos, sondern strikte Ordnung. Mir als Nichtameise blieb jedoch alles unverständlich. Ich legte mich auf die

Couch, versuchte zu verdauen, der Ruhe zu frönen und lauschte.

Dabei lauschte ich nicht nur auf die knarzenden Geräusche in meinem Bauch, die sich ein wenig so anhörten, als würde ich bald platzen, sondern belauschte auch erneut ein interessantes Gespräch zwischen Bärbel und ihrer Schwägerin Sonja. Natürlich soll man keine Gespräche belauschen. Aber angesichts der Enge des Eigenheims und der Vielzahl der in ihm aufhältigen Personen war es völlig ausgeschlossen, nicht auch an den intimsten Gesprächen zumindest als unfreiwilliger Zuhörer beteiligt zu werden. Und da niemand echtes Interesse an mir zeigte, und ich mit meinen Verdauungsstörungen ohnehin nur lethargisch herumlag, konnte ich genauso gut die Ohren spitzen, statt höflich wegzuhören.

Leise, ja auch etwas weinerlich klagte Sonja: "Na, das gibt dieses Jahr sowieso noch einen Riesenärger mit meinen eigenen Eltern, weil wir am Ersten Feiertag noch nicht bei ihnen sind. Aber Hans-Peter hat gesagt, dass er nicht schon morgen die 800 km bis nach Gantengrün auf der Autobahn durchbrettert. Nachdem mein Vater pensioniert worden ist, sind meine Eltern ja an den Arsch der Welt gezogen. So lange sie noch in Recklinghausen gewohnt haben, konnte man das ja alles noch managen. Aber jetzt wo sie auf der Kuhblöke im Bayrischen Wald wohnen, geht da nix mehr. Außerdem ist meine Mutter stocksauer, weil wir schon am letzten Heiligen Abend bei euch waren. Ich hatte das schon völlig vergessen oder verdrängt, aber Mutter vergisst nie. Die ist wie ein Elefant. Die ganze, blöde Fahrerei ist so ein Stress, vor allem jetzt, wo es so früh dunkel ist. Und Lars springt sowieso im Dreieck, wenn er immer mit zu allen seinen Großeltern muss. Aber was sollen wir denn den Alten sagen, wenn wir den größten Enkel nicht mitbringen. Die enterben uns doch. Und das, wo wir noch finanzieren."

„Oh, ihr finanziert noch! Wie furchtbar!" seufzte Mareile. Ich wusste gar nicht, was gemeint war. Allerdings hatten meine Eltern auch oft geklagt, dass sie noch finanzieren müssten. Bitter wurde mir bewusste, dass ich noch gar nicht genug vom wirklich wahren, ernsten Leben wusste, obwohl ich ja eigentlich schon erwachsen war. Aber die Schrecken des Finanzierens kannte ich noch nicht. Aber vielleicht war das eine Erfahrung, auf die man gut verzichten konnte. Ich hatte als Kind einmal Masern gehabt. Das war auch eine Erfahrung, die man nicht braucht. Man muss eben nicht alles am eigenen Leib erfahren haben. Aber es interessierte mich doch, was es mit diesem schrecklichen Finanzieren auf sich hatte.

Sonja fuhr mit ihren Klagen über das Leben im Allgemeinen und das ihre im Besonderen fort: „Naja, was sollen wir machen? Wir fahren morgen im Anschluss an die Gans nach Mönchengladbach nachhause, restaurieren uns ein wenig und am Zweiten Feiertag geht es dann wieder auf die Autobahn zu meinen Eltern. Ein Riesenstress auf der Autobahn. Sowohl auf der A 46 als auch auf der A 23 ist Dauerstress, und wenn wir über die B 626 fahren, dauert es noch länger. Und draußen in Antengrün sind die Straßen dann auch noch vereist. Und dann die frühe Dunkelheit. Das geht ja durch die Haarnadelkurven hoch zu meinen Eltern."

„Und wie geht Lars denn damit um. Der ist doch in der Pubertät und hat ganz andere Interessen", wollte Bärbel mitfühlend wissen.

„Der langweilt sich bis zum Abwinken. Und ich muss ihm ja teilweise auch Recht geben. Ich habe von der ganzen süßlichen Christmas-Scheiße auch mehr als genug."

Bärbel fasste das Problem der Schwägerin sinngemäß zusammen: „Ja, da steckt ihr wirklich enkeltief in der Scheiße, wenn ihr das alles unter einen Hut kriegen wollt. KaDe und Mareile haben ja auch jede Menge Ärger, weil sie am Heiligen Abend hier sind und nicht bei KaDes Eltern. Aber die wohnen ja wenigstens alle hier in der Gegend. Letztes Jahr war das ja schon ein Mordsstress. Die haben den Heiligen Abend dann ganz geteilt zwischen den diversen Eltern. Der nackte Wahnsinn war das. Seitdem hat der Torben-Jakob auch erst diesen Scheiß-Pseudo-Krupp. Ist ja alles psychosomatisch."

„Und diese Anne-Sophie mit ihrem Pimmel-und-Scheide Gequatsche geht mir voll auf die Nerven", fügte Sonja hinzu. Wahrscheinlich hat sie auf dem Ponyhof, wo ihre Eltern sie zur Sedierung abstellen, gesehen, was die Hengste mit den Stuten machen. Reittherapie nennen sie das. Und jetzt hat das Mädel eine Sex-Obsession. Mann! Ist das alles trostlos hier. Und Mutter mit ihrem eifersüchtigen Gekreisch: Meine Kinder gehören Weihnachten zu mir. Wenn ich da noch an letztes Jahr denke, wird mir jetzt noch schlecht........ Ich dachte, alles endet in einer emotionalen Katastrophe. Und jedes Jahr der gleiche Schwachsinn! Wie in der Zeitschleife."

Mir wurde klar, welch eine emotionale Belastung Weihnachten für meine arme Freundin Bärbel war. Meine mürrische Maulerei hatte sie eigentlich gar nicht verdient. Aber hatte ich es denn verdient, dass man mich an diesen Ort des Schreckens verschleppt hatte?

Sonja zischte ihrer Schwägerin jetzt geheimnisvoll zu: „Kannst du schweigen? Ich muss dir mal was ganz Persönliches erzählen."

Bärbel stöhnte: „Klar kann ich schweigen, schon alleine deshalb, weil ich so vergesslich geworden bin. Seit ich im

Schuldienst bin, weitet sich das langsam zur Katastrophe aus. Wo einstmals das Gedächtnis saß, befindet sich nur noch ein grobmaschigen Sieb."

„Du, das wird noch schlimmer mit der Zeit. Ich bin seit 12 Jahren an der Schule. Ich habe überhaupt kein Gedächtnis mehr. Voll der Alzheimer! Deswegen brauche ich ja auch die EDV. Sonst könnte ich die Schüler gar nicht mehr unter Kontrolle halten. Ich habe deinen neuen Freund, den Eberhardt, auch schon danach gefragt. Der kennt sich echt damit aus. Und süß aussehen tut er auch. Da hast du dir den richtigen eingefangen!" Sonja kicherte wie ein Schulmädel.

Na, solchem Geflüster hätte ich stundenlang zuhören können. Und nun kam Sonja mit ihrer geheimen Sensation heraus:

„Hans-Peter und ich haben uns völlig auseinandergelebt. Nach Weihnachten reiche ich die Scheidung ein. Ich habe nur noch nichts gesagt, weil ich Weihnachten nicht völlig verderben wollte."

„Ja, aber ihr habt doch erst vor kurzem das Baby.......?"

„Das war halt der letzte Versuch. Außer an Weihnachten gehen Hans-Peter und ich völlig getrennte Wege. Und das Baby nehme ich mit."

Ach, Sonja wollte sich gerade aus ihrer Ehe befreien. Das war ja interessant zu hören. Vielleicht gab es da ja für mich irgendwelche Möglichkeiten. Klar Sonja war älter, aber irgendwie gefiel sie mir mittlerweile besser als meine eigene Freundin Bärbel, die hier in ihrer Heimatstadt Schafingen langsam ihr wahres Gesicht zu zeigen begann. Ein Gesicht, das mir zunehmend schlechter gefiel. Und gerade, dass Sonja so ein bisschen mitgenommen und vom Leben gezeichnet aussah, machte sie ja so interessant. Sonja fuhr fort, von den Problemen ihrer Kleinfamilie zu berichten:

„Weiß du, vor allem wegen dem Lars mache ich mir große Sorgen. Der braucht mit seinen Problemen eigentlich beide Eltern. Aber Hans-Peter ist als Vater auch kein Vorbild und es fehlt ihm völlig die feste Hand bei der Erziehung. Lars hat so ein merkwürdiges Verhalten. Inzwischen glaube ich sogar, dass er in die Rauschgiftszene abgerutscht ist."

Bärbel schien betroffen zu sein und fragte sachlich und mitfühlend:

„Hast du den Jungen denn schon einmal direkt darauf angesprochen? Wir haben an den Berliner Schulen ja auch ein ziemlich heftiges Rauschgiftproblem. Und direkte Konfrontation mit dem Verdacht ist immer am besten."

Davon hatte ich auch schon im Tagesspiegel gelesen, dass die Turnvater-Jahn-Schule, an der Bärbel tätig war, ein rechtes Dorado für den Umschlag aller nur denkbaren Rauschgifte von A wie Äitsch bis Z wie Zeppelinol. Letzteres ist ein Lösungsmittel das beim Modellflugzeugbau verwendet wird, wie ich im Tagesspiegel gelesen hatte. Wahrscheinlich konnte man an der Schule auch die grünen Bonbons kaufen, die mir so guttaten. Ich spürte auch gerade, dass ich schon wieder gut eines dieser grünen Wunder vertragen konnte. Mir war schon wieder schlecht! Aber ich musste mich jetzt darauf konzentrieren, was die bezaubernde Sonja zu erzählen hatte:

„Natürlich habe ich dem Lars auf den Kopf zugesagt, dass ich ihn für einen User halte. Zuerst hat er das einfach abgestritten und dann ist er frech geworden und hat sich über mich lustig gemacht. *Was du so denkst! Ich ein User, du hältst mich wohl für ein Baby. Ich bin schon lan-*

*ge selbst ein angesagter Dealer*, hat er mir ins Gesicht geschleudert."

Ich musste innerlich schmunzeln. Da hatte der gute Lars vielleicht einfach die Wahrheit gesagt, um die viel geringere Anklage, ein User zu sein, zu entkräften. Der Junge hatte tatsächlich sympathische Züge. Sonja fuhr fort, Pläne für ihre Zukunft zu machen:

„Für Lars wäre es besser, wenn wir weiter heile Familie spielen würden."

"Heile Familie ist ja auch ein blöder Ausdruck, klingt fast wie heilige Familie", warf Bärbel lachend ein. Sonja war aber nicht nach Scherzen zumute und fuhr fort, über ihren Ältesten zu klagen:

„Ich weiß wirklich nicht mehr, was dem komischen Knaben überhaupt noch hilft. Vielleicht kann man ihm gar nicht mehr helfen, oder das wächst sich aus. Ich muss auch mal an mich denken. Und das Baby. Das kommt in der ganzen Situation doch zu kurz. Ich werde auch bald vierzig. Und dann? Ich muss doch auch sehen, wo ich bleibe. Ich will noch etwas vom Leben haben. Sonst geht es mir mal wie dem kleinen Tannenbaum von Hans-Christian Andersen, der verzweifelt ausrief, als man ihn als Brennholz ins Feuer warf: *Vorbei, vorbei, ach wäre ich doch glücklich gewesen, als ich es noch sein konnte.*"

„Ja, aber was soll denn aus Lars werden? Er ist doch noch minderjährig und hat keinen Ausbildungsabschluss", wollte die praktisch denkende Bärbel wissen.

„Meinetwegen kann Klaus-Peter das Sorgerecht für ihn bekommen. Da bloß keinen Streit drüber. Aber ich fürchte, Hans-Peter will ihn auch nicht haben. Das verstehe ich auch. Wer will so einen durchgeknallten Pubertanten schon haben. Niemand, der noch klar bei Verstand ist!

Am besten wäre es wohl, wenn er auf ein vernünftiges Internat käme. Da wird er ordentlich scharf rangenommen: viel Sport, strikter Tagesablauf, Ordnung, Musische Erziehung, Gemeinschaftssinn. Das baut auf und härtet ab. Da wird man fit gemacht fürs Leben. Aber welches Internat nimmt denn noch so ein Problembürschchen. Der Lars ist doch schon 16. Und bei allen charakterlichen Mängeln, die er hat, so hat er doch eine starke Persönlichkeit. Die haben da doch Angst, dass er noch die anderen versaut. Und ich glaube, das schafft der auch im Nullkommanix."

„Den starken Charakter hat er von dir, bestimmt nicht von seinem Vater, diesem Weichei", ergänzte Bärbel und schwieg dann betroffen. Offensichtlich fiel ihr auch keine Lösung für das Problem ein. Armer Lars, dachte ich, keiner will ihn haben. Er sollte sich wirklich mal Gedanken über sich selbst machen. Wenn er sein finsteres Dreinschauen nicht so sehr kultivieren würde, und er seinen schrecklichen Musikgeschmack nicht so nach außen kehren würde, wäre er vielleicht beliebter. Vielleicht, aber nein, wahrscheinlich konnte ihm keiner helfen. Aber vielleicht konnte er mir ja helfen. Ich schleppte mich zum Fernsehgerät, wo Lars immer noch einen fürchterlicheren Musikclip mit trommelnder Musik und hektisch hampelnden Typen nach dem anderen anschaute. Mit leiser Stimme bat ich ihn:

„Sag mal, hast du noch eines von den grünen Bonbons. Mir geht es schon wieder sauschlecht. Das Teil, das du mir vorhin gegeben hast, hat mir sehr gut geholfen."

Lars lachte verständnissinnig: „Ey, das kann ich mir denken. Das ist eine astreine Designerdroge, die wird extra im Grenzgebiet für Leute wie dich zusammengekocht.

Stammt ursprünglich aus New York City. Da wissen die, was gut ist."

Er holte aus den Weiten seiner Jackentaschen ein weiteres grünes Bonbon und erklärte mir: „Macht einen Fuffi."

Ich schaute wohl etwas sprachlos drein und Lars fühlte sich bemüßigt, mir eine Lektion in Betriebswirtschaft und Marketing zu erteilen: „Nur die erste ist natürlich gratis. Der Kunde will ja wissen, was er bekommt. Ein Fuffi ist einfach der Stückpreis von heute. Das sind die Gesetze des Marktes. Einen Monat kann ich die Preise garantieren. Aber Angebot und Nachfrage regulieren den Preis."

Dann zauderte er ein wenig und setzte hinzu: „Na, weil du es bist, nur zwei Pfund. Es bleibt ja in der Familie. Du scheinst ja der einzig halbwegs Normale in diesem Irrenhaus zu sein."

Ich hatte ja schon vermutet, dass Lars nicht nur Konsument berauschender Substanzen war, sondern auch Händler. Und jetzt hatte er mich, wie es so hübsch heißt, angefixt. Eigentlich waren mir angesichts meiner prekären wirtschaftlichen Lage auch 40 Mark zu viel. Aber was sollte ich machen. Mein Obstipationsgefühl hatte sich bis zur Unerträglichkeit gesteigert. Mein Oberbrauch spannte schmerzhaft und ich litt unter saurem Aufstoßen. Und nächsten Monat würde ich ja regelmäßig verdienen. Und ich wollte die Pille, denn ich wusste ja, dass sie half. Etwas mürrisch reichte ich die zwei Zwanziger rüber. Und schon steckte Lars mir das Bonbon zu. Mit zitternden Händen riss ich das Papier auf, steckte das Bonbon in den Mund und lutschte langsam und genussvoll. Und schon breitete sich ein herrliches Gefühl der Leere und Leichtigkeit des Leibes vom Bauch ausgehend aus.

Nackter Wahnsinn! Noch war das eigentliche Weihnachten gar nicht vorbei, und schon war ich physisch und psychisch völlig zerrüttet und von einer Designerdroge aus den USA abhängig. Auch wenn die Droge half, so hoffte ich doch sehr, dass die Bescherung und das ganze Brimborium möglichst bald vorbei sein möchten, und ich keine Drogen außer Alkohol mehr benötigen würde.

Während ich langsam wieder durchatmen konnte, erschienen nun KaDe und Herr Schultze und platzierten sich vor dem Fernsehgerät. Ich musste mich auf einen unbequemen Stuhl setzen. Oberbauch und Unterbauch drückten aber immer noch ein wenig trotz des erleichternden Drogenkonsums. Auch Bärbel und Mareile erschienen aus der Küche, wo sie wieder gebraten, gebacken und gesotten hatten. Sonja kam durch eine gläserne Schiebetür. Der Säugling ritt fröhlich quiekend auf ihrer Hüfte. Hans-Peter saß inzwischen auf dem anderen der beiden unbequemen Stühle und sah so aus, als habe auch er Leibschmerzen. Aber sein eigener Sohn wollte ihn aus naheliegenden Gründen wohl kaum mit der grünschillernden Droge versorgen. Lars hing mittlerweile liederlich auf einem Sitzkissen herum. Frau Schultze fuhr ihn böse an:

„Lars, willst du dich denn nicht mal anständig hinsetzen. Lümmele doch wenigstens an Weihnachten nicht so schrecklich herum. Da wollen wir es doch alle schön haben."

„Ich finde, ich sitze anständig genug für Weihnachten und Ostern zusammen", fauchte Lars zurück. Und neben Lars spielten Jakob und Anne-Sophie mit einem intelligenzfördernden Legespiel, das sie schon vor der Bescherung bekommen hatten, damit sie jetzt auch mal ruhig waren.

„Ach ist das schön, wie wir hier alle mal so nett zusammen sitzen", seufzte Mutter Schultze und schien sich damit abgefunden zu haben, dass Lars sich nicht davon abbringen lassen wollte, liederlich herum zu lümmeln. „Von solchen Abenden muss ich ja leider immer wieder sehr lange zehren. Können wir nicht öfter so schön zusammen sein. Aber nicht einmal am Heiligen Abend klappt das immer, weil ihr ständig etwas anderes vorhabt. Was bin ich doch gestraft mit meiner Familie."

Oha, da war ja ein etwas schärferer, anklagender Ton erhoben worden. Aber niemand ging auf das mütterliche Klagen ein. KaDe und Herr Schultze beharrten darauf, dass die Nachrichtensendung im Fernsehen angeschaltet würde. „Auch wenn Weihnachten ist, muss man über das aktuelle Geschehen auf dem Laufenden bleiben. Und dann gingen die Weihnachtsnachrichten auch schon los:

„Frankfurt/Main: Wie die Kriminalpolizei der Mainmetropole mitteilte, nahm ein traditioneller Familiengottesdienst in Frankfurt-Soßenheim ein tragisches Ende. Im Anschluss an die Verlesung der Weihnachtsgeschichte sprengte eine etwa 30-jährige, bislang nicht identifizierte Gottesdienstbesucherin mit mehreren Handgranaten erst sich selbst und dann die Kirche in die Luft. In Folge der Heftigkeit der Detonation stürzte das Gotteshaus weitgehend ein. Bisher konnten 12 Tote und 23 teils schwerverletzte Personen geborgen werden. Die Polizei vermutet weitere Tote und Verletzte unter den Trümmern. Über die Identität und die Motive der Täterin ist bislang nichts bekannt. Ein Polizeisprecher teilte mit, dass eine psychische Störung nicht ausgeschlossen werden kann."

„Also, mich kriegt ihr heute in keine Kirche mehr, kommentierte KaDe die Nachricht. „Da ist mir der Weg ins Himmelreich dann doch zu kurz."

„Klaus-Dieter" zischte Mareile. „Du bist geschmacklos. Denk doch nur an die armen Menschen."

Ich witterte eine Chance, mich endlich mal bei Mareile einkratzen zu können. Noch hatte ich meine Beziehung zu Bärbel nicht ganz abgeschrieben und da ist es immer gut, wenn man es sich nicht mit der Schwester verdirbt. Natürlich war Mareile eine blöde, besserwisserische Gewitterziege aber ich schleimte gleich volle Kanne drauf los: „Wahrscheinlich hatte die Frau eine Neurose, vielleicht auch eine Psychose oder gar ein Borderlein."

Aber auch mein sachlich-wissenschaftlicher Einwand, brachte mir keine Sympathien ein. Mareile starrte mich jetzt richtig böse an, so als habe ich heilige Worte dadurch beschmutzt, dass ich sie in den Mund genommen hatte, und sie zischte mir abweisend und voller Verachtung zu: „Sei du bloß ruhig! Du hast ja gar keine Ahnung."

Herr Schultze war von den Diskussionen während der Nachrichtensendung gar nicht begeistert und brummte ärgerlich: „Seid doch endlich mal ruhig. Wie soll man denn sonst den Nachrichten folgen" Und die gingen munter weiter:

„Idar-Oberstein. Weil er vom Türsteher eines Jugendclubs nicht zu einem weihnachtlichen Tanzfest eingelassen wurde, eröffnete ein 16-jähriger Schüler das Feuer mit einem Maschinengewehr israelischer Herkunft auf die feiernden Teilnehmer der Veranstaltung. Die Polizei der Nahemetropole geht von 14 Toten und 48 Verletzten aus."

„Das war bestimmt eine kleine Uzi", meinte KaDe, der das Kommentieren der Nachrichten trotz eines strafenden Blicks seines Schwiegervaters nicht lassen konnte und Mareile stöhnte entnervt: „Klaus, Dieter, nicht schon wieder! Das will keiner hören, was du sagst! Wirklich nicht!"

Hans-Peter knurrte: „Ich verstehe nicht, warum der keine Kalaschnikoff genommen hat. Die ist doch viel zuverlässiger als das israelische Gelump!"

Jetzt guckte auch Sonja bedient drein und fühlte sich ebenfalls bemüßigt, den Gatten zu disziplinieren: „Sei ruhig, Hans Peter! Ganz ruhig! Das will keiner hören, was du sagst."

Eigentlich guckten mittlerweile alle bedient und wenig erfreut drein. Beseelt vom wahren Geist der Weihnacht sieht anders aus, ganz anders!

### g. Die Weihnachtsgeschichte nach Lucas

Frau Schultze hatte nun wirklich genug vom Fernsehen und den unerfreulichen Meldungen aus der Welt da draußen. Sie schaltete das Gerät ab, legte eine Weihnachtsplatte mit Liedern des Tölzer Knabenchores auf und holte die Bibel aus dem Schrank. Sie wollte uns die Weihnachtsgeschichte vorlesen. Aber die ist in der Bibel gar nicht so leicht zu finden, wenn man nicht rechtzeitig ein Lesezeichen an die richtige Stelle gesteckt hat. Und natürlich schlug sie das in der Reihe der Evangelien als Erstes kommende Matthäus-Evangelium auf. Wenigstens guckte sie überhaupt ins Neue und nicht ins Alte Testament. Mit gesalbter Stimme verkündete sie, was der Matthäus, angeblich ja sogar noch ein persönlicher Bekannter vom Jesus, der musste es also wissen, über das

116

Weihnachtswunder schrieb: *„Jesu Geburt war also voll- zogen........"*

Sie stutzte und grummelte eine wenig: „Da war doch noch mehr – ach ja, da geht es weiter:

*„Und er erkannte sie nicht, bis sie ihren ersten Sohn ge- bar."*

Mutter Schulze fuhr verzweifelt mit dem Finger in dem schwarzen Buch herum und blätterte mit dem angefeuch- teten Zeigefinger die Seiten weiter. Torben-Jakob war stocksauer und stampfte mit den Füßchen auf: "Das ist eine doofe Geschichte. Die will ich nicht hören. Im Religi- onsunterricht war von Öchslein und Eseln die Rede, und von Engeln die über der Krippe im Stall geschwebt ha- ben."

Bei der Erwähnung von Engeln quietschte die kleine An- ne-Sophie, die schon so lange geschwiegen hatte, wie auf ein Stichwort hin auf: „Haben die Engel Penisse oder Scheiden?"

Diese Frage ist ja nun in der Tat schwierig zu entschei- den. Ich glaube, dass sich darüber schon ein Haufen ernsthafter Theologen Gedanken gemacht hat. Und da wird im Mittelalter auch so mancher Scholastiker schwuppdiwupp auf den Scheiterhaufen gekommen sein, wenn er da eine falsche Ansicht vertreten hat. Und ich persönlich weiß trotz meiner Tätigkeit im Forschungsbe- reich Ideengeschichte auch gar nicht, wie es um die herr- schende Lehre zum Geschlecht oder gar den Ge- schlechtsteilen der Engel so steht. Das müsste man mal nachsehen. Irgendeine herrschende Meinung wird es da schon geben.

Frau Schultze war schon ganz nervös und schrie uns an, dass wir endlich ruhig sein sollten. Schließlich lese sie jetzt die Weihnachtsgeschichte aus der Bibel vor. Da habe doch wohl eine gewisse religiöse Feierlichkeit zu herrschen. Es sei eine Schande, wenn wir den Geist der Weihnacht nicht verstanden hätten. Immerhin hatte sie jetzt den Anfang des Markus-Evangelium gefunden und fuhr in psalmodierendem Ton fort: *„In jenen Tagen kam nun auch Jesus aus Nazareth nach Galiläa* – also über seine Geburt steht da nichts." Die Mutter konnte ihre zunehmende Ratlosigkeit nicht verbergen.

Mareile keifte jetzt ganz giftig: „Also, ich finde das total wichtig, wenn die Kinder auch die Bibel kennen lernen, so als etwas, wo man irgendwie moralisch Halt dran finden kann. Aber man muss natürlich auch die richtigen Stellen finden! Also vor allem die Stelle, wo Maria und Josef vergebens an das Tor der ersten Herberge klopfen. Das finde ich total wichtig, auch heute, wo es ja so viel Entwurzelung und Flüchtlingselend gibt."

Mutter Schultze hatte nun in ihrer Nervosität das nächste Evangelium ganz überblättert und war jetzt bei Johannes angekommen: „Da steht nichts über Jesu Geburt", stotterte sie. Vater Schultze, der dem Treiben seiner Gattin zunehmend erzürnt zugeschaut hatte, riss ihr die Bibel aus der Hand und schlug Lucas Kapitel 2, Vers 1 auf und begann mit klarer, lauter Stimme zu lesen:

*„Es begab sich aber zu der Zeit, dass ein Gebot ausging von dem Kaiser Augustus, dass alle Welt geschätzet würde."*

Frau Schultze hatte sich eine wenig beruhigt, weil in der Bibel nun doch stand, was sie erwartet hatte. Und Herr Schultze schaute sich triumphierend um, so als habe er das Evangelium selbst verfasst oder wenigstens selbst binnen kürzester Zeit auf der Wartburg eigenhändig übersetzt. Er setzte seine Vorlesung mit Vers 2 fort:

*„Und die Schätzung war die allererste und geschah zu der Zeit als Cyrenius Landpfleger in Syrien war.........."*

Und es wäre alles noch schöner und feierlicher gewesen, wenn Torben-Jakob jetzt nicht vorlaut gefragt hätte: „Was ist denn ein Landpfleger. Ist das so etwas Ähnliches wie die Krankenpfleger im St. Josephshospital, wo sie mich an der Famose operiert haben?"

Nun wurde Mareile richtig ungehalten und fauchte den Knaben in belehrendem Ton an: "Nein, ein Landpfleger ist was anderes und außerdem heißt es Phimose."

Das war natürlich für die kleine Anne-Sophie ein gefundenes Stichwort, um wieder auf ihr Lieblingsthema zu kommen. Vorlaut schnatternd verkündete sie: „Jakob hat nämlich keinen Penis mehr. Den haben ihm die syrischen Landpfleger im Sankt Josephinenkrankenhaus abgeschnitten."

Ich sah deutlich, dass Mareile vor Wut kochte, wohl weil ihre beständigen, aufklärerischen Bemühungen offensichtlich zwar nicht völlig ins Leere aber in die falsche Richtung gelaufen waren. Mit nur mühsam unterdrücktem Zorn erklärte sie:

„Rede hier keinen Quatsch, Anne-Sophie! Torben-Jakobs Penis wurde nicht abgeschnitten, nur die Vorhaut ist entfernt worden. Und natürlich nicht von den Pflegern sondern von dem hervorragenden Chirurgen Dr. Sondermann, mit dem ich zusammen studiert habe. Das ist ein echter Fachmann auf dem Gebiet. Das membrum virile ist selbstverständlich noch vollständig erhalten geblieben, du dumme Göre!"

Dass Anne sehr wohl wusste, dass ihr Bruder noch einen Penis hatte, war mir bekannt. Anne hatte mir bei unserer ersten Begegnung gleich mitgeteilt, dass sie eine Scheide und Jakob einen Penis hätte. Sie hatte sich das mit dem abgeschnittenen Schwanz wahrscheinlich nur ausgedacht, um ihren Bruder und ihre Eltern zu ärgern. Und das war ihr auch gut gelungen. Mareile kochte vor Wut, KaDe blickte peinlich berührt ins Grün des Weihnachtsbaumes, und Jakob fing an zu weinen.

Mutter Schulze zitterte schon vor heiligem Zorn. Und Herr Schultze, der mit dem aufgeschlagenen Lucas-Evangelium auf dem Schoß dasaß und noch immer nicht bis zur Krippe in Bethlehem gekommen war, machte auch einen deutlich missvergnügten Eindruck. Hans-Peter versuchte die verfahrene Situation durch eine launige Bemerkung zu entkrampfen:

„Manche Leute feiern am Neujahrstag ja auch Jesi Beschneidung. Wir können dann auch gleich Jakob seine Beschneidung mitfeiern."

Keiner lachte - außer Hans-Peter selbst. Der dafür aber umso lauter und scheppernder. Und Sonja schaute ihn so grimmig an, wie nur innerlich schon zur Scheidung entschlossene Ehefrauen schauen können. Und Vater Schultze wurde richtig böse und grollte: „Es heißt Jesu Beschneidung. U-Deklination oder Jakobi Beschneidung – O-Deklination! Jakob seine Beschneidung. Ich fasse es nicht. Ihr könnt ja noch nicht einmal richtig Deutsch. Ihr würdet bei mir alle eine „6" in Latein bekommen. Dann hätte ich wenigstens auch mal eine Freude auf meine alten Tage. Im Übrigen finde ich, dass die Beschneidung meines Enkels kein Thema für den Weihnachtstisch ist."

Aber seine Tochter Mareile fand wohl, dass sie das letzte Wort haben müsse:

„Man sollte ohnehin nicht von Beschneidung sprechen. Es handelt sich um einen rein medizinischen Vorgang, nicht um eine rituelle Handlung. Richtiger wäre es von Circumcision zu sprechen."

Ich als Fachmann für mittelalterliche Kirchengeschichte, die ja unbedingt zur Ideen- und Symbolwissenschaft gehört, meinte dazu:

„Das kirchliche Fest heißt ja auch circumcisio domini."

Aber auf mich hörte sowieso keiner, nicht einmal Herr Schultze lobte mich wegen der richtigen Anwendung des Genitivs in der O-Deklination. Aber ich hatte ja ohnehin den Eindruck, dass Bärbels Familie mich sowieso weitgehend ignorierte, außer Sonja, aber die gehörte ja auch nicht zur Familie sondern war auch nur ein Schwiegerkind. Aber ich wollte nicht klein beigeben. Ich hatte es satt, ständig ignoriert zu werden, außer wenn man mich mal wieder zum Essen nötigte. Und das machte alles nur noch schlimmer. Ich war inzwischen auch richtig mies drauf wegen der fortschreitenden Völlegefühle und der quälenden Verstopfung. Deswegen fuhr ich mit meinen Ausführungen fort, egal ob sie einer hören wollte oder nicht:

„Im Lateinischen Original ist auch davon die Rede, dass Quirinius ein so genannter legatus war. Luther hat das ziemlich frei mit Landpfleger übersetzt. Das stammt wohl daher, dass Luther von Haus aus Jurist war. Wir denken da gleich an den Rechtspfleger oder die Ergänzungspflegschaft."

Endlich reagierte Herr Schutze auf mich, wenn auch grollend: „Das Neue Testament ist im Original auf Griechisch verfasst, nicht auf Latein, Herr Porkmann. Das sollte man aber wissen."

Ich wollte gerade zu einer langatmigen Erklärung ansetzen, dass Luther seinerseits auch nur eine lateinische

Übersetzung des griechischen Urtextes für seine Übersetzung benutzt hatte, aber Mareile war so etwas von genervt, dass man es als böse Schwingungen im Raum zu spüren vermochte:

„Also jetzt möchte ich die biblische Geschichte hören. Das gehört für mich total zu Weihnachten dazu, ob nun Griechisch oder Latein. Weil das vor allem für die Kinder auch so wichtig wegen der Werte ist, die da vermittelt werden, wie die heilige Familie da im Stall mit Ochs und Esel in so großer Armut die Heilige Nacht verbracht hat."

Torben-Jakob hatte sich jetzt wieder ein wenig beruhigt und seine Tränen getrocknet und wollte wissen: „Waren denn keine Schweine mit im Stall?"

Vater Schultze brummte: „Nein da waren keine Schweine. Das waren doch alles Juden. Die mögen keine Schweine." Jakob wollte wissen: „Was sind Juden?" „Sei still!" schalt ihn sein Großvater. „Dafür bist du noch zu klein."

Ich überlegte mir, dass ich jetzt gerne Ausführungen zum Verhältnis Judentum-Christentum und zur unterschwellig antijüdischen Tendenz des Neuen Testaments gemacht hätte. Aber das wäre sicher in diesem familiären Rahmen unangemessen gewesen und hätte kein Schwein interessiert, egal ob nun ein Schwein an Christi Krippe gestanden hat oder nicht. Denn die Mutter brummte schon vernehmlich und böse: „Lasst mich jetzt mal endlich mit dem Evangelium nach Lucas fortfahren. Unwirsch entriss sie ihrem Gatten das schwarze Buch und las:

*„Während ihres Aufenthaltes dort überkam Maria ihre Stunde und sie gebar ihren ersten Sohn, hüllte ihn in Windeln und legte ihn in eine Krippe, weil sie sonst keinen Platz in der Unterkunft fanden."*

„Ja, und was ist mit dem Stall und den Ochsen und den Eseln?" protestierte Torben-Jakob. Mutter Schultze blätterte im Evangelium." Da steht nichts von drin", klagte sie.

„Das ist bestimmt eine gekürzte Fassung. In diesem Haus wird auch immer am falschen Ende gespart", meckerte Mareile. Ich gab nun doch mal wieder meinen Senf dazu: "Das mit dem Stall und dem Viehzeug ist erst im Mittelalter dazu gedichtet worden. In der Bibel steht nichts davon. Allerdings haben die Leute noch bis ins 19. Jahrhundert hinein auch in Deutschland teilweise mit dem Vieh unter einem Dach gewohnt. Das wäre dann auch kein Fall besonderer Armut. Das war damals halt so. Wir müssen auch davon ausgehen, das Josef als Zimmermann eher zu den besser verdienenden Schichten......::"

„Ebi, halt endlich deine große Klappe!" zischte mit Bärbel jetzt wie eine bösartige Schlange zu. „Merkst du nicht, dass das gar keinen interessiert. Sei bitte still, ganz still!"

Ja, da hatte ich mich schon dran gewöhnt, dass sich keiner für mich interessierte. Oder gar für das, was ich zu sagen hatte. Allerdings ergriff endlich und zum ersten Mal während meines Aufenthaltes im Hause Schultze der Vater des Hauses meine Partei: „Da hat der Porkmann recht. Auch im griechischen Original steht nichts vom Stall, dem Esel und dem Ochsen. Und Schweine waren auch nicht da, weil das alles Juden waren."

Jakob weinte ein bisschen: Kein Stall und kein Ochse und kein Esel. Nicht einmal ein Schwein. Zornig stieß er seine Kritik an der Weihnachtsgeschichte aus: „Die Geschichte ist doof! Ihr seid alle doof!"

Der Alte bedachte den Enkel mal wieder kurz mit einem strafenden Blick, überlegte ein wenig, und offensichtlich schoss ihm eine neue Erkenntnis durch das Hirn. Er begann, sardonisch zu grinsen, als er sich erneut an mich wandte:

„Trotzdem nicht ganz richtig, was Sie da sagen, Porkmann! Das mit dem Ochsen und dem Esel ist deutlich älter als das Mittelalter. Das steht nämlich schon im Protevangelium Jakobi. Die beiden Tiere erheben sich da ausdrücklich, um den Herren anzubeten. Da sollten Sie als Ideenwissenschaftler aber wissen, Herr Porkmann! Aber was lernt man heute eigentlich noch an der sogenannten Universität."

Der alte Schultze war nicht blöd, und er hörte mir durchaus zu, auch wenn es auf den ersten Blick den Anschein hatte, als sei er gänzlich uninteressiert an meiner Person. Aber tatsächlich legte er es bewusst darauf an, gegen mich zu sticheln und mich fertig zu machen. Und dafür sammelte er Material. Alles, was ich sagte, sollte gegen mich verwendet werden. Bei Hans-Peter, der sich irgendwie heimlich einen angetrunken hatte, löste die Erwähnung des Protevangeliums Jocobi erneut große Heiterkeit aus und er bölkte: „Das gibt also nicht nur dem Jacobi seine Beschneiderung sondern auch noch dem Jacobi sein Pott-Evangelium. Toller Bursche der Jacobi! Darauf müssen wir einen Jacobi 1880 heben." Schade, dass Hans-Peter nicht verraten hatte, wo sein heimlicher Schnapsvorrat war, denn ich hatte inzwischen auch gut Lust, mir einen gepflegt hinter die ausgedörrte Binde zu gießen.

Ich wollte dem alten Schutze aber nicht das letzte Wort lassen und meckerte indulgent: „Das Protevangelium Jacobi  ist aber apokryph. Das gehört gar nicht zur Bibel."

Ich hatte ohnehin das Gefühl, dass sich Bärbel hier im Kreise ihrer Familie voll auf deren Seite gestellt hatte und nichts anderes im Sinn hatte, als mir einen reinzuwürgen, und zischte mir zu: „Du bist auch ein Apokryph!" Also, so konnte man das natürlich auch sehen.

Mareile sah mittlerweile so aus, als würde sie gleich platzen und meckerte uns an: „Hört doch mit dem verkopften Scheiß auf. Ich kann mich doch erinnern, dass Maria und Josef erst beim ersten herzlosen Wirt anklopften und abgewiesen wurden und dann beim zweiten Wirt nur in dem fiesen, versifften Stall Aufnahme fanden. Das haben wir beim Krippenspiel auch so gespielt und für die Kinder war das total wichtig und berührend."

Aber Mareiles Vater war bitter hart und sagte nur: „Davon steht im Original gar nichts. Ich habe das gerade mit meiner Obertertia in Griechisch gelesen." Und ich giftete hinterher: „Und wenn da wirklich eine Volkszählung in der römischen Provinz Syrien stattgefunden hat, dann betraf sie auch nur Judäa. In Galiläa, wo Maria und Josef lebten, hat die gar nicht stattgefunden. Josef hätte nur nach Bethlehem kommen müssen, wenn er da Grundbesitz gehabt hätte. Und da hätte die Maria gut zuhause den Knaben bekommen können. Das Ganze hat sich der Lucas nur ausgedacht, damit die Geschichte rührseliger wird. Der Jesus ist bestimmt nicht in Bethlehem geboren worden, wenn es ihn denn überhaupt gab."

Eines war klar. Mit dieser Rede hatte ich im Hause Schultze endgültig verschissen. Mareile starrte mich voller Hass an, und Vater Schultze warf mir einen bitterbösen Blick zu. Meine Freundin Bärbel, schaute völlig bedient drein. Ich war ihr nur noch peinlich. Und ihre Mutter glotzte mich genauso bedient an. Die mochte mich ja sowieso nicht, und jetzt war ich ihr auch noch peinlich.

Gleichwohl fuhr sie ungerührt mit ihrer Lesung fort: *„Es waren aber Hirten in jener Gegend unter freien Himmel, die hüteten ihre Hürden des Nachts. Da trat ein Engel des Herrn zu ihnen und die Herrlichkeit des Herrn umstrahlte sie und große Furcht packte sie."*

Torben-Jakob fasste wieder Mut: „Hirten, da waren Hirten! Jetzt kommen vielleicht wenigstens die Schafe." Irgendwie verstand ich den Knaben. Der wollte lieber eine Tiergeschichte hören. Mutter Schultze bedachte ihren Enkel mit einem bösen Blick und las weiter: *„Da sprach der Engel zu ihnen: Fürchtet euch nicht. Denn ich bringe große Freude, denn heute ist euch in der Stadt Davids der Retter geboren. Es ist Christus der Herr. Als Zeichen diene euch: Ihr werdet das Kindlein finden in Windeln gewickelt in einer Krippe."*

Lars hatte bisher geschwiegen und dreingeschaut, als gehe ihn das Ganze am Arsch vorbei. Nun meldete er sich aber doch zu Wort:

„Das ist doch kein Zeichen, dass da was Besonderes passiert ist. Ein Kind in Windeln. Das ist doch kein sicheres Zeichen, dass man es hier mit Dschieses zu tun hat. Fast alle Babys liegen irgendwo mit Windeln herum. Da könnte ja jeder mit Pampers kommen und sagen, er sei der Heiland." Sonja versuchte zu retten, was zu retten war: „Das ist doch alles nur symbolisch gemeint, Lars. Das darf man nicht wörtlich nehmen."

Mutter Schultze gurgelte jetzt böse wie ein Tintenfisch vor dem Angriff: *„Und plötzlich war bei dem Engel die Menge des himmlischen Heeres. Sie lobten Gott mit den Worten: Ehre sei Gott in der Höhe und Friede auf Erden und den Menschen ein Wohlgefallen. Dann kehrten die Engel in den Himmel zurück."*

Jetzt war es an Anne-Sophie, eine unpassende Frage zu stellen: „Ich denke, die Engel sind um die Krippe herumgeschwebt. Das wäre doch ein sicheres Zeichen dafür gewesen, dass hier was Besonderes passiert ist. Engel sieht man doch nicht alle Tage. Ich möchte so gerne selbst mal Engel sehen. Und Einhörner! Einhörner möchte ich auch sehen. Eigentlich noch lieber als die Engel." Mutter Schulzes Augen funkelten so böse und gefährlich wie die tödlichen Strahlenwaffen der Aliens. Sie setzte mit noch grollenderer Stimme  ihre Vorlesung fort:

*Nun sprachen die Hirten zueinander: Lasst uns nach Bethlehem gehen und die Sache sehen, die da geschehen ist, die uns der Herr hat kundgetan. Und sie kamen eilend und fanden Maria und Josef und das Kindlein in der Krippe. Nachdem sie es gesehen hatten, sagten sie das Wort das sie gehört hatten. Und alle die davon hörten, waren betroffen, von dem was die Hirten gesagt hatten.*

Lars gab nicht auf: „Naja, das haben die Hirten gesagt, dass sie Engel gesehen haben. Das kann man glauben oder auch nicht. Wenn ich zum Beispiel erzählen würde, ich hätte auch Engel gesehen, glaubt mir das schon wieder keiner. Dann keift ihr doch nur wieder, dass ich völlig bekifft wär."

„Du hörst doch wirklich nur die Engel pfeifen wegen dem Scheiß, den du dauernd rauchst oder schluckst", schnauzte ihn  Hans-Peter, sein inzwischen schon deutlich angeschickerter Vater, an, und Sonja murmelte: „Lass doch den Jungen! In dem Alter haben wir doch alle gekifft. Hören wir lieber, wie es den Hirten weiter ergangen ist."

*„Die Hirten kehrten aber wieder zu ihren Hürden zurück, priesen und lobten Gott über allem, was sie gehört und gesehen hatten, so wie sie es ihnen verkündigt hatten."*

„Ja, und was ist mit den heiligen drei Königen an der Krippe. Und dem Kindermord? Das ist doch so spannend und unheimlich", wollte Anne-Sophie wissen.

„Spannend? Ich finde das nicht in Ordnung, wenn du das spannend findest, wenn unschuldige Kinder ermordet werden. Und das gibt heute auch noch viele Kinder in aller Welt, die nicht in Sicherheit leben und zur Schule gehen dürfen so wie du", salbaderte Mareile. "Mutter, lies weiter vor! Vielleicht kommt das noch."

Mutter las unverdrossen weiter: *„Acht Tage später wurde das Kind beschnitten.* Also da kommt jetzt nichts mehr von Heiligen Königen."

„Also doch! Beschneidigung Jesi" meinte Hans-Peter, dem irgendwie mit zunehmender Promillezahl daran gelegen war, seinen Vater nicht nur zu ärgern, sondern ihn richtig auf die Palme zu bringen. „Dann war Jesus also doch Jude. Das wird den eher deutschnationalen und christlich-konservativen Kräften hier im Lande aber gar nicht schmecken." Sein Vater schaute ihn an, als wolle er ihn erdolchen. Oder kreuzigen. Auf jeden Fall: Ihm ein empfindliches Übel zufügen. Denn eines war mir klar geworden: Der olle Schultze gehörte eindeutig zu den deutschnationalen und/oder sonst wie christlich-konservativen Kreisen, die ich auch nie habe leiden können.

Anne-Sophie stampfte mit dem Füßchen auf und kreischte: „Die Geschichte ist ganz doof und langweilig."

Ich versuchte, zu versachlichen: „Das mit den drei Königen und dem Kindermord steht im Matthäus-Evangelium, das mit der Krippe bei Lucas. Das hat nichts miteinander zu tun."

Aber Versachlichung war nicht gefragt. Überhaupt ist Versachlichung im täglichen Leben eigentlich nie besonders gefragt, und schon gar nicht war sie bei der Familie Schultze gefragt. Mit Sachlichkeit und Tatsachenvortrag machte ich mir hier nur Feinde. Aber darauf kam es jetzt auch nicht mehr an. Anne-Sophie war mit meiner Auskunft auch nicht zufrieden und maulte mich an: „Du bist auch doof. Die drei Könige stehen doch im Krippenspiel immer neben der Krippe. Du hast keine Ahnung. Der Mann ist ganz doof. Der hat auch gesagt, dass er keinen Penis hat." Dabei zeigte sie wie eine kleine, rächende Göttin mit dem ausgestreckten Zeigefinger auf mich.

Herr und Frau Schutze schauten mich ratlos und wohl auch ein wenig angeekelt an. Und Mutter Schultze tadelte mich: „Na, Sie sind wohl ein kleiner Besserwisser, Herr Eberhardt!" Immerhin nahm sie mich überhaupt mal wahr außer als Objekt ihrer grausigen Mastkur. Ich hatte auch keine Lust zum Streiten, denn mein Leib war von den vielen Speisen und Getränken wieder prall gefüllt wie eine Trommel. Aber Mareile ließ nicht ab, mich zu ärgern:

„Also ich finde das überhaupt nicht in Ordnung, wenn man den Zauber der Weihnachtsgeschichte hier wissenschaftlich entzaubert. Ich war als Kind immer ganz betroffen, wenn ich die Geschichte da gehört habe, wie Maria und Josef nachts auf der Flucht waren, und nirgendwo aufgenommen wurden. Das hat heute noch eine Botschaft, eine echte Messidsch. Und das ist für die Kinder immer noch total wichtig. Also dass man helfen soll, wenn einer in Not ist."

Wenn ich wegen der Konvulsionen meines Leibes nicht so schlecht gelaunt gewesen wäre, hätte ich jetzt natürlich die Schnauze gehalten, aber ein fieser Rülpser entfuhr meinem Hals und ich bellte daher unfreundlicher als geplant: „Das mit der Flucht nach Ägypten steht auch im Matthäus-Evangelium. Und da steht aber nichts darüber, dass Maria und Josef anlässlich der Geburt ihres Sohnes schlecht behandelt worden sind. Auf der Flucht selbst auch nicht. Dass der Herodes die Knaben töten lassen wollte, war natürlich gemein, ist aber historisch wahrscheinlich auch nicht wahr, sondern stellt ein Moses-Zitat aus dem Alten Testament dar. Die Ägypter wollten ja angeblich auch die Knaben der Juden umbringen und nur Moses ist entkommen."

„Also wenn dir das alles nicht passt, dann schreibe dir doch dein eigenes Evangelium", brummte Bärbel mich an. Mareile ging gar nicht inhaltlich auf die Auseinandersetzung ein, sondern wandte sich an Bärbel: „Siehst du, das ist ganz typisch für Borderlein-Persönlichkeiten. Diese Rechthaberei. Und dass sie alles kaputt machen müssen, was anderen wichtig ist. Der Eberhardt ist total gefährlich, wenn der nicht richtig therapiert wird." Und Bärbel pampte mich jetzt richtig unverschämt an: „Jetzt gib doch endlich Ruhe, Ebi! Sei endlich ruhig, ganz ruhig! Merkst du nicht, wie peinlich du bist. Niemand, aber auch wirklich niemand, will hören, was du sagst."

Mareile fuhr fort, vom Geist der früheren Weihnachten zu reden: „Ich kann mich noch erinnern, als wir mit Vikar Växelström bei der Jungen Gemeinde eine Adventsmeditation durchgeführt haben. Da ging das auch um die Flucht von Maria und Josef und dem Jesuskind. Wir hatten ein modernes Gedicht von Jörg Zink interpretiert. Das hieß: *Fluchtpunkt der Flucht ist Ägypten/ Fluchtpunkt der Flucht ist nicht Ägypten./ Fluchtpunkt der Flucht ist das Kreuz!* Das war total ergreifend. Also wie das Jesuskindlein da mit seinen Eltern fliehen muss, und sie nirgendwo Aufnahme finden......"

Ich konnte schon wieder meine große Klappe nicht halten: „Das Gedicht ist nicht von Jörg Zink, das ist von Kurt Marti, und in meinen Augen ein ziemlich bigotter Scheiß. Dass die Geburt Jesu nur das später notwendige Menschenopfer vorbereiten soll! Das hat doch etwas mit Erbsünde und so zu tun!....... Und überhaupt habe ich doch schon erläutert, dass in der Bibel nichts davon steht, dass Maria und Josef auf der Flucht schlecht behandelt worden sind. Oder dass man sie in Ägypten schlecht behandelt hat. Das Asylverfahren verschleppt, die Arbeitserlaubnis verbaselt und so. Kann alles sein. Aber da steht nichts von drin in der Bibel. Das müsste doch langsam sitzen."

Alle Schultzes schauten mich jetzt gemeinsam böse an. Jetzt hatte ich mich endgültig zur Unperson in diesem Haus gemacht. Vielleicht warf man mich jetzt aus dem Hause Schultze heraus, aber dann hätte alles seine natürliche und damit gute Konsequenz gehabt. Fluchtpunkt der Flucht wäre für mich dann wohl die Bahnhofsmission von Schafingen geworden. Nach Berlin wäre ich ja an diesem hochheiligen Abend mit der Reichsbahn nicht mehr zurückgekommen. Aber natürlich wurde ich nicht hinausgeworfen. So gnädig ist die Schicksalsfee nicht. Aber wenn Blicke einen durchbohren könnten, so hätte ich mich jetzt in Pfützen meines roten Blutes auf dem Teppich gewälzt. So schrecklich tödlich sahen die Blicke der Schultzes aus - aller Schutzes! Nein, nicht aller Schultzes. Hans-Peter kicherte und lallte: „Ja, Fluchpunk der Fluch issas Kreuz. Hick! Aber dann iss ja schon Ostern! Wo sinn die Eier, Rülps."

Dadurch bekam ich erst einmal Aufschub, denn Frau Schultze schimpfte nun mit ihrem Sohn: „Hans-Peter, musst du dich denn an jedem Weihnachten besaufen. Das ist ja widerlich!" Und Vater Schultze gab auch noch seinen Senf dazu: „Wenn man keinen Alkohol verträgt, dann müssen die Weicheier das Saufen sein lassen! Hier am Heiligen Abend herumrülpsen geht jedenfalls gar nicht."

Zu gerne hätte ich Hans-Peter gefragt, wie er denn wohl an die offenbar unerschöpflichen Alkoholvorräte kam, mit denen er sich hier die Kante gab, ohne dass jemand merkte, wie er das Betrinken eigentlich bewerkstelligte. Wenn ich mich jetzt auch tüchtig betrank, konnte ich das ganze Gewese im Hause Schultze sicherlich auch besser aushalten.

Über das unmögliche Verhalten von Hans-Peter hatte man dann wohl schnell mein schlechtes Benehmen verdrängt und vergessen, mich rauszuwerfen. Leider! Wenn ich bedenke, was mir durch einen Rauswurf alles erspart geblieben wäre, dann wird mir ganz anders. Da hätte ich den Rest von Weihnachten wahrlich besser bei der Bahnhofsmission feiern können. Die Weihnachtsfeier der Bahnhofsmission mit den Ärmsten der Armen soll ja auch sehr ergreifend sein. Aber was wurde dann aus Bärbel und mir? Ich fürchtete, dass Bärbels und meine bisher nur kurze Liebesbeziehung in den wenigen Tagen in ihrem Elternhaus wohl auch mehr als ihre Halbwertzeit erreicht hatte. Da gab es nichts mehr zu deuten und zu beschönigen oder zu bemänteln.

Das familiäre Gespräch zu weihnachtlichen Themen ging indes weiter. Ehe Mareile nun wegen meiner frechen Bemerkungen auf mich losgehen konnte, ergriff Bärbel erstaunlicherweise einmal meine Partei, jedenfalls wandte sie sich ganz giftig gegen Mareile. Und jetzt galt ohnehin der Grundsatz: Die Feinde meiner Feinde sind meine Freunde. Bärbel fauchte ihre Schwester an: „Jaja, ich kann mich noch gut daran erinnern, Mareile, als du zu dieser Meditation der Jungen Gemeinde mit Vikar Växelström gegangen bist. In den warst du ja voll verknallt. Ich durfte nicht mit, weil ich angeblich noch zu klein war. Ihr habt euch dort so mit Glühwein besoffen, dass der halben jungen Gemeinde der Magen ausgepumpt werden musste, weil ihr Alkoholvergiftung gehabt habt. Du musstest sogar eine Nacht im Krankenhaus bleiben zur Beobachtung."

Mutter Schultze stimmte in die Kritik an Mareile ein: "Ja, das Jugendamt war dann auch noch bei uns wegen dir. Verwahrlosungstendenzen und so weiter hieß es. Und du hättest die anderen zum Saufen angestiftet. Das war ganz schön peinlich für uns. Wenn Vater nicht seine Beziehungen über die Partei zum Amt hätte ausspielen können, dann wäre das vielleicht ganz schön böse ausgegangen."

Mareile schmollte: „Das stimmt gar nicht mit dem Jugendamt. Ihr habt damals nur gesagt, dass ich mich nicht wundern müsste, wenn sich das Jugendamt bei mir melden würde. Haben die gar nicht. Und jetzt wird die Geschichte im Nachhinein mit Unwahrheiten und Übertreibungen aufgebauscht, nur damit ich dumm aussehe. Und in den Vikar war ich auch nicht verliebt. Der war auch schwul. Und so etwas muss ich mir an Weihnachten anhören. Ihr seid ja alle neurotisch überformt, ach was: Ihr seid gemein. Ihr habt ja keine Ahnung vom Geist der Weihnacht!

*****

133

## h. Eine schöne Bescherung

Irgendwer hatte jetzt auch die Schnauze voll von theologischen Erwägungen, denn das Glöckchen im Weihnachtszimmer ertönte. Die Bescherung ging los. Der Baum erstrahlte in Schmuck und Lichterglanz. Berge von Geschenken lagen unter dem Baum. Mit großem Hallo stürzte sich die ganze Bande auf die Pakete, und es begann das große Auspacken und Ohs und Ahs erschallten durch den Raum. Auch ich hatte zwei Pakete mit meinem Namen gefunden. Eins war von Bärbel, die mir ein Buch über die Gotik schenkte, die Fortsetzung des Romanikbuches, das ich gerade las. Und ein Marzipanbrot aus echtem Lübecker Marzipan, wie ich es früher, bevor ich jeden Appetit verloren hatte, immer gerne gegessen hatte. Auch Bärbels Eltern hatten mir ein Geschenk gemacht, ein teures, wohlriechendes Stück Seife, einen Waschlappen und ein Handtuch. Hoffentlich sollte das kein Wink mit dem Zaunpfahl sein. Seit ich in Schafingen weilte, hatte ich ja diese schreckliche Verstopfung und bekam in diesem grauenhaften Zustand immer wieder Ausbrüche kalten Schweißes. Ich hatte das schlimme Gefühl, dass ich nicht gut roch, gar nicht gut. Wahrscheinlich war das bemerkt worden und man wollte mir mit dem Geschenk deutlich machen, dass ich etwas gegen meine Ausdünstungen unternehmen sollte. Peinlich, sehr peinlich!

Am überreichlichsten waren natürlich Torben-Jakob und Anne-Sophie beschenkt worden. Berge von Geschenken bauten sich vor ihnen auf. Ob das pädagogisch richtig war? Mir sollte das egal sein: Waren ja nicht meine Kinder, und Hauptsache Weihnachten war bald vorbei. Ich hatte alles, was ich gehört hatte, in meinem Herzen bewegt und war zu dem Schluss gekommen, dass ich die Schnauze vom Christfest gestrichen voll hatte. Dann

134

sangen wir zusammen das Lied Stille Nacht, heilige Nacht. Diese Nacht war leider nicht still und was an ihr heilig sein sollte, das wusste ich auch nicht.

Nach der Bescherung wurde erneut eine Weihnachtsplatte aufgelegt. Diesmal mit Liedern von Heintje. So etwas Schreckliches hatte ich noch nie gehört. Auch Vater Schultze war befremdet: „Könnten wir nicht lieber ein weihnachtliches Oratorium auflegen?" Aber er wurde überstimmt. Da sei doch nichts für die Kinder, meinten Mareile und Mutter Schultze wie aus einem Mund. Also erklangen weiterhin die weihnachtlichsten Lieder und in Ermangelung anderer Tätigkeiten schmetterten wir die Texte mit, auch wenn wir nur die erste Strophe der zum Teil inhaltlich bizarren Gesänge kannten. Frau Schultze und ihre Töchter brachten nun einen großen Kessel mit Wiener Würstchen in die Stube, dazu irdene Schüsseln mit Kartoffelsalat. Über Wiener Würstchen heißt es ja, dass sie leicht verdaulich seien. Aber so recht mochte ich das auch nicht glauben.

Eine leichte Fastenspeise sind sie jedenfalls nicht. Obwohl ich mir viel von dem scharfen Senf genommen hatte, dem ja eine den Geist und den Körper entschlackende Wirkung nachgesagt wird, war ich am Ende dieser Mahlzeit in einem Zustand, in dem ich Doppelbilder zu sehen begann. Dabei hatte ich bisher kaum Alkohol getrunken, denn Herr Schultze hatte die Weinbrandflasche nur zweimal kreisen lassen. Warum Hans-Peter so blau war, blieb immer noch sein Geheimnis. Der scharfe Schnaps hatte mir aber gutgetan, aber nicht so gut wie die grüne Pille von Lars. Ich hatte einmal gelesen, dass ein bis zur Grenze der Belastbarkeit gefüllter Bauch nicht nur zu optischer Fehlsicht sondern tatsächlich auch bis zu Halluzinationen führen kann. Subjektiv hatte ich das Gefühl, dass an meiner Vorderseite zwei schwere Ringe vom Leib herabhingen, einer unterhalb, einer oberhalb des Bauchnabels. Und ein dritter Ring war schon im Zustand der Ausbildung, knapp unterhalb der Brustwarzen. Ich fühlte mich wie das Michelin-Männchen und wahrscheinlich sah ich auch so aus. In einen Spiegel zu schauen traute ich mich sowieso schon nicht mehr.

Und es war noch kein Ende der guten Tage abzusehen. Der Erste Feiertag mit der avisierten Gans würde ja erst der Höhepunkt der weihnachtlichen Völlerei werden. Für den Zweiten Feiertag war Reh angekündigt. Reh sei mager, hieß es. Aber sicherlich würde es auch wieder Klöße und fette Soße geben. Ich würde sicherlich noch ein paar 50-Mark-Scheine opfern müssen, damit Lars mir noch mehr von den grünen Bonbons verkaufte. War ich etwa schon abhängig geworden von dem Zeug, mit dem er mich angefixt hatte? Egal, es ging ums Überleben. Oder ob ich dem Lars einfach einen Knüppel über den Schädel zog und ihm dann die Taschen nach dem Mittel durchsuchte? In Rauschgiftkreisen war das ja wohl nicht so unüblich, wenn man dringend an Ware kommen musste.

Wenn nicht bald etwas geschah, so hatte ich den Eindruck, war mein Ende nah. Adipositas und Drogensucht. So schnell können hoffnungsvolle, junge Akademiker enden, ehe das Leben überhaupt begonnen hatte.

Und dann sollte alles ganz anders kommen. Es geschah etwas Unvorhersehbares, etwas ganz Schreckliches. Plötzlich wurden alle Würfel neu gemischt. Wie aus heiterem Himmel! Nein, das ist nicht der richtige Ausdruck. Der Himmel war im Hause Schultze nie heiter gewesen.

Lars war schon die ganze Zeit etwas unruhig gewesen. Selbst während der Bescherung, die sogar für ihn recht üppig ausgefallen war, hatte er mürrisch geguckt. Er hatte sogar von seinem Vater einen Gutschein für ein Moped und von seiner Mutter einen Gutschein für einen Mopedführerschein bekommen hatte. Die wollten ihm wohl ihr schlechtes Gewissen abkaufen, dachte ich. Aber als Drogenkurier konnte Lars ein Moped sicher gut gebrauchen. Und ob er schon wusste, dass er bald Scheidungswaise sein würde, sogar Scheidungsvollwaise? Na, das war ihm wohl sowieso egal, wenn die Geschäfte gut liefen. Dann würde er auch bald für sich selber sorgen können. Und auch wenn beide Eltern ihn nicht haben wollten, so blieben sie doch unterhaltspflichtig. Und nun schaute Lars die Erwachsenen leicht genervt und sogar ein wenig angewidert an. Als die erste Garnitur Kerzen am Baum niedergebrannt war und auch das Öchslein in dem unter dem Baum kunstreich aufgebauten Krippenspiel unter dramatischen Umständen rasch entflammte und dann wieder gelöscht werden konnte, brummte er:

„Ja, sehr schön, aber das war es dann fürs Erste. Ihr braucht mich wohl nicht mehr. Ich geh dann mal zur Weihnachtsdisko. Da soll ja hier im Schafinger Dschungel ganz schön was abgehen."

Mir zischte er noch verstohlen zu: „Ich hole auch neuen Stoff, damit wir den Rest von Weihnachten noch halbwegs heil überstehen. Halt schon mal die Fuffis bereit!" Ein wenig verwundert und bedrückt war ich doch. Vor allem wegen meiner eigenen Unfähigkeit, die jetzt offenbar wurde. Lars hatte offensichtlich keinerlei Bedenken, das angesagte Lokal „Der Dschungel" mit seiner Weihnachtsdisko in der Innenstadt zu erreichen, während ich nicht einmal in der Lage gewesen war, am helllichten Tag den Weg in die Innenstadt und zum Dom zu finden, geschweige denn überhaupt bis zur richtigen Bushaltestelle vorzudringen.

Sein Vater, Hans-Peter, der das Familienleben hier doch wenigstens über Weihnachten halbwegs heil, wenn auch unter Zuhilfenahme geistlichster Getränke, zelebrieren wollte, geriet in einen schweren Ausnahmezustand. Mit dem einen Auge schaute er strafend auf seinen Sohn, mit dem anderen Auge beobachtete er angsterfüllt seine Mutter. Warum nur hatte Hans-Peter solch eine große Angst vor seiner Mutter? Gut – er war ein Weichei. Aber er war auch ein erwachsener und gestandener Familienvater, arrivierter Fachlehrer und Besitzer und Finanzierer eines Eigenheims. Wusste er etwa mehr über die Gefahr, die uns drohte? Ahnte er, was geschehen würde?

Und da brach der Generationenkonflikt auch schon unvermittelt aus. Mutter Schultze schrie plötzlich laut und durchdringend, so dass man einen brüllenden Stier erinnert war: „So haben wir nicht gewettet, mein Lieber! Keiner verlässt das Haus!"

Wir schauten uns etwas verwundert an. Selbst der abgebrühte Lars stieß nur ein klägliches „Aber, Omi!" hervor. Mutter Schultze lachte ebenso schmutzig wie hämisch: „Es hat sich aus-ge-omit. Hier kommt keiner lebendig raus, so lange ich es nicht will."

„Na, das möchte ich doch erst einmal sehen", höhnte Lars, der sich wieder etwas gefangen hatte.

Frau Schultze kicherte irre und holte einen kleinen Kasten aus der tiefen Tasche ihrer Kittelschürze. Entfernt erinnerte der Kasten an die Fernsteuerung eines Fernsehers. Aber es gab deutlich mehr Knöpfe, Schrauben und Tasten und sogar mehrere Flügelschrauben und eine kleine Kurbel. Mit Bedacht drückte sie einige Knöpfe und drehte dann an der Kurbel. Da senkten sich rasselnd, ratternd und knackend schwere Stahlgitter vor die Fenster. Lars zeigte seiner Oma einen Vogel und verließ schweigend das Weihnachtszimmer. Hans-Peter, sein psychisch völlig dekompensierter Vater, lief schreiend hinter ihm her:

„Lars, komm sofort zurück. Wir müssen jetzt alle darüber reden, was hier los ist."

Dann hörten wir, wie draußen an der Haustür gerüttelt wurde, offenbar vergebens. Und Hans-Peter brüllte wütend: „Mann, Scheiße, die Tür ist wirklich verriegelt. Wir kommen hier nicht raus! "

Lars und sein Vater kamen in die Stube zurück und schrien Mutter Schultze an: „Jetzt gehst du zu weit Oma! Gib sofort die Verriegelung frei!"

Aber Oma Schultze lachte noch irrer, als sie es bisher schon getan hatte: „Wie schön, dass Vater und Sohn endlich mal zusammenhalten. Sonst ist euer Verhältnis ja leider nicht so harmonisch. Aber Weihnachten soll ja nun einmal das Fest der Liebe und der Harmonie sei. Und macht euch bloß keine falschen Hoffnungen. Alle Türen sind zentral verriegelt. Ohne Brechstange kommt ihr da nicht weit. Und mit Brechstange ist hier nichts. Oder könnt ihr eine sehen?"

Weiter kam sie nicht, denn endlich platzte auch ihrem Gatten der Kragen und er bollerte los: „Mach keinen Quatsch Elfriede. Mach die Tür auf. Heute ist nicht Karneval oder der 1. April!"

Da kreischte Mareile, unsere Psychologin, angstvoll auf: „Nein Mutter meint das total ernst. Sie hat eine Weihnachtspsychose. Ich kenne das aus der Klinik. Das ist gar nicht so selten. Wir müssen die Polizei holen. Mutter muss in eine entsprechende, beschützende Anstalt. Sie wird sonst zur Gefahr für sich und andere."

Aber die Mutter fand wohl, dass es keine entsprechende Anstalt gab, in die sie wollte. Sie lachte noch dröhnender und höhnischer:

"Versuch nur, die Bullen zu rufen, du törichtes Ding. Die Telefonleitungen nach draußen habe ich selbstverständlich gekappt. Nur noch die internen Leitungen funktionieren."

Mareile hatte sich inzwischen schon das Telefon gekrallt und hektisch die 110 eingewählt. „Verdammt, die Leitung ist wirklich tot", heulte sie auf.

„Har, har, har", bellte die Mutter kehlig. „Ihr habt mich immer unterschätzt. Immer wolltet ihr weg von mir. Nur Weihnachten habt ihr euch dazu herabgelassen, mit mir zu feiern, sofern ihr nicht mit den gottverdammten Schwiegereltern gefeiert habt. Aber jetzt wird Weihnachten gefeiert, dass es nur so knattert. Und zwar bei mir zuhause und zwar so lange, wie ich es will. Und ich - ich will, dass es jetzt sehr, sehr lange Weihnachten gibt. Mit euren närrischen Wünschen und Hoffnungen ist es jetzt aus und vorbei. Mein persönliches Weihnachten wird dieses Jahr lange dauern, verdammt lange."

KaDe hatte sich wieder relativ gut im Griff. Der war ja sowieso ziemlich drahtig und cool, weswegen ihn Vater Schultze ja wohl auch deutlich lieber mochte, als mich oder auch als seinen eigenen Sohn Hans-Peter, das Weichei. KaDe ordnete mit Unteroffiziersstimme auch die nötigen Maßnahmen an: "So ein Quatsch, Mutter! Notfalls lösen wir das Problem mit Gewalt. Mit brachialer, nackter Gewalt. Alles hört auf mein Kommando!"

Mit einer gleichsam geschickten wie auch kraftvollen Bewegung entwand er seiner Schwiegermutter die Fernbedienung. Er drückte auf einige Knöpfe, drehte an der

Kurbel und schüttelte das Gerät brutal durch. Nichts geschah. Mutter lächelte milde:

„Gib es auf, Klaus-Dieter. Auch mit deinem Kasernenhofton kommst du hier nicht weiter. Die Schaltungen sind so ausgeklügelt, dass ihr sie sowieso nicht bedienen könnt. Es gibt vier Millionen Möglichkeiten, zu schalten, und nur ich kenne die richtigen Kombinationen. Es ist wahrscheinlicher, dass ihr im Lotto den Jackpot knackt, als dass ihr herauskriegt, wie man hier herauskommt. Und selbst wenn ihr den Code knacken würdet........"

Weiter kam sie nicht, denn Bärbel hatte eine Idee. Ich hatte sie ja schon immer für ihren nie endenden Ideenreichtum bewundert. Irgendwie mochte ich sie trotz allem noch: „Die Gitterstäbe vor den Fenstern sind für einen Erwachsenen zu eng. Aber Anne-Sophie könnten wir durchquetschen. Wir müssen sie nackig ausziehen und mit Vaseline einkremen, bis sie ganz glitschig ist. Dann müsste sie sich zwischen den Gitterstäben ganz knapp durchschieben lassen. Und dann muss sie nur zu den Nachbarn und den Notruf eins-eins-null anrufen. Die Bullen können das Haus von außen dann mit schwerem Gerät aufknacken. Notfalls muss das Technische Hilfswerk anrücken."

„Oder die Pioniere von der Bundeswehr! Die kriegen alles auf", ergänzte KaDe.

Und schon wandte Bärbel sich an die kleine Nichte: „Gell, Anne-Sophie, du weißt doch, was die Polizei ist. Geh einfach ins Nachbarhaus. Wenn du da nackt vor der Tür stehst, dann sehen die Leute ja, was für ein Notfall hier herrscht. Sag' denen, dass hier Menschen eingeschlossen sind oder sag gleich, dass es Tote und Verletzte geben könnte. Oder sag, dass du glaubst, dass es schon

Tote und Verletzte gegeben hat, damit es auch schnell geht."

„Von Zeit zu Zeit seh' ich die Bullen gern", kommentierte Lars den Vorschlag. Man konnte ihm aber ansehen, dass er das alles nicht so lustig fand. Er fing schon an zu zittern und hatte Schweißausbrüche. Irgendein kalter Entzug setzte bei ihm ein. Er benötigte ganz dringend eine Droge. Wer weiß welche. Aber Bärbels Hoffnung, dass Anne-Sophie helfen könnte zerplatzte auch schon wie eine Seifenblase, ehe sie richtig aufgeblasen war. Ich fand ja ohnehin, dass Anne-Sophie ein nerviges, verzogenes und vor allem völlig verblödetes Gör war. Statt nun auf ihre schlaue Tante zu hören, fing sie an herum zu plärren, dass sie sich nicht nackt durch die Gitterstäbe schieben lassen würde. „Nein ich zieh mich nicht aus, nein ich geh nicht alleine raus. Die Mutti soll mit, die Mutti soll mit...... Kreisch-Kreisch! Wimmer!"

Bärbel und KaDe überlegten, ob man nicht stattdessen Torben-Jakob durch die Gitter pressen könnte. Aber KaDe meinte nach einem prüfenden Blick auf die Gitter und seinen Sohn: „Ich glaube, das wird nichts. Torben-Jakob ist doch schon zu groß. Wenn der zwischen den Gitterstäben stecken bleibt, haben wir noch ein Problem. Der kriegt dann doch seinen Pseudokrupp......"

Dann fauchte er seine Tochter an: „Von allen nutzlosen, halslosen Ungeheuern bist du doch das nutzloseste. Wenn du dich nicht sofort ausziehst und einkremen lässt und durch das Gitter nach draußen gehst, dann vergesse ich mich......:"

Als er dann auch noch so bedrohlich auf seine Tochter losging, heulte die natürlich noch mehr. Und Mareile stürzte sich zwischen die beiden und rief: „Du Unmensch.

Deine eigene Tochter schlagen.... Ich lasse mich scheiden."

Es schien in dieser Familie wohl Mode zu werden, sich scheiden zu lassen. Mareile machte einen völlig verwirrten und überforderten Eindruck, der so gar nicht zu ihrem bisherigen Auftreten passte. Anne-Sophie blickte zweifelnd und verzweifelt auf ihr Mutter. Denn die geisterte selbst ganz abgedreht und völlig daneben durch die Wohnung. Von der war keine Hilfe mehr zu erwarten. Da griff Anne-Sophie lieber zur Selbsthilfe. Sie schmiss sich zuckend auf den Boden hämmerte mit den Fäusten und heulte wie ein Derwisch. Dabei schmiss sie sich fortwährend von links nach rechts, so dass KaDe seine Tochter nicht zu fassen kriegte. Der steigerte sich immer mehr in seine sinnlose Wut und brüllte: „Halt doch endlich still, du blöde Gans, damit in dich zu fassen kriege. Dann schlage ich dich grün und blau."

Aber so doof war Anne-Sophie natürlich nicht. Was von den Drohungen ihres Vaters ernst gemeint war, war nicht so klar zu erkennen. Wollte er sie wirklich verprügeln, oder nur durch seine Drohungen dazu bringen, dass sie in den ursprünglichen Plan einwilligte, das Haus durch die Gitterstäbe zu verlassen und Hilfe zu holen. KaDe sah jedenfalls mittlerweile sehr gefährlich aus. Er hatte jede Selbstbeherrschung verloren und brüllte immer lauter und gefährlicher:

„Halt endlich still, du blöde Göre, oder ich hau dich dood!",

Das war nun eine ganz blöde Argumentation, denn solange Anne-Sophie nicht still hielt, konnte er sie auch nicht schlagen. Da wäre die ja ziemlich doof gewesen, wenn sie still gehalten hätte. Ich fand die Drohung jetzt auch nicht so dramatisch und bedrohlich, wie sie sich anhörte. Es kommt ja immer wieder vor, dass ganz normale Bürger, auch Bildungsbürger, ganz schreckliche Todesdrohungen gegen andere Bürger, selbst gegen die eigenen Kinder ausstoßen, wenn sie unter Totalstress geraten.

Mareile stürzte sich aber vorsorglich auf ihren Gatten, um Schlimmeres zu verhüten, und schrie: „Lass das Kind in Ruhe, du Blödmann!" Dabei rüttelte sie heftig an seinen Schultern. Aber KaDe war ja ein kräftiger Typ. Das musste der Neid ihm lassen: Tolle Muckis an den Oberarmen. Bizepse groß wie vollreife Pampelmusen! Als er versuchte, Mareile mit einer schnellen, kraftvollen Bewegung des Oberkörpers abzuschütteln, verlor sie völlig den festen Stand, strauchelte, kippelte und sauste dann wie ein seltsam trudelndes Flugobjekt durch die Luft. Dummerweise befand sich am Ende ihrer Flugbahn das große, dunkle Wohnzimmerbüffet aus Eiche, Typ Gelsenkirchener Barock. Mit ihrem Leib durchschlug sie die geschliffene Kristallglastür und zertrümmerte dabei das geblümte 24-teilige Kaffeegeschirr und noch mindestens drei Dutzend teuer aussehende Trinkgläser, Typ Römer, farbiges Bleikristall aus Böhmen. Mareile blieb inmitten dieser Verwüstung mit dem Po in dem demolierten Büffet stecken. Offensichtlich war sie außerstande, sich aus dem sperrigen Möbel selbst zu befreien. So unbeweglich blieb sie in dem demolierten Möbel stecken. Und niemand machte Anstalten, ihr zu helfen. Gespenstig, wie sie da halb im Schrank steckte und starr und stumm auf die Szene des Grauens und der Verwüstung starrte. Und ich fühlte mich auch nicht bemüßigt, ihr zu helfen. So eklig, wie sie immer über mich sprach!

Hans-Peter starrte auch etwas glasig auf seine im Mobiliar verkeilte Schwester und meinte mit schwerer Zunge: „Das ist ja, das ist ja einen So- So- Sonate des Grauens.

Ich glaube, darauf muss ich erst einmal einen Weinbrand trinken." Dabei fühlte er sich aber auch nicht veranlasst, Mareile zu helfen. Vielleicht war er aber auch außerstande dazu. Auch die praktisch veranlasste Bärbel startete keine Rettungsaktion zugunsten der festgeklemmten Schwerster, sondern fügte den Worten ihres Bruder düster hinzu: „Das ist schon keine Sonate mehr, das ist schon eine echte Symphonie des Grauens. Ich will jetzt auch einen Weinbrand haben."

Torben-Jakob war sicherlich, und da muss man ihm sein junges Alter zu Gute halten, von der ganzen Szene überfordert. Man stelle sich nur einmal vor: Der eigene Vater droht, die Schwester zu töten, und die Mutter steckt gefangen und bewegungsunfähig in einem geschmacklosen Möbelstück und guckt bedient. Onkel und Tante unternehmen auch nichts mehr, sondern sind wie gelähmt und wollen Weinbrand trinken. Mit solch einer Situation wären auch die meisten Erwachsenen überfordert gewesen. Das war ja schlimmer als in einer griechischen Tragödie. Und natürlich gab es angesichts dieser Szene auch niemanden mehr, der jetzt noch auf gutes Benehmen geachtet hätte. Und ebenso natürlich sah Torben-Jakob, der ja ohnehin ein Freund des Flegelhaften war, das Geschehen als Einladung dazu, sich jetzt endlich ebenfalls tüchtig daneben zu benehmen. Auch er begann sich nun schreiend und kreischend auf dem Fußboden zu wälzen. Dabei stieß er Schreie aus, die sich wie Uäh-Uäh anhörten. Das wäre ja noch gegangen. Aber dann bekam er auch noch einen Erstickungsanfall, wie wir ihn bis dahin noch nicht gesehen hatten. Das war wohl schon echter Krupp und kein Pseudokrupp mehr. Das Keuchen des Knaben hörte sich an wie der Kolbenhub einer schweren Dampflok auf steiler Bergstrecke.

Sonja murmelte etwas wie: „Na diese beiden Kinder waren wohl auch der Trostpreis in der großen Nachwuchslotterie." Aber auch wenn sie nur leise gesprochen hatte, so hatte Mareile sehr gut verstanden, dass da an ihren Sprösslingen Kritik geübt wurde. Mareile kofferte, immer noch in dem Möbel steckend, gleich zurück: „Na, da ist dein Lars ja glücklicherweise ein gelungeneres Exemplar von einem Kind. Der hat doch wohl schon einen Job als Rauschgifthändler, wenn ich das richtig sehe. Aber Hauptsache wir sind gesund und die Kinder haben Arbeit. Und im Augenblick fängt er auch noch an, den Turkey zu schieben. Ich kenne mich damit aus!"

Sonja sah so aus, als wollte sie auf die Schwägerin losgehen. Das wäre gerade in diesem Augenblick auch gut gegangen, weil Mareile sich trotz allem Hampeln und Zappeln immer noch nicht hatte befreien können. Mutter Schultze schaute sich schmunzelnd um, wie wir alle, die Insassen ihres christfestlichen Gefängnisses, immer mehr durchdrehten und meinte besänftigend:

„Frieden, Kinder! Frieden! Wollt ihr nicht einmal mit lebensrettenden Maßnahmen beim Jakob anfangen, statt hier wie vom bösen Geist besessen herum zu kreischen und zu springen. Der Junge ist ja schon ganz violett angelaufen." Und dann wandte sie sich mit zuckersüßer Stimme an Anne-Sophie: „Natürlich musst du dich nicht durch die Gitter quetschen. Das würde nämlich gar nichts nützen. Genau so wenig würde es auch nützen, wenn ihr die Gitterstäbe durchsägt. Der Garten ist nämlich vermint und ich habe soeben alle Minen scharf geschaltet. Das geht heutzutage auch elektronisch. Zuerst hatte ich daran gedacht, die Gitterstäbe unter Hochspannung zu setzen. Aber wie leicht könnte dann jemand ernsthaft verletzt werden, wenn er da auch nur versehentlich anfasst.

Aber auch ohne Hochspannung: Keiner kommt hier lebend raus. Versucht es bitte auch nicht!"

„Vater Schultze gurgelte zornig: „Das glaube ich jetzt nicht, dass du das alles so konstruiert hast. Du bist doch ein handwerklicher Versager. Du weißt ja nicht einmal, wie herum man die Schrauben dreht. Und bei Elektroarbeiten würdest du die Phase mit der Masse verwechseln."

„Ach", erwiderte seine Gattin belustigt, "ich habe mir viel bei dir abgeguckt in der Werkstatt. Vor allem, wie man es falsch macht. Außerdem vergisst du wohl, dass ich mal Werklehrerin in einer Jungensklasse war. Ich habe hier immer nur den handwerklichen Dussel gespielt, um dir eine kleine Freude zu machen. Damit du dich mit deiner vermeintliche Überlegenheit aufspielen kannst. Frauen machen sich ja oft kleiner als sie sind, damit der Göttergatte groß dastehen kann. Aber damit ist jetzt Schluss! Total Schluss! Vor allem mit lustig! Und damit du es nur weißt: So lang das Deutsche Reich besteht, wird jede Schraube rechts gedreht. Kann man sich doch gut merken."

„Ach, was, die alte Schreckschraube blufft nur", rief Hans-Peter. „Minengürtel im Vorgarten. Wer glaubt denn so etwas?"

Aber auch Hans-Peter hatte sich in den Fähigkeiten seiner Mutter getäuscht. Gerade als wollte es Mutters ganze Gefährlichkeit unterstreichen, drang in diesem Augenblick Nachbar Herrschenröders Bello auf das Grundstück der Schultzes und versuchte, neben einem der gepflegtesten Rhododendronbüsche einen riesigen Kothaufen abzusetzen. Wenn man wie ich unter massivster Obstipation litt, erregte ein solcher Anblick weniger Ekel als vielmehr Neid. Trotz der mehr als verworrenen Situation, reagierte Vater Schultze selbst wie ein Pawlowscher Hund auf den Nachbarhund. Und obwohl Bello sicherlich nichts wirklich verstand, brüllte er das Tier an: „Verrecken sollst du! Du Schwein!"

In diesem Augenblick explodierte Bello und wurde in tausend Stücke gerissen. Nur das jetzt leere Hundefell flog halbwegs unbeschädigte durch die Luft, landete klatschend auf dem großen Wohnzimmerfenster und hinterließ einen unschönen, blutigen Fleck. Bello hatte auf eine Tellermine geschissen. Alle starrten wir uns entsetzt an. Nicht nur wegen des unglaublich brutalen und etwas unappetitlichen Geschehens, sondern weil nun klar war, dass Frau Schultze nicht bluffte. Die wollte sich vor Lachen gar nicht mehr einkriegen:

„Siehst du, Fritz! Du brauchst nur zu rufen: Verrecken sollst du! Und schon gehen deine schönsten Wünsche in Erfüllung. Ich bin eben so etwas wie eine gute Fee. Aber jetzt einmal Spaß beiseite. Ich kenne natürlich einen Weg durchs Minenfeld. Aber nur ich. Wenn mir etwas zustoßen sollte, seid ihr hier gefangen. Seid also nett zu mir."

Sie lächelte immer sardonischer: „Noch schöner wäre es natürlich gewesen, wenn du *Platz, Bello!* gerufen hättest. Dann hätte es so ausgesehen, als wenn Bello auf deinen Befehl hin wirklich geplatzt wäre." Mutter Schultze schüttelte sich vor Lachen aus.!

Ich hoffte natürlich, dass die Explosion des Hundes, die ja nicht gerade leise abgelaufen war, vielleicht in der Nachbarschaft aufgefallen wäre und jemand Polizei oder Feuerwehr verständigt hätte. Aber in dieser hochheiligen Nacht kümmerte sich niemand um irgendetwas. Es war ja das Fest der Familie. Nirgendwo waren Polizeisirenen zu hören. Aber irgendwann mussten Herrschenröders doch merken, dass der Bello fehlte?

Da klingelte es an der Außentür. Wir schauten uns ratlos an. Mutter Schultze ging an die Gegensprechanlage und fragte mit honigsüßer Stimmen: „Wer ist da bitte."

Von draußen hörte man die Stimme einer jungen Frau, wenn auch etwas gequetscht und verrauscht durch die Gegensprechanlange: „Mach auf Mutti. Ich bin es, Nele. Wegen Weihnachten. Du wolltest doch, dass ich Weihnachten zu euch komme."

Die Mutter schien einen Augenblick ratlos zu sein. Und wir schöpften Hoffnung. Wenn sie Nele hereinließ, ergab sich vielleicht ein kurzer Augenblick, in dem Flucht möglich war. Da stürzte sich Vater Schultze an die Gegensprechanlage und rief:

„Nele, Nele, hier spricht der Vati. Hol schnell die Polizei. Die Mutti hält uns hier gefangen. Mach schnell!"

Das reichte aus, dass die Mutter aus ihrer kurzen Starre erwachte, und sie rief nun in die Gegensprechanlage: „Nicht weiter gehen, Nele! Es ist alles vermint. Auch vom Gartentor bis zur Haustür. Ich habe alles scharf geschaltet. Ein Schritt, und du bist tot. Du bis zu spät gekommen. Und jetzt hau ab! Du bringst dich sonst in Lebensgefahr."

Nele fauchte zurück: „Mann, ihr seid ja noch bekiffter als ich es jemals war. Ihr habt sie ja echt nicht mehr alle!"

Herr Schultze rief noch mehrmals in die Gegensprechanlage: „Nele, Nele, ruf die Polizei an und den Sprengmittelräumdienst." Aber es kam keine Antwort mehr, und ich hatte erhebliche Zweifel, ob Nele uns helfen würde. Immerhin ein Funken Hoffnung blieb. Frau Schultze blickte jetzt mit bedauerndem Blick auf das Gelsenkirchener Barockbuffet, in dem sich Mareile immer noch völlig verfangen hatte und weder vor noch zurück konnte: „Schade um das schöne Buffet Es war noch ganz gut, aber natürlich alles andere als modern. Willst du nicht einmal wieder herauskommen Mareile, und dich zu uns setzen, damit wir es gemütlich haben."

Aus dem Buffet waren nur ein Stöhnen und einige hässliche Verwünschungen zu hören. Mareile konnte sich aus eigener Kraft nicht aus den Trümmern des Möbels befreien, denn ihr Po hatte sich zwischen zwei Regalbrettern vollständig verkantet und verklemmt.

„Aber Elfriede, wir werden hier verhungern und verdursten, wenn du uns nicht wieder hinauslässt", versuchte es Vater Schultze nun im Guten und mit sanfter Stimme." Hans Peter sah um Jahre, wenn nicht gar Jahrzehnte gealtert aus. So sehen Menschen aus, deren Welt zusammengestürzt ist. Er wiederholte stammelnd die Worte seines Vaters: „Jawohl verhungern und verdursten. Ganz, ganz qualvoll!"

„Nein, nein mein Junge, warum kennst du deine Mutter so schlecht? Sie hat doch für alles gesorgt. Wir haben doch den Atombunker, der damals vom Innenministerium für Beamte subventioniert worden ist, als wir ihn gebaut haben. Der ist voll gefriergetrockneter Lebensmittel. Damit sollten wir den Atomkrieg überstehen. Das Zeug hält daher mindestens bis nächstes Weihnachten, und danach hilft uns das Christkind oder der Weihnachtsmann weiter. Und an Verdursten ist gar nicht zu denken. Die Wasserhähne gehen ja noch alle und das Wassergeld wird monatlich von Vatis Konto abgebucht."

„Die werden aber nach mir suchen, wenn ich nach den Weihnachtsferien nicht zum Dienst in der Schule erscheine. Vielleicht stellen sie auch die Gehaltszahlungen ein. Und dann ist es aus mit dem Trinkwasser. Das wird dann ratzfatz abgestellt."

KaDe hieb ebenfalls in die Kerbe: „Wir sind fast alle berufstätig. Das wird auffallen, wenn wir nicht auf der Arbeit erscheinen. Und meine Eltern werden mich auch vermissen. Die lassen nach mir suchen. Und Sonjas und Ebis Eltern werden ihre Kinder auch als vermisst melden."

Mutter Schultze hatte wohl doch nicht alles so richtig bedacht, denn sie wirkte jetzt etwas unsicher: „Also, da fällt mir jetzt auch nichts für sofort ein. Aber das dauert doch, bis Vatis Gehalt eingestellt wird. Und das Geld auf dem Konto hält noch ewig für die laufenden Kosten. Wir geben ja sonst kein Geld aus hier drinnen. Und so schnell sucht die Polizei nicht nach verschwundenen Personen. Die warten immer einige Wochen, weil die meisten Vermissten von selbst wieder auftauchen. Und selbst wenn: Hier kann ja auch keiner rein, um nach euch zu suchen, wegen dem Minenfeld ums Haus. So oder so! Erst einmal haben wir Zeit, viel Zeit! Und kommt Zeit kommt Rat, heißt es doch auch so schön. Da können wir es uns erst einmal um den Weihnachtsbaum herum gemütlich machen. Wir könnten die Kerzen eigentlich noch mal wieder anmachen!"

„Hast du wenigstens Schilder aufgestellt, die davor warnen, dass hier alles vermint ist. Wir sind doch voll in der Haftung drin, wenn hier jemand, vielleicht sogar ein Polizeibeamter, auf so eine Mine tritt. Mein Gott, da müssen wir noch Schadensersatz leisten oder kommen gleich ins Gefängnis" seufzte Fritz Schultze verzweifelt."

„Jaja, dafür habe ich gesorgt. So wie die Minen scharf geschaltet sind, kommen automatische Warnschilder aus dem Boden geschossen: „Achtung, der Garten ist vermint. Noch ein Schritt und es könnte ihr letzter sein! Lebensgefahr! Todesgefahr! Betreten polizeilich verboten! Achtung Sprengmittel! Alles, was man sich so wünscht.

Aber ich habe die Nele doch noch mal extra mündlich gewarnt. Die nimmt so Verbotsschilder nicht so ernst. Die ist ja antiautoritär. Wo sie das wohl her hat? Von uns jedenfalls nicht."

„Naja, da bin ich ja beruhigt", grunzte der Vater. „Und du blödes Weichei höre endlich mit der Heulerei auf", fuhr er seinen Sohn an. Tatsächlich weinte Hans-Peter schon seit einiger Zeit ohne Unterlass. Der war wirklich ein Weichei. Der hatte die Sonja gar nicht verdient. Diese ganze Familie Schultze war wirklich ein völlig verkommenes, wahnsinnig gewordenes Rattenpack. Und von Bärbel hatte ich auch genug. In was für eine Geschichte hatte sie mich da überhaupt mit hineingezogen? Sonja wandte sich jetzt an ihre Schwiegermutter:

„Elfriede, ich verstehe ja, dass du deine Kinder um dich herum haben willst. Aber lass doch wenigstens mich und den Eberhardt gehen. Wir gehören doch gar nicht mehr oder noch nicht richtig zur Familie. Ich lasse mich scheiden, und der Eberhardt ist ja noch nicht einmal mit der Bärbel verheiratet!"

Welch' ein herrlicher Gedanke. Sonja und ich würden zusammen fortgehen, vielleicht sogar Hand in Hand einer gemeinsamen goldenen Zukunft entgegenschreiten, während die Schultzes in ihrem Bunker an ihrer seltsamen Familienaufstellung weiter basteln würden. Naja, wahrscheinlich würde ich doch die Polizei verständigen und sie befreien lassen, jedenfalls nachdem sie noch eine Weile in ihrem eigenen Saft geschmort hätten.

„Aber Frau Schultze", versuchte ich ebenfalls an die Vernunft von Bärbels Mutter zu appellieren. „Ich gehöre doch noch gar nicht richtig zur Familie. Ich kenne Sie überhaupt nicht. Ich bin doch erst das erste Mal bei Ihnen. Und ich spreche hier wohl auch kein Geheimnis aus, wenn ich der Meinung bin, dass Sie mich gar nicht leiden können. Und am 2. Januar muss ich meine neue Stelle antreten. Ich habe schon einen Abschlag auf mein Gehalt gekriegt. Davon haben Bärbel und ich die Weihnachtsgeschenke gekauft und die Fahrkarten für die Reichsbahn. Ich bekomme einen Riesenärger, wenn ich nicht am Arbeitsplatz erscheine."

Aber so leicht war Frau Schultze nicht zu überlisten. Sie meinte nur schnippisch zu mir: „Ja, natürlich habe ich Sie bisher noch nicht so richtig gemocht. Sie scheinen ja ein schöner Langweiler und dabei gleichzeitig noch ein Besserwisser zu sein, und nicht so richtig in die Diskussionskultur unserer Familie zu passen. Aber wenn wir hier drinnen dauerhaft bleiben werden, dann gehört da auch ein richtiger Schwiegersohn zu Bärbel. Besser ein drittklassiger als gar keiner. Und vielleicht, wenn wir uns näher kennen lernen, dann kommt ja noch so etwas wie Sympathie auf. Wer weiß, was wird? Que sera, sera?"

Und zu Sonja meinte sie: „Und das mit der Scheidung lässt du dir noch mal gut durch den Kopf gehen. Du gehörst zu unserem Bund und da darf niemand ausbrechen. Kein Glied der Kette darf fehlen. Außerdem sehe ich hier auch keinen Scheidungsanwalt, der dir weiter helfen könnte. Oder siehst du einen?" Mutter Schultze kicherte albern.

Hans-Peter, das große Weichei der Familie, der schon die ganze Zeit einen etwas stilleren Eindruck neben seinen aktiven Schwestern gemacht hatte, und jetzt auch noch weinte, schaute Sonja vorwurfsvoll an und seufzte:

„Scheidung? Davon hast du mir ja noch gar nichts erzählt."

Auch er begann jetzt mit der Schnappatmung, die in dieser Familie mehr und mehr gang und gäbe wurde. Er gurgelte, stöhnte und seufzte. Und dann kollabierte er und lag bewegungslos auf dem Fußboden. Das alles war emotional wohl zu viel für ihn gewesen. Vielleicht hatte er inzwischen auch viel zu viel Alkohol getrunken. Da sich sonst keiner um ihn kümmerte, lagerte ich seine Beine hoch und fühlte seinen Puls. Der war etwas schwach und schnell, aber nichts, weswegen man beunruhigt sein musste. Als ich seine Beine hoch lagerte, konnte ich auch feststellen, auf welche Art und Weise er sich so schrecklich betrinken konnte, ohne dass jemand etwas mitbekommen hatte. Tatsächlich hatte er sich auf den Rücken ein flaches, mit etwa einem Liter Weinbrand gefülltes Plastikgefäß geschnallt, das mit einem trickreichen Schlauchsystem verbunden war. Alleine durch das Eigengewicht der Plastikwände dieses Gefäßes wurde der in ihm gespeicherte Weinbrand in einen schmalen, fast unsichtbaren Schlauch gedrückt, der aus dem Hemdkragen von Hans-Peter ragte. Dort konnte er jederzeit an dem Schlauch saugen, der wiederum mit einem Rückschlagventil verschlossen war. Wenn Hans-Peter nicht saugte, war das Weinbrandlager dann wieder hermetisch verschlossen, saugte er, so konnte er schnell große Mengen Schnaps in sich bringen, ohne dass es auffiel. Einfach genial dieses Konstrukt. Um in der Lage zu sein, so etwas zu bauen, musste man wohl Studienrat für Naturwissenschaften sein. Obwohl ich Hans-Peter immer noch für ein Weichei hielt und ihn um sein Weib beneidete und es in der Tat auch begehrte, wie es so schön in den zehn Geboten hieß, stieg er in diesem Augenblick erheblich in meiner Achtung.

Rasch kam er auch wieder zu Bewusstsein. Mit matter Stimme meinte Hans-Peter: „Das ist natürlich wieder einmal typisch für diese ach so christliche Familie. Wenn man Probleme hat, dann kümmern sich die Fremden um einen. Wie beim barmherzigen Samariter. Aber ihr seid alle nur fiese Pharisäer! Lest mal in der Bibel, was da über euch steht. Gar nichts Gutes! Denkt mal darüber nach!"

Mutter Schultze schien über das, was ihr Sohn gesagt hatte, tatsächlich nachzudenken und meinte dann entsprechend nachdenklich: „Also ob wir so richtige Pharisäer sind, weiß ich jetzt auch nicht. Aber so richtige Christen sind wir eigentlich gar nicht. Wir haben nur einen christlich abendländischen Hintergrund."

Dann wandte sie sich an ihren Gatten: „Also Fritz, ich würde sagen, dass wir gottgläubig sind. Das hast du doch damals auch immer gesagt, als du noch in der Partei warst. Ich würde sagen, wir sind einfach nur gottgläubig, achten aber traditionelle, christliche Inhalte und Traditionen wie Weihnachten als Fest der Familie, nicht wahr Fritz! So im Sinne von *Hohe Nacht der klaren Sterne, die wie helle Zeichen stehen, Mütter euch sind alle Feuer, alle Sterne aufgestellt.* Oder so ähnlich."

Aber Hans-Peter hatte die Schnauze voll und der viele Weinbrand hatte ihn mutig gemacht. Er schrie seine Mutter an: „Christlich-abendländisch ist gut, ich glaube hier haben wir eher einen Nazi-Hintergrund. Du willst hier Nazi-Lieder singen, und wir wissen schließlich auch ganz genau, wo Vati vor 1945 stand, und was er da gemacht hat!"

„Vati hat tapfer seine Pflicht in der Wehrmacht erfüllt", erwiderte die Mutter streng, und des Vaters Gesicht versteinerte sich. Hans-Peters Stimme stieg eine Tonlage höher und pfeifend und hasserfüllter stieß er hervor: „Nein Vater war bei der SS, er war Kriegsverbrecher."

Der Vater gab sein Schweigen auf und brüllte: „Woher willst du Grünschnabel das wissen?"

„Auf dem Dachboden in unserer alten Wohnung, da stand ein Karton mit Briefen von Dr. Schröttstaker. Da stand es drin, dass ihr beide bei der SS wart. Der Schröttstaker und du! Der hat da sogar geschrieben, dass ihr beide erschossen werdet, wenn rauskommt, was ihr gemacht habt."

Mutter versuchte die Wogen zu glätten: „Vater ist zur Waffen-SS gezwungen worden. Das ist etwas ganz anderes. Damals war überhaupt alles ganz anders Das versteht ihr nicht, weil ihr die Zeit nicht kennt."

„Dr. Schröttstaker schreibt aber was von Kriegsverbrechen, an denen Vati und er beteiligt waren."

„Das sind gemeine Lügen. Ihr seid alle gottverdammte Linke! Richtiges, verkommenes Bolschewistenpack in meiner eigenen Familie", keuchte Fritz Schultze.

„Gut dass ich von den Briefen Kopien gezogen habe. Die Originale hat Vati in den 60er Jahren verbrannt, als er Angst kriegte, dass sein Name in den Würzburger Naziprozessen fallen würde", rief Hans-Peter. „Ich habe alles gesammelt, und an einem sicheren Ort deponiert. Nur für den Fall, dass man es mal brauchen könnte."

Mutter schluckte und fuhr nun vorwurfsvoll an ihren Gatten gewandt fort: „Also von Kriegsverbrechen hast du mir nichts erzählt. Nur, dass der Russe so gemein zu euch war." Und Bärbel barmte: „Vati, sag' dass das nicht stimmt!"

Aber der Vati wurde nun richtig wütend und brüllte: „Das ist alles wahr mit der SS. Und ich bin stolz, Nazi gewesen zu sein. Ihr habt ja keine Ahnung, wie schlecht uns das in der Weltwirtschaftskrise vor dem Dritten Reich damals ging. Überhaupt habt ihr von nichts eine Ahnung. Wir bekamen nur noch Vierfruchtmarmelade vom Staat. Das war alles. Aber keiner gab uns Hoffnung, dass es uns noch einmal besser gehen würde. Wir saßen voll in der Scheiße und waren verzweifelt und verbittert. Mein Vater, euer Großvater, saß arbeitslos herum und weinte, weil er seine Familie nicht mehr ernähren konnte. Ja, ein großer starker Mann saß da und weinte wie ein Kleinkind. Und wir Jungen wussten überhaupt nicht, warum wir überhaupt noch in die Schule gehen sollten. Weil wir mit dem, was wir lernten, doch keine Chance für eine Zukunft hatten. Und dann kam er.......... Er war so strahlend. Er sagte, was wir hören wollten. Der junge Führer! Er war wie ein Heiland. Und das waren Menschen wie du und ich, die an ihn glaubten. Ohne ihn wäre es einfach nicht wieder aufwärts gegangen mit Deutschland."

Nun wurde auch ich endlich richtig wütend. Ich hatte die Schnauze gestrichen voll von der ganzen Schultze-Sippschaft. Canetti hat ja zu recht einmal gesagt: *Jede Familie, die nicht die eigene ist, erstickt einen. Die eigene tut es auch, aber da merkt man es nicht so.* Ich hatte diesen Satz nie so richtig verstanden, denn was störten mich andere Familien. Aber Canetti meinte sicherlich den Fall, dass man in eine Familie sozusagen einheiratet. Wahrlich, mit diesen Schultzes war ich fertig, einschließlich meiner Freundin Bärbel. Was für eine verlogene Schweinebande! Ich fauchte den Alten an:

„Menschen wie Sie sind dem Rattenfänger Hitler natürlich gefolgt, Herr Schultze. Aber Sie können doch nicht unterstellen, dass alle andere Menschen auch so blöd sind wie Sie. Und ich mag es auch nicht mehr hören, wenn völlig gehirnamputierte Greise mir erzählen, es habe keine Alternative zum Faschismus gegeben."

„Hat es auch nicht", zischte Schultze. „Die Systempolitiker hatten abgewirtschaftet. Die Sozen verstanden nichts von Wirtschaft. Nur Er, an den wir glaubten, konnte uns aus dem Elend führen. Und die Autobahn hat er auch gebaut. Sie haben ja keine Ahnung, Porkmann. Sie waren ja nicht dabei! Sie wären damals auch Nazi gewesen, wenn Sie für fünf Pfennig Verstand gehabt hätten. "

Ich wurde jetzt noch böser und schrie: „Das ist doch Schafscheiße, Sie bornierter Studienunrath, Sie! Es wart doch ihr gottverdammten Konservativen und Deutschnationalen mit eurem grenzdebilen Reichspräsidenten, das wart doch ihr wild gewordenen Kleinbürger, denen wir Auschwitz und Stalingrad zu verdanken haben, so Typen wie Ihnen, Herr Oberst-Studienrat!"

Das war vielleicht zu differenziert, um richtig grob geschimpft zu sein. Aber meine Worte wurden durch einen gewaltigen, knallenden und stinkenden Furz meinerseits unterstrichen. Ganz ehrlich, das war nicht mit Absicht passiert, sondern Resultat meiner andauernden Verdauungsprobleme.

Schultze hielt das natürlich für eine ungeheure Provokation und wollte mit Fäusten auf mich losgehen. Ich überlegte mir, ob ich ihm eine kräftige Rechte auf die Nase hauen sollte oder ihm mit hartem Griff bei den Eiern packen sollte. „Nie in die Eier treten. Da verliert man schnell das Gleichgewicht", hatte mir mal ein Aktivist vom SDS, der vorher eine Nahkampfausbildung bei der Bundeswehr erhalten hatte, geraten.

„Wenn du dem Gegner in die Eier trittst, wackelst du selbst nur noch auf einem Bein, bist unsicher, fällst um, und dann hast du das Fascho-Schwein schon über dir. Nein, nicht treten! Du musst mit der linken Hand die Eier des Fascho-Schweins packen und zudrücken, so fest du kannst, um mit Rechts verteidigungsfähig zu bleiben! Und vor allem mit beiden Beinen fest auf dem Boden stehen bleiben. Das ist das A und O im Nahkampf. Als Linkshänder natürlich mit Rechts angreifen, und mit Links verteidigen." Diese weisen Worte eines alten Straßenkämpfers fielen mir nun wieder ein. Aber irgendwie ekelte es mich ein wenig davor, dem Alten an die Eier zu fassen. Obwohl er ja eine Hose anhatte.

Aber was nun wirklich machen? Schultze war zwar deutlich älter als ich, aber er war keineswegs hinfällig und ganz schön wuchtig. Und außerdem war er bei der SS gewesen. Der hatte gewiss keine Hemmungen vor Grausamkeiten. Mareile und Bärbel hielten ihn aber zurück: „Keine Gewalt Vati! Wir müssen gemeinsam sehen, wie wir hier herauskommen. Wir dürfen uns nicht spalten lassen."

Na, da hatte ich ja noch einmal Glück gehabt, denn ich hätte ja damit rechnen müssen, dass im Falle einer Schlägerei mit meinem Schwiegervater in spe seine Familie dann trotz aller Kritik an ihm auch noch seine Partei ergriffen hätte. Und das ohne jede Fluchtmöglichkeit. Aber die Gefahr bestand wohl überhaupt nicht. Ausgerechnet Mareile, die ich ja wohl nicht zu Unrecht zu meinen Feinden zählen musste, brachte eine neue Wendung in das Kampfgeschehen. Sie weinte jetzt völlig hysterisch, war immer noch hilflos in dem Gelsenkirchener Möbel fest eingeklemmt und schrie ihren Vater an:

„Vati, jetzt weiß ich auch warum du immer so ein gemein warst, als ich noch ein Kind war. Weil du um deinen Führer nicht hattest trauern können. Mitscherlich hat das herausgearbeitet. Und deshalb warst du so eklig zu mir. Ich fühle mich noch heute missbraucht. Jetzt muss es endlich mal raus! Hier vor allen anderen. Ich bin es leid noch länger wegen der verlogenen Familienharmonie zu schweigen. Die Zeit der Scham ist vorbei!"

Schultze begann schon wieder mit der Schnappatmung und der Hyperventilation und dem seltsamen Grunzen, und KaDe wandte sich ratlos an seine Gattin: „Davon hast du mir aber nichts gesagt, Schatz! Wie meinst du das überhaupt?"

Mareile fuhr nun auch noch wütend ihren Gatten an: „Ja, und du hast auch nicht gemerkt, wie es mir ging, weil du so unsensibel bist und ein gefühlloser Klotz. Du hast doch auch ein riesiges Borderlein. Ohne jede Empathie, du bist auch so ein Macho-Schwein! Ein Macho-Schwein mit Borderlein! Ja, das bist du! Deshalb lasse ich mich auch scheiden!"

„Du brauchst mir gar nicht so dumm zu kommen. Weißt du, was du bist, Mareile? Eine hysterische Gewitterziege bist du! Dass du es nur weißt!" kofferte KaDe zurück.

Bärbel fing nun aber auch an zu schreien: „Und mich auch! Ich fühle mich auch missbraucht. Nicht nur Mareile. Ich hatte das nur verdrängt. Jetzt fällt es mir wieder ein. Und jetzt wird offen über alles geredet. Jetzt kommt alles auf den Tisch. Was meint ihr denn warum Nele mit euch gebrochen hat?"

Und Hans-Peter, der sich inzwischen schwankend an der blumig tapezierten Wand festhielt, um nicht wieder umzufallen, lallte:

„Ich auch, ich auch, aber doller!" Und dann ging er schon wieder in die Knie, flog aber nicht auf den Fußboden, sondern konnte sich auf einen gut gepolsterten Stuhl retten. Torben-Jakob und Anne-Sophie weinten immer lauter und schriller und Lars rief:

„Merkt ihr nicht, dass ihr alle Zentralarschlöcher seid?" Dabei zitterte er immer schlimmer, und der kalte Schweiß stand ihm auf der Stirn, weil er ja auf dem kalten Entzug von was auch immer war.

Mir war nicht ganz klar, ob in dieser Familie wirklich so viel missbraucht worden war, wie es jetzt behauptet wurde, oder ob die Schultze-Kinder das schlimme Spiel nur deshalb immer weiter hochkochen ließen, damit die Mutter vielleicht doch noch die Wege nach draußen freigab. Möglicherweise setzten sie darauf, dass ihre Mutter klein beigab, wenn sie sah, dass keine weihnachtliche Harmonie herrschte, wie sie es sich wünschte, sondern dass die gesamte Familie dem galoppierenden Wahnsinn verfallen war. Ich weiß es nicht und wollte es auch gar nicht mehr herausbekommen.

Verzweifelt blickte ich mich um. Ein eigentlich gemütliches Weihnachtszimmer mit einem schön geschmückten Tannenbaum, der irgendwie traurig auf die ganze Szene blickte. Das war natürlich nur ein subjektiver Eindruck und Blödsinn. Ein Weihnachtsbaum hat natürlich keine Gefühle – oder doch? Mein Blick blieb am Weihnachtsengel auf dem Tannenbaum hängen. Jahresendflügelfigur nennen sie diese Engel in der DDR. Ein guter Name, denn endzeitmäßig kam mir das Ganze hier vor.

Ein Gutes hatte das ganze Chaos aber. Es schlug mir so schlimm auf den Magen und den Darm, und ich konnte endlich aufs Klo und mich erleichtern. Meine Gedanken wurden wieder klarer. Vielleicht würde nun doch alles gut werden.......

Mehr darüber in der nächsten Folge unserer fröhlichen, kleinen Familienserie *Feiertage im Familienkreis* mit dem vielversprechenden Titel: „Sylvester des Grauens".

In Vorbereitung unserer beliebten Serie befinden sich zur Zeit bereits die Folgen: „Blutiger Karfreitag", „Ostern des Grauens", „Am Himmelfahrt geht's in die Hölle", „Das große Schafinger Schlagbohrmaschinen- Pfingstmassaker" und schließlich noch „Leichen am Fronleichnam".

*****

Was war denn das? Ein Tatsachenbericht? Eine Lebensbeichte? Eine groteske Lügengeschichte? Oder alles auf einmal? Der Autor hatte das zweifelhafte Vergnügen, als jüngerer Mensch Weihnachten in verschiedenen Familien erleben zu dürfen. Es war immer grauenhaft. Der emotionale Anspruch an das Fest konnte vom konkreten Weihnachtsfest nicht erfüllt werden. Unter diesem Eindruck schrieb er diesen Bericht im Jahre 1997 auf. Es handelt sich bei Eberhardt Porkmanns Weihnachtserlebnissen um den mittleren Teil von drei romanhaft zusammenhängenden Erzählungen unter der Gesamtüberschrift: *Eberhardt Porkmanns Lehr- und Wanderjahre*, bestehend aus den drei in sich selbständigen Erzählungen: *„Eine schweinische Geschichte", „Weihnachten bei Muttern"* und *„Unter Dämonen"*. Das hört sich alles nicht gut an, und ist es auch nicht. Eberhardt Porkmann wurde 1997 erfunden, dürfte aber geburtsmäßig so Jahrgang 1950 sein. Das hier geschilderte Weihnachtsfest dürfte sich gegen Ende der 80er Jahre zeitlich verorten lassen. Man muss berücksichtigen, dass Porkmann im Studium ein wenig herumgetrödelt hat, und daher erst jenseits seines 30. Geburtstag sein Berufsleben begonnen hat. Weiterhin ist es als sicher anzunehmen, dass das geschilderte, weihnachtliche Geschehen eindeutig vor 1989 einzuordnen ist, da die Wiedervereinigung deutlich noch nicht stattgefunden hat. Eberhardt und Bärbel müssen noch mit dem Transitzug der Reichsbahn nach Westdeutschland fahren. Aus dem Gespräch zwischen Eberhardt und Sonja über Computer können wir sehen, dass auch das Internet zu jenem Zeitpunkt noch nicht allgemein zugänglich war, aber unmittelbar vor seiner allgemeinen Öffnung im Jahr 1990 stand. Ein weiteres Indiz zur zeitlichen Einordnung ist Vater Schultzes Nazi-Vergangenheit. Er steht in dieser Weihnachtsgeschichte unmittelbar vor der Pensionierung, ist aber noch im Schuldienst. Aber er muss schon so alt sein, dass er noch als junger Nazi Verbrechen begangen haben kann. Er wird also Jahrgang 1923 oder 1924 sein.

*******************

## 3. Weihnachten im Echterland

*Von Heimatforscher Unterwöger*

Wenn die Tage ungemütlich und dunkel werden und das Wetter so recht von Herzen schmuddelig wird, dann kommt die liebe Weihnachtszeit.

Da werden oft schon an den letzten Novembertagen die Hofhunde scharf gemacht und dann von ihren Ketten gelassen. Wie die entfesselten Derwische jagen die brutalen Bestien durch die öden Dorfstraßen und hetzen und jagen alles, was sich noch bewegt oder nicht bei drei auf den kahlen Bäumen ist. Nach alter Überlieferung sollen durch dieses Brauchtum böse Geister verjagt werden, die in den dunklen Nächten ihr Unwesen treiben. Heute gibt es ja kaum noch böse Geister. Natürlich gibt es immer noch welche, aber nur im übertragenen Sinn, also keine echten Gespenster. Mehr so Leute, die scheiße drauf sind. Aber mit der Aufgabe, echte Gespenster von normalen Leuten zu unterscheiden, sind die grauslichen Köter natürlich mental überfordert. Dafür werden umso mehr unbeteiligte Bürgerinnen und Bürger gebissen und oft arg verletzt, was dann zu allerlei derben Späßen auf Kosten der verletzen Personen Anlass gibt. Und man hofft, dass die Tierhalterhaftpflichtversicherung bezahlt ist und nun für den Schaden aufkommt.

Auch im Echterland ist Weihnachten in erster Linie und vor allem ein Fest der Kinder. In den meisten Gegenden und Gauen unseres Vaterlandes werden die Kinder heutzutage zu Weihnachten mit Geschenken und zuckersüßem Kitsch überhäuft. Und überschüttet. Und damit auch emotional überfordert. Nicht so im Echterland. Da steht noch der weihnachtliche Erziehungs- und Bestrafungsgedanke des Christfestes im Vordergrund. Ja, Weihnachten ist nämlich in erster Linie ein Bestrafungs- und Erziehungsfest. Also es geht natürlich in erster Linie um Christi Geburt. Genauer gesagt um die Fleischwerdung des Herrn. Aber jetzt wollen wir mal nicht kleinlich werden.

Am ersten Advent beginnt dann die wundersame und oft recht geheimnisvolle Weihnachtszeit. Am ersten Dezember erhalten die Kinder ihre Adventskalender. Jeder bekommt einen. Keiner darf sich drücken. An jedem Tag bis zum Heiligen Abend müssen die Kinder ein Türchen auf dem Kalender öffnen. Früher gab es hinter den Türchen meistens ein herziges Bildchen mit einem Weihnachtsmotiv: Engelchen, Trompete, ein Spielzeug, ein Tannenzweig mit Schmuck. Und vor allem in der lauten Stadt ist es heute Usus, dass dort eine Süßigkeit auf das Kind lauert. Das ist ganz unpädagogisch und auch nicht gut für die Zähne. Ganz anders geht es im Echterland zu. Hier bei uns auf dem Lande, wo alles noch ursprünglicher und echter ist, steht stets und beständig die Erziehung des Kindes im Vordergrund. Da lauert dann hinter dem Türchen meistens eine knallharte Ermahnung, etwa so:

*Du sollst immer gehorsam sein*! Oder *Hast du deine Schularbeiten auch wirklich hinreichend sorgfältig gemacht?* Oder etwas Theologisches, denn Weihnachten ist ja auch ein theologisches Problem: *Gott und deine Eltern sehen alles*! Oder auch ganz allgemein: *Bedenke stets die Folgen deines Tuns oder Unterlassens!* Oder das Ganze auch auf Latein, um die Kinder völlig wirr und verrückt zu machen: *Quidquid facis respice finem!*

Kein Wunder, dass die Kinder meist schon am zweiten Advent ziemlich verwirrt sind und die Schnauze gestrichen voll haben von der ganzen Weihnachterei. Aber darauf kann und darf keine Rücksicht genommen werden.

Am 4. Dezember ist Barbaratag, einer der ersten weihnachtlichen Festtage. Die Leute schneiden Zweige und

Gerten von den Büschen und Sträuchern im Garten und verdreschen damit erst einmal die Kinder, egal ob sie etwas angestellt haben oder nicht. Irgendetwas werden sie schon angestellt haben, heißt es dann. Es ist aber nur nicht herausgekommen. Deswegen kann Dresche nie schaden. Dann stecken die Leute die Zweige in mehr oder minder geschmackvolle Vasen. Bis zum Heiligen Abend sollen die Reiser dann aufblühen. Die Echterländer sind fest davon überzeugt, dass die Zweige nur dann zum Erblühen kommen, wenn man sie zuvor gründlich zum Verdreschen von Kinderärschen verwendet hat. *Das spröde Holz muss noch erweichet werden*, heißt es auch in einem alten Sinnspruch, wie er gerade in der Adventszeit von den Altern gerne gemurmelt wird. Ja, unsere Alten: Die murmeln halt gerne Sinnsprüche, Bauernregeln und manchmal natürlich auch völlig sinnfreien Scheiß. Zudem – so wird berichtet - ist die Heilige Barbara auch die Schutzpatronin der Barbaren. Das sagt ja schon ihr Name. Daher muss man sie auch mit einem barbarischen Ritus ehren.

Am 6. Dezember kommt dann schon mal der Heilige Sankt Nikolaus ins Haus und erklärt den Kindern, dass das Leben kein Zuckerschlecken sei. Deswegen gibt es auch keine Süßigkeiten, sondern der Nikolaus wirft das Los über die Kinder. Wer verliert, kriegt Dresche vom Knecht Ruprecht, wer gewinnt, kommt ungeschoren davon. So wie im richtigen Leben. Das kann man gar nicht früh genug lernen. Und weil es kein Zuckerzeug gibt, bekommt auch keiner von dem ganzen Süßkram Bauchweh. Oder Karies. Zucker ist ja auch wirklich nicht gesund für den Organismus.

In den rauen, düsteren Nächten des Dezembers kommen allerlei witzige, aber auch bedrohliche Sagengestalten aus aller Welt vorbei. Aus Russland eilt die Weihnachtshexe Gorka Schelessnowa zu uns und aus Italien die Weihnachtshexe Befana. Manchmal erscheint auch die Weihnachtshexe Hicksi. Wo die herkommt, weiß kein Schwein.

Die drei Hexen laden sich dann auf ein Glas Glühwein oder Grog ein und erzählen von den wirklich schaurigen Weihnachtsbräuchen in anderen Ländern. Den Kindern stehen vor Furcht und Schrecken die Haare zu Berge. Oft versteht man glücklicherweise nicht so genau, was die Hexen erzählen, denn sie kommen schon ziemlich angeschickert in die Häuser der Menschen. Dann können sie oft nur noch lallen und albern kichern. Aber wahrscheinlich ist es auch besser, wenn man nicht alles versteht.

*Zwischenfrage des Herausgebers:* Sagen Sie mal, die russische Weihnachtshexe heißt doch Baba Jaga?

*Heimatforscher Unterwöger:* Die gibt es auch, aber die interessiert hier nicht, weil sie nicht schaurig genug ist. Deswegen interessiert sie die Echterländer auch nicht.

*Herausgeber:* Ach so!

An einem anderen Tage wiederum kommt Besuch aus dem Hohen Norden. Die Weihnachtstrolle Käck und Knütt stehen vor der Tür und lassen sich nicht lange bitten. Schon sind sie in der warmen Stube und schabernacken und utzen die verängstigten Kinder so lange bis sie weinen. Und schon sind die putzigen kleinen Trolle auch wieder weg, um im nächsten Haus ihr grausiges Spiel zu wiederholen.

Dann wiederum lacht es plötzlich dämonisch vor dem weihnachtlich so prächtig geschmückten Haus. Das ist der Owi, der aus dem Weihnachtslied, in dem es da heißt: *Gottes Sohn Owi lacht.* Der lacht so grauenhaft, dass selbst hart gesottenen Burschen eine eiskalte Gänsehaut über den Rücken läuft. Beruhigen lässt sich der grausige kleine Kerl nur mit Süßigkeiten oder kleinen Geldgeschenken.

Aber kaum ist der Owi fort kommen auch noch Urbi und Orbi aus Rom. Die sind noch schlimmer als die Weihnachtstrolle oder der Owi, weil sie, ehe man es sich versieht, alles verreißen oder kaputt fummeln. Urbi ist ein schmieriger, kleiner Dicker und Orbi ein langer, dürrer, schaurig anzusehender Geselle.

Und wenn es ganz schlimm kommt - und meistens kommt es ganz schlimm - bricht der schreckliche Wuschelwack durch die Hintertür herein. Der sagt gar nichts, sondern wirkt alleine durch sein abstoßendes, furchtbares Aussehen. Da wird die Milch im Eisschrank vor Schreck gleich ganz sauer. Und die letzten Singvögel fallen vom Grauen gepackt tot vom Himmel. Außerdem kommen in seinem Gefolge meistens auch noch ganze Haufen durchgeknallter Ghoule. Und die heulen wie – na wie heulen sie eigentlich? Wie durchgeknallte Ghoule eben. Die heulen halt.

So nähert sich mit allerlei schönem altem Volksbrauchtum der Heilige Abend. Wenn dann der festlich geschmückte Weihnachtsbaum angezündet wird, darf jeder Erwachsener  als Weihnachtsmann oder als Christkind verkleidet von Haus zu Haus gehen und alle Kinder, die ihn im Laufe des Jahres geärgert haben, nach Herzenslust abwatschen. Natürlich auch die Kinder, die ihn nicht geärgert haben, denn im nächsten Jahr könnte es ja sein, dass sie einen ärgern. Wenn es ganz schlimm kommt – und es kommt sehr, sehr oft ganz schlimm - erscheint sogar der Meinachtswann, in einigen Gegenden wird er auch Wannachtsweih, Saulump oder gemeiner Rüpel genannt. Die Kinder nennen ihn auch gerne *Das blöde Schwein.* Im Gegensatz zum Weihnachtsmann bringt er keine Geschenke, sondern er fordert seinerseits von den Kindern herrisch Geschenke ein. Oder er presst unter Androhung eines empfindlichen Übels die Hälfte des Taschengeldes oder die Armbanduhr oder das neue Smartphone ab.

Die Erwachsenen schlagen sich in der Zwischenzeit meistens den Bauch mit Gänsebraten und Klößen voll. Danach spielen sie eine Runde Merkel oder eine Partie Schäuble. Merkel ist ein Kartenspiel, das früher in Hafenkneipen von den wilden Matrosen gespielt wurde. Es wird mit gezinkten Karten gespielt. Gewonnen hat, wer die meisten Asse im Ärmel hat. Schäuble ist ein Würfelspiel aus der Schwäbischen Alb, bei dem der Spielführer bestimmt, ob die höchste oder die niedrigste Zahl gewinnt. Da er dies meistens aber erst bekannt gibt, wenn die Würfel gefallen sind, gewinnt fast immer der Spielführer.

Vor allem die Kinder sind natürlich froh, wenn am Dreikönigstag der Weihnachtsbaum ein letztes Mal angesteckt wird und in lohenden Flammen aufgeht. Zwar kommen am Dreikönigstag oft noch die Heiligen drei Könige und holen sich als Geschenk alles weg, was noch übrig ist. Aber das geht dann auch vorbei.

Dann ist die ganze ungemütliche Weihnachtszeit endlich vorbei und das neue Kirchenjahr mit all seinen Ritualen, Zeremonien und Brauchtümern beginnt. Ein nie enden wollender Reigen des Grauens.

\*\*\*\*\*

(Aus volkstümliche Bräuche im Echterland)

Vor einigen Jahren wurde der Autor immer wieder mit äußerst volkstümlichen Gebräuchen auf dem Land konfrontiert, die zum Teil sehr bizarr waren. Teils sollten sie christlicher Herkunft sein, teils aus noch älterer heidnischer Zeit stammen. Oft waren sie aber nur Ausdruck von Bigotterie und volkstümlicher Tümlichkeit, so dass man mit Bert Brecht ausrufen konnte: „Ist denn das Volk wirklich so tümlich?" Und manchmal seufzen die Alten auch, wie schön die alten Bräuche in ihrer Kindheit noch waren. Dabei war die Kindheit für viele doch eine reine Kammer des Schreckens.

Der Autor stellte sich dann vor, dass in einem extrem abgelegenen und konservativen Landstrich ganz besonders krude Brauchtümer erhalten geblieben sind. Die Idee eines Antiweihnachtsmannes ist allerdings neuerer Provenienz. Er stammt auch einem Comic aus der Micky-Maus 52/2007. Dr. Reinhard Schweizer bezeichnet diese Gestalt als Mannachstweih. Ein gutes Beispiel dafür dafür, wie eine literarische Figur in der Wirklichkeit überleben kann.

*Zwischenruf des Heimatforschers Unterwöger*: Das stimmt überhaupt nicht. Die Idee eines Antiweihnachtsmannes ist alt. In der Micky Maus haben sie die Idee nur wieder aufgenommen. Der gebende und der stehlende Weihnachtsmann sind archetypische Antagonismen. Man könnte direkt von einem Topos sprechen.

*Der Herausgeber*: Seien Sie ruhig, Unterwöger, Sie sind selbst nur eine erfundene Figur. Sie wurden im Jahre 1993 erfunden, und zwar von mir.

*Heimatforscher Unterwöger*: Auch wenn ich nur eine erfundene Figur bin, so bin ich doch seit 12 Jahrzehnten in allen Provinzen und Gauen unseres Heimatlandes unterwegs und erforsche Riten und Brauchtümer unserer Heimat, so auch der Titel meines Hauptwerkes. Und Sie können sich vorstellen, wie es zum Beispiel am Karfreitag zugeht, wenn es schon zu Weihnachten so hart zur Sache geht. Oder am Frohnleichnam! Bibber! Schauder!

\*\*\*\*\*\*\*\*\*\*\*\*\*\*\*\*\*\*\*\*

## 4. Das Märchen vom kleinen Tannenbaum

*Von Hans-Heinrich Unschlitt*

„Und was haben Sie in diesem Jahr als Kulturprogramm für die literarische Weihnachtsfeier unserer weltumspannenden Organisation angedacht", fragte mich der stellvertretende Kulturbeauftragte Klaus-Heinrich Große-Empelsberger, der zugleich der Erste Vorsitzende des ebenso einflussreichen wie bedeutenden Vergnügungsausschusses war. Und mit dem Vergnügungsausschuss sollte man es sich nicht verderben, wenn man noch etwas werden wollte, jedenfalls hier in unserer Stadt. Und Große-Empelsberger galt als gründlich – sehr, sehr gründlich und gewissenhaft. Es wunderte mich daher nicht, dass er schon im Oktober in die Entwurfsplanung für die literarische Weihnachtsfeier eintreten wollte. Und die so genannte Literarische Weihnachtsfeier war auf jeden Fall auch der Höhepunkt der vorweihnachtlichen Feste unserer gesellschaftlich bedeutenden Vereinigung. Zumindest sollte sie immer die anspruchsvollste Veranstaltung der Adventszeit in der ganzen Stadt sein, in der es weiß Gott mehr als genug teilweise bizarre Weihnachtsevents gab. Viele dieser vorweihnachtlichen Feiern waren aber eher Schunkelabende mit volkstümelnder Musik und Glühwein, als dass sie irgendeinen höheren Anspruch erfüllten. Unsere literarische Weihnachtsfeier sollte natürlich immer ein besonderes Highlight im kulturellen und sozialen Leben unserer nicht ganz unbedeutenden Metropole sein. Da kamen dann auch haufenweise gewichtige Leute und die ganze sonstige Prominenz aus unserer ebenso alten wie ehrwürdigen Stadtgemeinde und auch aus dem Umland. Wahrscheinlich war es blödsinnig von mir gewesen, in den Lenkungsausschuss für große Feste einzutreten und dort gleich den Sprecherposten zu übernehmen. Wahrscheinlich war es irregeleiteter Ehrgeiz, der mich dazu gebracht hatte, für das Amt zu kandidieren. Aber jetzt war es zu spät. Ein Rückwärts gab es für mich nicht. Ich fühlte mich überfordert. Doch wenn der Ehrgeiz einen nun einmal gepackt und verführt hat, kann man nichts machen. Auf die Frage von Große-Empelsberger war ich natürlich vorbereitet und ich konnte ihm wie aus der Pistole geschossen antworten:

„Diesmal werden wir den kleinen Tannenbaum von Hans-Christian Andersen in leicht dramatisierter Form und einer vollständig neuen Übersetzung vortragen", verkündete ich stolz und damals noch voller Zuversicht, dass alles schon klappen würde.

„Andersen – der war doch Atheist", mokierte sich Große-Empelsberger. Das geht doch zu Weihnachten nicht. Und Weihnachtsbaum ist auch irgendwie blöd. Die Leute wollen doch lieber etwas mit dem Jesuskind hören. Der christliche Bezug geht ohnehin schon viel zu sehr verloren. Nicht dass ich hier einer verklemmten Bigotterie das Wort reden möchte – aber trotzdem."

„Aber niemand hat je eine rührseligere Weihnachtsgeschichte zu Papier gebracht als Hans-Christian Andersen. Außerdem war er ja auch erst im Alter und da auch nur ein milder Atheist, keiner von der harten Fraktion", wagte ich zu widersprechen

Große-Empelsberger wiegte das ergraute, würdige Haupt: „Rührselig ist natürlich gut. Wir müssen den Leuten da zu Weihnachten auch etwas bieten, bei dem sie ein bisschen schluchzen können. Aber bitte nicht wieder übertreiben wie am Ersten Mai. Ich erinnere mich, dass Sie zum Tag der Arbeit das Gedicht über das blinde Grubenpferd von Paul Zech haben vortragen lassen. Die

Leute haben Rotz und Wasser geheult wie die Schloss-
hunde und die Veranstaltung musste abgebrochen werden, weil einige Zuhörer vor lauter Schluchzen Erstickungsanfälle bekommen hatten. Und Thomas Bischoff
vom Stadttheater, der das Gedicht vortragen sollte, bekam während der letzten Strophe auch irgendwelche Zu-
stände mit den oberen Atemwegen, weil ihm die Tränen
in die Luftröhre gelaufen waren. Vor allem, als er an die
Stelle gekommen war, an der sich das blinde Pferd an
die grünen Wiesen seiner Jugend erinnert. Der Ret-
tungsdienst musste kommen, weil er sowohl einen ana-
phylaktischen als auch einen psychischen Schock erlitten
hatte. Sein Anwalt wollte sogar Schmerzensgeld von unserer weltumspannenden Organisation. Die Sache hängt
auch immer noch am Landgericht."

„Ja, aber der Vorsitzende Richter hat schon angedeutet,
dass es kein Schmerzensgeld gibt, weil derartige Vorfälle
zum Lebensrisiko eines Schauspielers gehören. Vielleicht
kann er ja Schmerzensgeld vom Dichter bekommen",
warf ich ein, um von meiner vermeintlichen Fehlentschei-
dung abzulenken.

Aber Große-Empelsberger sah mich noch strafender an,
als er es sonst schon schon immer tat und grollte: „Paul
Zech ist 1946 völlig verarmt im Exil in Buenos Aires ge-
storben. Da ist nichts zu holen. Ich wiederhole: So etwas
wie mit dem Grubenpferd darf nicht noch einmal passieren. Rührselig ja, aber *the Show must go on,* wie es unsere amerikanischen Freunde so nett ausdrücken. Tränen ja, aber kein vorzeitiges Ende. Sonst können Sie ihren Rang als zweiter Vertreter des Obersten Kulturwarts
unserer weltumspannenden Organisation vergessen."

*„So schwarz weint keine Nacht am schwarzen Grubengit-
ter wie in dem schwarzen Schacht das blinde Pferd als*

*ob die Wiese die es bitter in jedem Heuhalm schmeckt, nie wieder kehrt.......* – Ja das ist starker Tobak. Das blinde Grubenpferd am Tag der Arbeit war vielleicht wirklich ein wenig zu heftig gewesen."

„Am 1. Mai soll man kämpferisch und optimistisch gestimmt sein. Das Grubenpferd war nicht nur ein wenig zu heftig, das war ein totaler Fehlgriff", belehrte mich Große-Empels-berger. Ich traute mich nur noch, moderate Widerworte zu geben: „Aber Weihnachten dürfen die Leute schon ein bisschen weinen. Heißt ja auch Wein-achten."

Große-Empelsberger fand das nicht lustig und pampte mich mürrisch an: „Quatsch! Weihnachten kommt nicht von Weinen im Sinne von Heulen sondern von *den Wein achten*. Das werden wir selbstverständlich auch wieder machen. Weihnachten wird natürlich kräftig gebechert. Nach dem Kulturprogramm gibt es selbstverständlich wie in jedem Jahr reichlich Glühwein und Spekulatius. Am besten schon vorher ein Glas für jeden, damit die Leute ein bisschen entspannter werden und in Stimmung kommen. Man will sich als weltumspannende Organisation ja auch nicht nachsagen lassen, dass man geizig ist."

„Letztes Jahr Weihnachten ist es aber auch sehr gut gelaufen, Rührseligkeit hin oder her", wagte ich einzuwerfen."

Große-Empelsberger lachte kehlig: „Ja, genau das meine ich. Zu Herzen gehen gerne, aber es sollte gut ausgehen. Die Geschichte mit der kleinen, herrenlosen, halb erfrorenen Katze, die sich dann in die Kirche schleicht und nur deshalb überlebt, weil sie sich zum geschnitzten Jesukindlein ins Stroh der Krippe legt. Das war Ober-Egon."

„Wie Ober-Egon?"

„Na, das sagt man jetzt so! Wenn was gut gelaufen ist. So etwa wie *voll Schnaffke!*"

„Na, wenn man das heute so sagt. Aber lassen Sie mich doch jetzt mal mein Konzept für die Veranstaltung vortragen: Ich habe da einige gute Ideen. Zuerst wird gemeinsam das Lied vom Tannenbaum gesungen. Dann trägt Timmi Pencker vom Kleinen Schauspielhaus das Märchen von Andersen vor. Das steht der schon durch. Der synchronisiert in den amerikanischen Filmen immer die Mafialeute, weil er von dem Geld, das er beim Kleinen Schauspielhaus bekommt, natürlich nicht leben kann. Der ist auch privat ein eiskalter und ziemlich wenig empathischer Typ. Früher hätte man so einen Mann als mitleidlos oder gar gnadenlos charakterisiert. Der kriegt das hin. Und nach der Geschichte ist Bescherung – natürlich alles nur billiger Firlefanz aus Fernost aber doch irgendwie passend -und es gibt Plätzchen und Glühwein für alle ad libidum."

„Haben Sie auch an einen Ersatzsprecher gedacht. Es darf nichts schief gehen. Das fällt sonst auf mich und den ganzen Vorstand unserer weltumspannenden Organisation zurück. Wenn wir bei dem blinden Grubenpferd vom Tag der Arbeit einen Ersatzmann gehabt hätten, hätten wir das Schlimmste vielleicht verhindern können. Den Bischoff möglichst unauffällig im Krankenwagen verschwinden lassen, und der Ersatzmann hätte einfach an der Stelle weiter gemacht, an der Bischoff zusammengebrochen ist. Ich möchte aber jetzt auch nicht an alles selbst denken müssen. Wofür habe ich denn meine Leute?"

„Auch daran habe ich gedacht. Wenn Pencker wegen Rührung ausfallen sollte, springt Christine Bünzchen ein."

„Und wer soll das sein?"

„Die ist auch beim Schauspielhaus, spricht aber auch im Schulfunk. Die ist eine ganz harte Autistin. Also nicht ganz so hart, wie man das manchmal erlebt. Asperger nennt man das Krankheitsbild – glaube ich. Sie ist zwar ansprechbar, aber sie kann auf jeden Fall kein Mitgefühl empfinden. Wenn man hier Katzenbabys foltern würde – ich sage das jetzt mal nur so als Beispiel - dann würde die überhaupt keine Regung zeigen. Das mit dem blinden Grubenpferd hätte sie auch hinbekommen. Die hätte da nur gesagt: Man darf sich eben nicht ins Bergwerk verkaufen lassen. Pech gehabt, alter Gaul!"

„Na, das hört sich ja ganz gut an", knurrte Große-Empelsberger und ließ mir für das weitere Vorgehen bei der Weihnachtsfeier freie Hand. Und dann ermahnte er mich noch einmal ganz ernst und eindringlich:

„Wichtig ist es, dass der wahre Geist der Weihnacht rüberkommt. Der Geist der Weihnacht. Hoffentlich bin ich verstanden worden."

*****

Dann war es so weit. Die große Weihnachtsfeier sollte steigen. Damit die Stimmung auch schon mal auf das notwendige Maß anstieg, bekam jeder Besucher zunächst einen halben Becher mit Glühwein mit einem Schuss Weinbrand. Die Leute wurden auch gleich lockerer und ausgelassener. Und dann lief eigentlich alles glatt. Das Absingen von *Oh, Tannebaum, oh, Tannebaum! Wie grün sind deine Blätter* war natürlich auch kein Problem gewesen. Da die meisten Leute heute immer nur die erste Strophe eines Liedes kennen, hatte ich in ausreichender Menge den gesamten Text fotokopiert und verteilt.

Dann begann Pencker zu lesen. Auch wenn er immer die brutalen Mafia-Leute in den Hollywood-Schinken synchronisiert, und dabei manchmal etwas quakig spricht, so wie man sich das bei brutalen Mafia-Leuten aus Las Vegas eben vorstellt, muss man doch sagen, dass er eine tolle, immer gut modulierte Stimme hat. Ich hatte versucht, selbst eine Übersetzung des Märchens eigens für diesen großen Tag zu fertigen, da die meisten Versionen in Deutschen Märchenbüchern zu kindlich, zu altertümlich oder zu elaboriert waren. In unserer weltumspannenden Organisation muss alles Qualität haben, auch die kleinste Übersetzung eines Märchens. Es fing auch alles ganz gut an:

*Draußen im Wald stand also ein niedliches Tannenbäumchen. Das hatte einen guten Platz. Dort konnte es Sonne bekommen und es hatte genug Luft. Und um es herum wuchsen seine größeren Kameraden, Tannen und Fichten. (Ude i skoven stod der sådant et nydeligt grantræ; det havde en god plads, sol kunne det få, luft var der nok af, og rund om voksede mange større kammerater, både gran og fyr.)*

Nach einer kurzen Weile des schönen Vortrags wurde ich aber doch unruhig. Wurde Penckers Stimme nicht immer weicher und weicher, als er von den Träumen las, die der kleine Baum noch als ganz junges Bäumchen im Wald hatte:

*„Oh wäre ich doch ein so großer Baum wie die anderen Bäume", seufzte das kleine Bäumchen. „Dann könnte ich meine Zweige weit ausbreiten und mit meinem Wipfel in die weite Welt hinausblicken. Und die Vögel würden ihre Nester in meinen Ästen bauen. Und wenn der Wind weht, könnte ich vornehm nicken wie die anderen Bäume dort."*
*So hatte der kleine Tannenbaum so gut wie keine Freude am Sonnenschein, an den fliegenden und singenden Vö-*

*geln und an den roten Wolken, die morgens und abends über ihn hinwegsegelten. (Oh, var jeg dog sådant et stort træ som de andre", sukkede det lille træ, "så kunne jeg brede mine grene saa langt omkring og med toppen se ud i den vide verden. Fuglene vilde da bygge rede imellem mine grene, og når det blæste, kunde jeg nikke så fornemt ligesom de andre der." Det havde slet ingen fornøjelse, af solskinnet, af fuglene eller de røde skyr som morgen og aften sejlede over det.*

Ich bereute bereits, dass ich abweichend vom Original stets, um den Niedlichkeitsfaktor zu erhöhen, vom *Bäumchen* oder gar vom *Kleinen Bäumchen* geschrieben hatte und nicht wie Andersen vom Kleinen Baum. Außerdem ist der Baum im Dänischen ein *Es* und nicht wie im Deutschen ein *Er*. Die Tatsache, dass etwas ein grammatisches Geschlecht hat, führt natürlich dazu, dass sich der Leser oder Zuhörer eher mit ihm identifizieren kann. Aber zu spät für solche Erwägungen! Das Märchen nahm jetzt seinen Fortgang. Und jetzt ging es hart zur Sache. Das Schicksal der großen Bäume war auch nicht so richtig glücklich zu nennen. Die wurden gefällt und gingen in den Schiffbau. Das Bäumchen stellt sich natürlich vor, dass es Teil eines stolzen Schiffes wird und ferne Länder schauen kann. Aber es ist natürlich in hohem Maße fraglich, ob es ein so richtig wünschenswertes Schicksal ist, als Baumaterial auf der Werft verarbeitet zu werden.

Penckers Stimme begann ein wenig zu zittern. Er erinnerte sich offenbar auch an die Träume seiner eigenen Jugend. Möglicherweise waren die auch in die Hose gegangen. Und Frau Kommerzienrätin Ziervogel murmelte ihren Nachbarn sogar zu: „Ja, ja die güldenen Träume unserer Jugend. So fern, so unerreichbar. So bitter und so süß zugleich ist die Erinnerung." Und dabei seufzte sie so tief wie der kleine Tannenbaum in seinem Wald. Allerdings murmelte Ökonom Österle – und sein Gemurmel war ziemlich laut und schnaufend - zu ihr zurück: „Die Träume unserer Jugend und unsere verliehenen Bücher, wir kriegen beide nicht zurück. So is det nu mal!"

Eigentlich sollen die Zuhörer ja möglichst ruhig und ergriffen beim Vortrag sein, aber mir war es natürlich ganz recht, wenn Ökonom Österle ruppige Bemerkungen machte. Dadurch wurde die rührselige Stimmung ein wenig gebrochen. Rührung – ja! Weinen und Seufzen – auch zulässig! Aber alles in Maßen. Übermäßige Gefühlsausbrüche sollten doch besser unterbleiben. Das hatte Große-Empelsberger mir ja unmissverständlich mit auf den Weg gegeben. Aber war da nicht etwa schon eine Träne im linken Auge des vierschrötigen Ökonomen zu sehen. Wollte er durch seine etwas ruppige Bemerkung vielleicht nur darüber hinwegtäuschen, dass auch er schon ganz gerührt war. Na, wenn es hoffentlich nicht schlimmer kommen würde. Im Publikum holten einige Zuhörer schon die Taschentücher hervor. Ich musste die kleinsten Zeichen achten. Auf keinen Fall durfte ich den Zeitpunkt verpassen, wenn der Pencker durch die Bünzchen ersetzt werden musste. Und wenn es soweit war, dann hatte das ganz speditiv zu erfolgen, so als sei es von Anfang an geplant gewesen, den Vortragenden zu wechseln. Unsere Organisation ist dafür bekannt, dass bei ihr alles flutscht. Da durfte ich mir keine Schwäche erlauben. Vor allem, weil man mir ja immer noch wegen dem Grubenpferd am Ersten Mai böse war. Aber erst einmal ging die Sache noch ganz passabel weiter. Doch dann wurde es wieder Weihnachten im Wald des kleinen Bäumchens.

*Um die Weihnachtszeit wurden ganz junge Bäumchen gefällt, auch solche, die zwar schon so alt, aber nicht einmal so groß waren der kleine Tannenbaum. Und der hatte nicht Rast noch Ruh und wollte ständig fort aus* *seinem schönen Wald. Die kleinen Bäumchen, und es waren die allerschönsten, durften ihre Äste behalten und wurden auf Wagen gelegt und die Pferde fuhren sie aus dem Wald. (Nå var det juletid, da blev ganske unge træer fældet, træer som tit ikke engang var so store eller i alder med dette grantræ, der hverken havde rast eller ro men altid vilde af sted. Disse unge træer og de var just de allersmukkeste beholdt alle deres grene, de blev lagt på vogne og heste trak dem af sted ud af skoven.)*Bei Andersen heißt es nur, dass der Baum ständig fort will, aber ich hatte noch ein *aus seinem schönen Wald* dazu gedichtet. Weil sich das noch trauriger anhört. Und man dann schon ahnt, dass alles, was kommen kann, nicht besonders schön sein wird.

Jetzt hörte man doch schon einige Zuhörer ganz verdächtig aufschluchzen und Penckers Stimme hörte sich inzwischen überhaupt nicht mehr nach Mafia an, sondern sehr, sehr brüchig. Und dann erzählen die Spatzen, was mit den kleinen Bäumchen geschieht, die man gefällt und aus dem Wald herausgeschleift hat: *„Sie gelangen zu größter Pracht und Herrlichkeit, wie man es sich nur vorstellen kann. Sie werden mitten in die warme Stube gepflanzt und mit den herrlichsten Sachen, vergoldeten Äpfeln, Honigkuchen, Spielzeug und auch mit hundert Lichtern geschmückt. (Oh, de kommer til den største glans og herlighed, der kan tænkes. Vi har kigget ind i vinduerne og har set, at de bliver plantet midt i de varme stue og pyntet med de dejligste ting, både forgyldte æbler, honningkager, legetøj og mange hundrede lys.")* Bei diesen Worten verließ jetzt auch schon die junge Frau Bergfeldt tränenüberströmt den Vortragssaal.

Es wurde natürlich noch schlimmer. Ich bekam inzwischen schon sehr, sehr große Zweifel, ob ich wirklich die richtige Geschichte für diese vorweihnachtliche, literarische Veranstaltung ausgesucht hatte. Das kleine Bäumchen jubelt: *„Ob es mir auch mal vergönnt sein wird, diesen strahlenden Weg zu gehen, jubelte das kleine Bäumchen. Das ist ja noch besser als zur See zu gehen. O, wie ich danach verlange. Wäre doch nur schon Weihnachten. Ich bin doch schon so hoch und aufgereckt wie die anderen, die man im letzten Jahr fortgeführt hat. O wäre ich doch schon auf dem Wagen, o wäre ich doch schon in der warmen Stube mit all` der Pracht und Herrlichkeit!"* (Mon jeg er blevet for at gå denne strålende vej, jublede træet. Det er endnu bedre end at gå over havet. O, hvad jeg lider længsel! Var det dog jul! Nu er jeg høj og udstrakt som de andre, der førtes af sted sidste år. O, var jeg alt på vognen! O, var jeg alt i det varme stue med al den pragt og herlighed.)

Naja, manch einer hat blöde Pläne für sein Leben, weil er die Dinge nicht richtig durchdenkt, und sich falsche Vorstellungen macht. Und fliegt nachher auf die Schnauze, selbst wenn er sie verwirklichen kann. Das ist das Das-habe-ich-mir-anders-vorgestellt-Syndrom. Das kommt leider immer wieder vor, und ich dachte jetzt intensiv über mein eigenes Leben nach und wurde selbst melancholisch. Aber Andersen war natürlich ein Könner, der mit den Gefühlen seiner Leser spielen konnte, Er lässt die Luft und den Sonnenschein warnen:

*Freue dich doch über deine Jugend!"* sagten die Sonnenstrahlen. *Freue dich über deinen frischen Wuchs und das junge Leben, das in dir ist!"* Und der Wind küsste das Bäumchen und der Tau weinte seine Tränen über das Bäumchen. Aber der kleine Baum verstand nichts. (Glæd dig ved din ungdom, sagde solstrålerne. Glæd dig ved din friske vækst, ved dit unge liv, som er i dig. Og vinden kyssede træet og duggen græd tårer over det, men det forstod grantræet ikke.)

Ja, das ist harter Tobak. Da wird auch dem Dööfsten klar, dass es jetzt nur noch schlimmer kommen kann. Sehr,

sehr schlimm! Und leider werden die Wünsche des Bäumchens auch rasch erfüllt. Es wird gefällt.

*Zur Weihnachtszeit wurde er als erster gefällt. Die Axt hieb ihm tief ins Mark und er stürzte mit einem Seufzer zu Boden. Ein wahnsinniger Schmerz durchzuckte ihn. Er fiel in Ohnmacht und er konnte an nichts glückliches mehr denken. Nur noch Trauer darüber, dass er aus sei- ner Heimat, wo er aufgewachsen war, verschleppt wurde. (Ved juletid blev det fældet først af alle. Øksen huggede dybt igennem marven, træet faldt med en suk, det følte en smerte, en afmagt, det kunne slet ikke tænke på nogen lykke, det var bedrøvet ved at skille fra hjemmet fra den plet hvor det var skudt frem.)* Zugegeben, das ist etwas frei übersetzt. Was bei Andersen nur ein Schmerz ist, wurde hier zu einem wahnsinnigen Schmerz. Und aus der Heimat wird er gleich verschleppt, nicht nur fortgebracht. Aber der Über- setzer darf so frei sein, damit das Wesen der Geschichte besser herauskommt, hatte ich gedacht. Aber das an- steigende Schniefen und Seufzen der Zuhörer gab schon sehr zu denken. Und es sollte ja alles noch viel schlim- mer kommen.

Ich bereute jetzt schon zutiefst die Auswahl dieses Weih- nachtsmärchens. Das war ein schlimmer Fehler gewe- sen. Schon wieder! Erst das elende Grubenpferd und jetzt der arme, kleine Tannenbaum. Ich dachte an Große- Empelsberger. Der würde auch wieder stocksauer auf mich sein, so wie sich die Sache entwickelte. Penckers Stimme bekam auch just in dem Augenblick einen ver- dächtig krächzenden und schleppenden Ton, als das Bäumchen vor Schmerzen ohnmächtig wird. Inzwischen weinten nicht nur die Zuhörer, die noch ein mitfühlendes Herz ihr eigen nennen durften. Selbst die, welche nur ein Herz aus Stein besaßen, räusperten sich und fummelten nach den Taschentüchern. Nur die völlig Herzlosen hörten noch ungerührt und auch nur halb interessiert zu. Ich war sehr beruhigt, als meine Ersatzvorleserin, die ziemlich autistische Christine Bünzchen nur meinte: „Na, das ist aber mal ein selten dämliches Tannenbäumchen. Selbst schuld, wenn es ihm jetzt an den Kragen geht. So'n Kitsch!"

Ja, die Bünzchen war aus hartem Holz geschnitzt. Die würde durchhalten.

Frau Kommerzienrätin Ziervogel hingegen verließ jetzt auch den Raum und hielt sich ein weißes Spitzentaschentuch vors gerötete Gesicht. Das war gut, denn wenn wirklich ein Zuhörer im Auditorium anfängt, hemmungslos laut zu heulen, dann fallen die anderen gleich mit ein. Da ist es das Beste, wenn die Zartbesaiteten rechtzeitig gehen. Ökonom Österle machte glücklicherweise schon wieder eine seiner so typischen, rotzigen Bemerkungen: „Mann is det traurig. Ick bin jerührt wie Appelmus."

Dann kam endlich der Weihnachtsabend, der so herrlich ist, bei dem das kleine Bäumchen glaubt, so sei das wahre Leben, so prächtig und so fröhlich! Und auch fälschlich glaubt, das würde jetzt immer so weiter gehen. Tag für Tag. Jeden Tag Weihnachten.

*Am Abend wurden die Lichter angezündet. O das wurde eine schwierige Arbeit! Das Bäumchen war ganz ängstlich, dass es etwas von seinem ganzen prächtigen Staat verlöre. Plötzlich öffneten sich die beiden großen Flügeltüren weit und eine Menge Kinder stürzten jubelnd herein, so als wollten sie das ganze Bäumchen umstürzen. (Nu blev lysene tandt. O, det var en gru. Det var so bange for at tabe noget af sin stads. Det var ganske fortumlet i al den glans. Og nu gik begge fløjdoere op, og en mængde børn styrtede ind som om de vilde vælte hele træet.)*

Aber trotz der schweren Arbeit, die das prächtige Herum-
stehen für das Bäumchen bedeutet, wird das ein schönes
Weihnachtsfest! Es wird gesungen, es werden Geschich-
ten erzählt. Alle sind glücklich, auch das Tannenbäumchen. Dann plötzlich eine dramatische Wendung:

*Was tun die da, überlegte das Bäumchen. Was wird ge-
schehen? Und die Lichter brannten bis auf die Zweige
herunter und wurden dann ausgelöscht. Jetzt erhielten
die Kinder die Erlaubnis, den Baum zu plündern. O, wie
stürzten sie sich auf den Ärmsten, dass es in allen seinen
Zweigen knackte und krachte. Und wäre er nicht mit einem Faden am Goldstern an der Zimmerdecke befestigt
gewesen, so wäre er umgefallen.* (Hvad er det de gør,
tænkte træet. Hvad skal der ske? Og lysene brændte ned til
grenene, og eftersom de brændte ned, slukkede man dem, og
så fik børnene lov til at plyndre træet. Og de styrtede ind på det,
så at det knagede i alle grenene. Havde det ikke ved snippen
og guldstjernen være bundet fast til loftet, so var det styrted
om.) Dass es sich bei dem Bäumchen nicht nur um ein *Es*
handelt wie bei Andersen, sondern um *den Ärmsten* war
natürlich auch meiner eigenen künstlerischen Freiheit
entsprungen. Ja, ich gebe zu, ich hatte aus der ohnehin
rührenden Geschichte eine noch rührendere machen
wollen. Ein fataler Fehler, denn es sollte jetzt noch
schlimmer kommen.

Pencker war eindeutig überfordert. Er fing an, zu hecheln
und stürzte ein großes Glas Wasser hinunter. Aber als
das kleine Weihnachtsbäumchen dann vollständig und
brutal abgeschmückt wurde, versagte Penckers Stimme
völlig. Er verschluckte sich an seinen eigenen Tränen,
wie es schon Thomas Bischoff mit dem Grubenpferd am
Tag der Arbeit ergangen war. Er hustete schon wieder
und war eindeutig nicht mehr einsatzfähig.

Christine Bünzchen hatte bisher der ganzen Erzählung nur mit einem Ohr gelauscht und tuschelte die ganze Zeit mit ihrer Nachbarin. Ich hörte gerade die Worte: „Das stimmt gar nicht, was die Leute immer über mich sagen. Ich bin keine Autistin. Ich bin nur ein leichter Asperger. Ich sehe die Dinge halt eben eher vom Verstand als vom Gefühl. Ich finde auch, dass jeder für sich selbst verantwortlich ist. Wenn Versager dann auf die Tränendrüse der anderen drücken, um Mitleid zu heischen, dann ist das schlicht und einfach asozial. Die Welt ist nun mal kein Ponyhof sondern ein Piranha-Becken. Wer Schwäche zeigt, wird gebissen. Und auf Ponyhöfen geht es auch nicht immer ganz fein zu. Da beißen und kratzen sich die kleinen Mädchen, und ab und zu wird auch ein Pony geärgert oder sogar geschlagen."

Ich gab der Bünzchen das vereinbarte Zeichen, und die fuhr mit dem Text fort. Klar, sachlich aber durchaus fein moduliert und richtig betont. Wie echte Profis das eben so machen. Aber als der kleine Tannenbaum auf den düsteren, staubigen Dachboden geschafft wurde, begann auch ihre Stimme brüchig zu werden. Inzwischen hatten fast alle Zuhörer mit normalem Herzen das Auditorium verlassen. Auch die mit den steinernen Herzen weinten jetzt hemmungslos. Nur die völlig Herzlosen hielten noch durch, fingen aber auch an zu stöhnen und zu seufzen.

Es folgen lange düstere Jahre auf dem Dachboden! Und das Bäumchen denkt immer noch, es handele sich nur um eine vorübergehende Wartezeit bis zum nächsten Weihnachten, von dem es zunächst glaubt, am nächsten Tag sei schon wieder Weihnachten und Bescherung. Und dann hofft es, dass es in den nächsten Tagen erneut stattfinden wird. Oder dass man es im Frühjahr wieder im Wald auspflanzen wird. Aber wie soll das ohne Wurzeln gehen? Der Zuhörer weiß mehr als das Bäumchen. Und schließlich wartet es Jahr um Jahr und verliert nicht die Hoffnung, dass es irgendwann einmal wieder Weihnachten geben und es dann erneut einen großen Auftritt haben wird.

Anfangs hören ihm noch die Ratten und die Mäuse zu, wenn er von Weihachten berichtet, und er die eine Geschichte, die er am Heiligen Abend gehört hat, immer wieder nacherzählt: Die Geschichte von Klumpe-Dumpe, der von der Treppe fiel und doch die Prinzessin erhielt.

Schließlich, als selbst die Ratten und Mäuse auf dem Dachboden diese eine einzige Geschichte, die das Tannenbäumchen kannte, nicht mehr hören mochten, geschweige denn von Weihnachten erzählt bekommen wollten, brachen auch die völlig Herzlosen im Auditorium schluchzend zusammen.

Dann endlich wird der Dachboden entrümpelt. Das Bäumchen schöpft Hoffnung, aber die Zuhörer wussten nur zu gut, dass es keine Hoffnung für ein Bäumchen geben kann, das jahrelang auf dem Dachboden gelegen hat und völlig verdorrt und verstaubt ist. Man schleppt das Bäumchen auf den Hof hinunter, wo es hell ist, wo die Sonne scheint, wo der Wind weht. Wo die Sonne scheint, und der Wind weht, gibt es ja normalerweise immer Hoffnung.

Timmy Pencker, der den Saal doch besser verlassen hätte, nachdem er als Vorleser abgelöst worden war, warf sich heulend auf den Fußboden und schrie: „Auch ich habe mein Leben vertan. Die blöden Mafia-Rollen. Das war doch Scheiße. Vertan, vertan! Das falsche Leben gelebt. Die falschen Hoffnungen genährt, die falschen Träume geträumt. Und wie stehe ich heute da? Wie ein gerupftes Tannenbäumchen."

Und Ökonom Österle schmiss sich ebenfalls auf den Boden und hämmerte mit den Fäusten auf den Teppich. Tränen überströmten sein Gesicht und wehklagend kreischte er: „Vorbei, vorbei! Ich habe alles falsch gemacht, was man in einem Leben nur falsch machen kann. Und jetzt bin ich zu alt, um mein Leben noch einmal neu zu leben."

Das war alles nicht gut. Gar nicht gut! Aber ich hoffte immer noch, dass die Veranstaltung doch noch halbwegs glimpflich zu Ende gebracht werden könnte, denn das Märchen näherte sich bereits seinem Ende. Christine Bünzchen schluckte trocken und setzte die Vorlesung fort:

*Nun werde ich leben, jubelte das Bäumchen und breitete seine Zweige weit aus, Aber ach, die waren alle verdorrt und bräunlich und grau. Kümmerlich stand es in der Ecke da zwischen Unkraut und Nesseln. Nur der Goldstern aus Papier saß noch auf der Spitze und glitzerte im klaren Schein der Sonne. (Nu skal jeg leve, jublede det og bredte sine grene bredt ud; ak, de var alle visne og gule, det var i krogen mellem ukrudt og nælder, at det lå. Guldpapirstjernen, sad endnu oppe i toppen og glimrede i det klare solskin.)*

Ich hatte bei der Übersetzung ein wenig gefudelt. Im Original waren die Zweige *visne og gul*, also *welk und gelb*. Welk und gelb kann aber auch seine eigene Ästhetik haben, nur so eine gewisse schöne, herbstliche Melancholie ausdrücken Aber verdorrt und bräunlich und grau, das strahlt richtige Hoffnungs- und Trostlosigkeit aus. So hatte ich es auch gewollt. Aber das war ein Fehler gewesen.

Denn jetzt brach auch Christine Bünzchen am Pult über dem Märchenbuch zusammen und es herrschte ein solches Wehklagen im Saal, dass der Brandalarm anging und die Sprinkleranlage Wasser versprühte über all die weinenden und jammernden Menschen.

Die Geschichte vom kleinen Weihnachtsbäumchen konnte daher nicht zu Ende erzählt werden. Dass es als Brennholz endete, hätte niemand mehr ertragen.

Wie es sonst weiterging: Ich flog aus der weltumspannenden Organisation raus. Einfach so! Mit Schimpf und Schande! Ich hätte den Geist der Weihnacht nicht verstanden, sagte der Vorstand. Und die Schiedskommission wollte ich nicht anrufen, denn wahrscheinlich hatte ich den Geist der Weihnacht tatsächlich nicht verstanden. Warum hatte ich nicht das Weihnachtsmärchen von Dickens genommen. Da fließen auch die Tränen, aber nicht so dolle. Um Timmy Pencker stand es zunächst ziemlich schlecht. Aber ich habe gehört, dass er demnächst aus der Nervenklinik entlassen wird. Ökonom Österle hat sein Leben völlig geändert. Er hat eine Frau geheiratet, die nicht nur seine Tochter sondern eher seine Enkelin sein könnte. Er hat seinen Betrieb verkauft und ist mit der jugendlichen Gattin in die Suite des Millionaires im Hilton in Rio gezogen. Da schneie es wenigstens nicht und er werde durch nichts an rührselige, europäische Weihnachten erinnert. Tannenbäume gäbe es da auch nicht, soll er sich sinngemäß bei seiner Abreise geäußert haben. Die meisten Zuschauer hatten sich bald wieder beruhigt, nachdem sie mit einem Spezialtransporter des Technischen Hilfswerks in ein nahe gelegenes Shopping Center gebracht worden waren, um sich wieder zu beruhigen und an die raue Wirklichkeit akklimatisiert zu werden. Nach einer kurzen ärztlichen Untersuchung hatte man sie einfach ins vorweihnachtliche Getümmel und Gebraus des riesigen Einkaufszentrums geschickt. Christine Bünzchen ist vom Autismus völlig geheilt. Sie arbeitet heute in einem Flüchtlingslager in Afrika und betreut dort kranke, benachteiligte, körperbehinderte und traumatisierte Kriegswaisen. 24 Stunden am Tag, sieben Tage in der Woche. Ohne Rast, ohne Ruh. Schlimm hat es Große-Empelsberger getroffen. Der ging aller seiner zahlreichen Ämter in der weltumspannenden Organisation verlustig. Er ist nur noch auf Bewährung drin, aber nur als einfaches Mitglied. Er hätte seine Leute nicht im Griff, hatte der Vorstand gemeint. Gemeint war wohl ich.

*****

Der Autor schrieb diese an tatsächliche Erlebnisse angelehnte Erzählung im Jahre 2016. Zufällig fiel ihm das eingangs zitierte Gedicht über das blinde Grubenpferd von Paul Zech, geb. 1881 in Briesen/Westpreußen, gest. 1946 in Buenos Aires, liegt heute auf dem Künstlerfriedhof in Berlin-Friedenau, wieder in die Hände. Er erinnerte sich, dass dieses Gedicht aus dem Jahr 1930 in der Untertertia gelesen wurde. Und Untertertianer einer reinen Knabenschule weinen nicht. Sie fühlen sich als harte, coole Burschen. Die zeigen keine Gefühle. Abwechselnd lasen diese harten Bürschchen jeweils eine Strophe des Gedichts. Wir kamen nicht bis zur letzten Strophe, weil alle, aber auch alle Schüler in Tränen ausgebrochen waren, und selbst der Lehrer weinte und heulte wie ein Schlosshund. Und die Lehrer einer reinen Jungsklasse von Untertertianern sind auch ganz schön harte Burschen. Müssen sie auch sein, wenn sie nicht untergehen wollen.

Dann fiel dem Autor ein ähnlicher Tränenbringer ein: Die Geschichte vom Tannenbaum von Hans-Christian Andersen, geb. 1805 in Odense, gest. 1875 in Kjøbenhavn (Grantræet von 1844). Wenn man das damalige Geschehen mit dem Grubenpferd in der Untertertia mal mit dem schrecklichen Schicksal des Bäumchens verknubbelte, das würde doch eine schöne Mischung geben.

Wer bei der Geschichte vom kleinen Tannenbäumchen nicht weint, hat wirklich nicht einmal ein Herz aus Stein. Selbst Roboter heulen hemmungslos. Also bitte nicht bis zum Ende lesen, wo das kleine Bäumchen in Flammen aufgeht und spricht: *Vorbei, vorbei, sprach das arme Bäumchen. Ach wäre ich doch glücklich gewesen, als ich es noch konnte. Vorbei, Vorbei! (Forbi, forbi, sagde det stakkels træ. Havde jeg dog glaedet mig, da jeg kunne. Forbi,forbi!)* Ist nicht ganz leicht zu übersetzen, weil im Dänischen die grammatischen Zeiten etwas anders verwendet werden als im Deutschen und es nur einen rudimentären Konjunktiv gibt. Überhaupt eignete sich die Geschichte sehr gut, um sich mit dem rudimentären Konjunktiv des Dänischen auseinander zu setzen.

Der Herausgeber gibt als Autor dieser Geschichte, also der Geschichte des Vortrags, nicht des Tannebaums, Hans-Heinrich Unschlitt an. Hans-Heinrich wurde im Jahr 1982 erfunden. Angeblich ist er ein Deutsch-Amerikaner, der im Jahre 1947 in Wyoming geboren worden ist und sich in allerlei Berufen versucht hat. Meist arbeitet er in großen Firmen und Institutionen. Aber trotz seiner heißen Bemühungen liegt auf seinen Tätigkeiten selten großer Segen. Wie wir seine Bemühungen als Übersetzer einschätzen müssen, ist ja auch noch fraglich. Aber Übersetzer sind ja oft große Manipulatoren vor dem Herrn. Unschlitt wurde angeblich  zuletzt in einem landwirtschaftlichen Betrieb in Klein-Wiesau gesehen, wo er Weihnachtsbäume züchten soll. Aber das ist auch nicht ganz sicher. Und was es mit der weltumspannenden Organisation auf sich hat, für die er ja die Literarische Weihnachtsfeier organisiert hat, ist auch völlig unklar. Der Herausgeber weiß auch nicht, um welchen Verein es sich da handeln könnte.

***************************

## 5. Der Christmas Park

*Von Unhold Hugendeubel*

Als Wirtschaftsdezernent einer so kümmerlichen Gemeinde wie Ochte im Harsenwinkel hat man es nicht leicht.

Die einzige Wirtschaft, die bei uns läuft, ist die Gastwirtschaft. Sagen die Leute jedenfalls immer. Ist aber ein blöder Witz. Es geht selbst den Gastwirtschaften in unserer Gemeinde nicht richtig gut. Wo keine Kaufkraft vorhanden ist, besäuft man sich zuhause mit Stoff aus dem Getränkestützpunkt, der in der Tat gut läuft. Und die Bezeichnung Wirtschaftsdezernent ist auch etwas zu groß für das, was ich tue. Oder zumindest zu tun versuche. Ich habe in unserer Gemeinde eine Menge Funktionen. Es gibt allerdings auch nur zweieinhalb feste Stellen in der Gemeindeverwaltung, die Sekretärin, die Sozialtante mit einer halben Stelle und der Gemeindearbeiter. Aber der ist meistens krank gemeldet. Selbst der Bürgermeister arbeitet ehrenamtlich. Und ich, der Beirat für wirtschaftliche und Infrastrukturfragen erst recht. Aber gegenüber Firmenchefs nenne ich mich natürlich immer Wirtschaftsdezernent. Ohne Großspurigkeit geht im Wirtschaftsleben nichts, sage ich immer. Und das meint der Bürgermeister auch.

Es war mal wieder so ein Tag, wie man ihn als Wirtschaftsdezernent nur in seinen Albträumen erlebt. Frau Rüger, unsere Gemeindesekretärin, erzählte mir schon, als ich ins Gemeindehaus kam, dass Kröhnecke und Söhne insolvent seien, sowohl der alte Kröhnecke als auch alle seine Söhne. Na gut, die hatten auch nur drei Mitarbeiter. Aber wenn eine so kleine Gemeinde in einem Monat drei Arbeitsplätze verliert, ist das schon ein schwerer Schlag. Denn im nächsten Monat werden vielleicht noch zwei Stellen in der Kiesgrube gestrichen. Und dann wird noch der Kuckucksuhrenverkäufer auf dem Historischen Bauernmarkt eingespart, weil die Marmeladenverkäuferin das mit übernehmen kann. Gut, der Kuckucksuhrenverkäufer hat noch nicht einmal den Mindestlohn bekommen. Aber irgendwie summiert sich das ganz schnell zulasten der Wirtschaftskraft von Ochte.

Ich überlegte gerade, ob ich beim alten Kröhnecke mal anrufen sollte. Oder am besten ginge ich bei ihm in seiner Werkstatt vorbei, um ihn auf ein Bier einzuladen, und wir würden in aller Ruhe darüber sprechen, ob noch irgendetwas gerissen oder gerettet werden könnte. Aber wahrscheinlich gab es da nichts zu reißen oder zu retten. Ich hatte in letzter Zeit mit mehreren Kleinunternehmern gesprochen, deren Geschäft den Bach runtergerauscht war. Nicht schön. Da hatte ich gestandene, kräftige, ältere Männer weinen sehen wie die kleinen Kinder. Ganz furchtbar! Ich war daher ein wenig in Gedanken versunken über Fragen der regionalen Wirtschaftsplanung und der persönlichen Schicksale von Kleinunternehmern und deren Familien.

Da trat unangemeldet, und ohne zu klopfen, der Pastor Uhlenhofen ein. Ausgerechnet Uhlenhofen, der bigotte, olle Gemeindepfarrer, der immer so auf jung und dynamisch machte. Auf dem Land darf man es sich aber nicht mit dem Pfarrer verderben. Auch wenn die Zahl der Kirchgänger sinkt, ist und bleibt er doch eine Autorität. Außerdem besucht er die alten Leute zum Geburtstag, und ich hatte immer den Verdacht, dass er anlässlich dieser Besuche auch Empfehlungen für die Kommunalwahl gab. Uhlenhofen hatte die unangenehme Angewohnheit, immer unerträglich gut gelaunt zu sein. Und heute schien er noch besser gelaunt zu sein als sonst.

Das konnte ich jetzt gerade gebrauchen. Statt einer Begrüßung meinte er auch gleich lachend:

„Hier kommt der liebe, alte Dorfpastor, und siehe er verkündiget euch große Freude."

Bloß keine religiöse Erbauung. Das wäre das Letzte, was ich jetzt brauchen konnte. Aber es sollte ganz anders kommen. Uhlenhoven war nämlich nicht allein.

Im Schlepptau hatte er ein älteres, sehr seriös aussehendes, konservativ-elegant gekleidetes und sehr gut aussehendes Ehepaar. Sie stellten sich als die Pattersons aus Chicago vor. Und was sie mir vorschlugen, hörte sich so toll an, dass ich dachte, ich träume:

„Wir wollen bei Ihnen in Ochte ein Weihnachtszentrum aufbauen. Eine große Sache mit mindestens dreißig Mitarbeitern, davon natürlich auch Teilzeitstellen, aber das ist für die Haus- und Landfrauen ja wohl genau das Richtige. Und natürlich wollen wir auch junge Leute anstellen. Wir brauchen junge Leute mit Ideen. Und die leiden doch heute am meisten unter der Arbeitslosigkeit!"

Glückshormone durchströmten meinen Körper, als ich solches hörte. Jetzt galt es, die potentiellen Investoren auf keinen Fall zu vergrämen. „Ja, hört sich toll an. Wenn wir Ihnen als Gemeinde irgendwie helfen können, dann sagen Sie, wie! Notfalls versuche ich auch Unmögliches möglich zu machen", schleimte ich ein wenig.

„Ja, können Sie", meinte Herr Patterson. „Überlassen Sie uns das leerstehende Industriegelände am Tröndelbach. Wir zahlen natürlich Pacht, aber in den ersten drei Jahren möchten wir nur die Betriebskosten zahlen. Sozusagen als Anschubhilfe."

Ein Weihnachtszentrum, was immer das war, würde Leben und Arbeitsplätze schaffen. Das Grundstück am Tröndelbach gehörte sowieso der Gemeinde und die alten Fabrikanlagen, die drauf herumstanden, verfielen und vergammelten zusehends. Wenn nicht bald etwas geschah, hätte die Gemeinde noch die Abrisskosten an der Backe gehabt. Notfalls hätte ich die heruntergekommene Immobilie sogar verschenkt. Uhlenhofen fügte hinzu: „Wir kommen gerade von dort. Ein hervorragender Platz zur Verwirklichung unserer Pläne. Sie müssen nur noch Ja sagen. Und dann schaffen wir vielleicht sogar 50 neue Arbeitsplätze für Ochte. Oder noch mehr! Man muss sehen, wie das läuft. Lieber erst einmal vorsichtig rechnen und sich dann positiv überraschen lassen!"

Ich glaubte zu spüren, wie meine Knie schwach wurden, und die Handinnenflächen zu schwitzen begannen. 50 neue Arbeitsplätze. So viele hatten wir in den letzten zehn Jahren nach und nach verloren. Vor meinem geistigen Auge sah ich schon ein großes Logistikzentrum, das Gewerbesteuer in die klamme Gemeindekasse spülen würde. Und wenn es nur 20 Arbeitsplätze würden. Dafür war ich bereit, alle planungsrechtlichen Vorschriften zu ingnorieren. Vielleicht nicht gerade meine Seele zu verkaufen. Aber man weiß ja nie! Geld! Geld! Geld für die Gemeinde. Vielleicht würden wir sogar noch eine zweite Sozialtante einstellen können. Und der Kindergarten musste renoviert werden. Und die Freiwillige Feuerwehr. Wenn man sich deren Spritze anguckte, konnte man sowieso nur beten, dass kein Feuer ausbrach. Und eine Verkehrsampel an der Kreuzung Lindenstraße, Ecke Gontenbacher Chaussee würde unserem Dorf eine schon  fast großstädtische Anmutung verleihen. Ach es gab überall so viel Investitionsbedarf.

Naja, im näheren Gespräch kam dann heraus, dass die Pattersons kein Logistikzentrum sondern eine Art Vergnügungspark aufmachen wollten. Was Seriöses mit Produktion wäre mir natürlich lieber gewesen. Aber wenn wenigstens ein paar sichere Arbeitsplätze geschaffen würden! Besser wenig als nichts, selbst wenn es Niedriglohnsektor war. Die Amis zeigten mir ihre Pläne, die ich mir aber gar nicht so genau ansehen mochte. Wir sind hier eine so strukturschwache Gegend. Da kann man nicht wählerisch sein. Und all' zu große Auflagen wollte ich natürlich auch gar nicht machen. Investoren sind scheu wie die Rehe und genau so leicht zu vergrämen. Ich genehmigte also so schnell ich konnte alles, was zu genehmigen war. Und die Umgehung einiger haushaltsrechtlicher Vorschriften nahm ich auf meine eigene Kappe. Ich arbeitete ja auch nur gegen Aufwandsentschädigung für die Gemeinde. Wenn alles schief gehen sollte, wäre ich meinen Posten als Gemeindebeirat los, was keine Katastrophe war. Ich hätte dann nur mehr Freizeit und 200,00 € monatlich weniger wegen der entfallenden Aufwandsentschädigung. Und die 200,00 € gingen auch tatsächlich meistens für den Aufwand drauf. Als Gemeindebeirat von Ochte wurde man nicht reich. Das war wirklich ein Ehrenamt. Da brachte man meistens noch Geld mit, weil die Leute glaubten, man müsste bei Besprechungen im Gasthaus die Zeche übernehmen. Und so kümmerlich wie unsere Gemeinde war, gab es nicht einmal jemanden, der sich die Mühe gemacht hätte, einen Beirat zu bestechen. Armut ist auch eine Art Korruptionsschutz. Aber wenn alles so klappte, wie die Pattersons und Uhlenhoven meinten, würde ich wenigstens als der strahlende Retter der Ökonomie Ochtes dastehen. Und irgendwo ging es mir ja wirklich nur um die Gemeinde und ihr Wohl. Klingt blöd, aber so war es, auch wenn ich gerne bereit war, mal fünfe gerade sein zu lassen. Da gilt der alte Grundsatz: Nur wer wagt, gewinnt. Wer handelt, kann verlieren. Wer nicht handelt, hat schon verloren. Und Bedenkenträger haben wir schon mehr als genug in der Gemeinde.

Wenn sich wirklich einmal ein Investor in unsere Gegend verirrt, müssen wir Ochter vor allem darauf achten, dass der nicht in die Nachbargemeinde Klein-Schloppen abwandert. Die Klein-Schloppener hatten einen sonnigen Hügel als Gewerbegebiet ausgewiesen, eigentlich deutlich schöner, als das etwas düstere Tröndeltal. Der Schloppener Hügel hieß eigentlich Saukopf, weil die Schloppener dort im Mittelalter ihre Schweine geweidet hatten. Jetzt hatten sie ihn auch noch in Sonnenhügel umbenannt, um den Standort noch attraktiver zu machen. Mein Widersacher aus Klein-Schloppen, der Wirtschaftsreferent Bodo Barsing, hatte mir halb im Scherz, halb im Ernst schon gedroht:

„Mit dem neuen Gewerbegebiet auf dem Sonnenhügel, machen wir Klein-Schloppener euch fertig! Da kriegt ihr ökonomisch eins in die Fresse."

Aber Barsing hatte, so angeberisch er auch war, selbst genug Probleme. Bei ihm war der einzige nennenswerte Betrieb in der Gemeinde, eine alt eingesessene Knopffabrik, nach Fernost abgewandert. Da half der schönste Sonnenhügel nichts.

Die Pattersons erzählten mir aber jetzt sogar, dass das etwas dunkle und unheimliche Tal des geheimnisvoll murmelnden Baches genau das richtige für ihr Vorhaben sei. Und Pastor Uhlenhoven erklärte mir auch etwas kumpelig und großspurig:

„Wir werden natürlich überwiegend einheimische Arbeitskräfte einstellen. Das ist doch das wichtigste für so ein

Kuhdorf wie unseres. Sonst leben hier bald nur noch Kühe. Aber ein paar Spezialisten werden wir auch von außerhalb mitbringen müssen." Ich konnte dem nicht ernsthaft widersprechen. Und gegen Spezialisten von außerhalb hatte ich auch nichts einzuwenden. Wenn die mit ihren Familien hierherzogen, würde sich das positiv auf unsere Bevölkerungsstatistik auswirken. Auch wenn wir diese Statistik immer wieder zu unseren Gunsten frisierten, war es offenkundig, dass unsere Gemeinde nicht nur an Wirtschaftsschwund sondern auch an Einwohnerschwund litt.

Ich komme natürlich nur selten an den Tröndelbach, aber bei den wenigen Malen, die ich in den nächsten Monaten dort unten war, schien mir die Bauerei recht ordentlich voranzuschreiten. Bagger hoben Gruben aus, Walzen walzten, Kräne bewegten große Bauelemente, und Zementmischmaschinen drehten sich quietschend. Bauarbeiter schwangen die Schaufeln und die Kellen. Und dort hinten hob ein besonders gewaltiger Kran riesige Elemente an, von denen man nicht einmal ahnen konnte, um was es sich überhaupt handelte.

In den nächsten Monaten blieb das Tröndelbachtal dann auch eine Großbaustelle mit der für Großbaustellen so typischen Unübersichtlichkeit. Für den Laien ist kaum verständlich, was sich auf derartigen Bauplätzen eigentlich abspielt. Ich kümmerte mich daher nicht besonders darum, was da geschah. Sonst wäre nur aufgefallen, dass ich vom Bauwesen eigentlich überhaupt keine Ahnung habe. Für die Sicherheit auf der Baustelle ist der bauleitende Architekt zuständig. Auch für die Standsicherheit der Gebäude. Und für den Brandschutz gibt es externe Gutachter. Ich prüfte lediglich, ob den formalen Anforderungen der Gemeindesatzung genüge getan worden war.

Abends, mit dem Hund, ging ich allerdings – von Neugier getrieben - manchmal an der Baustelle vorbei, vor allem nachdem sich die Baulichkeit mehr und mehr zu gestalten versprach. Na, ein architektonisches Highlight würde das nicht werden! Es sah wirklich nur wie eine große Lagerhalle aus. Hoffentlich würden die Pläne der Pattersons aufgehen. Sonst hätten wir hier noch eine weitere Investitionsruine zu stehen, und zwar eine sehr, sehr hässliche.

Dabei ist Ochte an bedeutenden Bauwerken gar nicht so arm, wie man als Ortsfremder vielleicht denken mag. Da war zum Beispiel die spätbarocke St.-Urunäus-Kirche mit ihrem Flügelaltar noch aus der Zeit der Vorreformation: Adam und Eva mit Schlange, Moses mit den Gesetzestafeln, Jesus am Kreuz. Alles da, was das Herz begehrte. Und ein barockes Taufbecken mit Beheizungsmöglichkeit, damit die Täuflinge bei der Taufe mit kaltem Wasser nicht zu sehr schrien. Das war allerdings schon im Barock eine zweischneidige Sache gewesen. Da das Wasser zu jeder Taufe auf Körpertemperatur erwärmt wurde, aber nicht immer ausgetauscht wurde, muss das eine ziemlich bakterienverseuchte Brühe gewesen sein.

Aber nicht nur St.-Urunäus war interessant. Dort hinten, Richtung Nordost, auf dem Kniebelhügel stand das Heimatmuseum mit seiner riesigen Sammlung von Not- und Inflationsgeld aus den 20er Jahren des vorigen Jahrhunderts sowie dem Modell des Dorfes im Jahre 1856. Nicht zu vergessen: Die Gemäldesammlung einheimischer Maler, die sich vor allem an der Darstellung des dörflichen Lebens versucht hatten.

Und dann gab es noch die historische Gaststätte „Zum Mohren", in der angeblich Goethe übernachtet hatte. Oder Schiller. Vielleicht auch Lessing. Egal, wir hatten für alle drei Geistesgrößen gleich drei Gedenktafeln anbringen lassen. An der Kreuzung in der Dorfmitte standen sogar noch zwei Fachwerkhäuser. Die waren ganz frisch aus Denkmalschutzmitteln im historischen Stil gestrichen worden. Und das war noch lange nicht alles, was unser Dorf dem interessierten Reisenden zu bieten hatte. Nicht zu vergessen: Da gab es auch noch den Steinhaufen aus der Steinzeit. Aber es war natürlich klar, dass alle diese Sehenswürdigkeiten zwar interessierte aber zahlenmäßig nur wenige Touristen anzogen. Wegen der vielen Investitionsruinen und vergammelten Industriebauten, die es in unserer Gegend so gab, hatte Kollege Barsing aus Klein-Schloppen schon vorgeschlagen, Ausflüge und Führungen zu diesen traurigen Überbleibseln einer einstmals florierenden Wirtschaft zu organisieren. Sozusagen: Den Menschen den Reiz des Verfalls nahe bringen. Früher waren wir Zonenrandgebiet und hatten gedacht, dass die nur mühsam sich entwickelnde Industrie auf die Randlage zurückzuführen sei. Aber nach der Wiedervereinigung war alles nur noch schlimmer geworden. Und die Zonenrandförderung durch den Bund war nun auch entfallen.

\*\*\*\*\*\*\*\*\*

Dann kam endlich der lang ersehnte Tag der Bauabnahme. Ich nehme zu derartigen formalen Anlässen gerne jemanden mit, der auch bei der Gemeinde beschäftigt ist, sei es unsere Rathaussekretärin, Frau Rüger, oder Oellermann, der das Sozial-, das Standes- und das Hauptamt in unserer Gemeinde in einer Person darstellt. Die beiden haben zwar noch weniger Ahnung von Bau- und Arbeitssicherheit als ich, aber es macht sich immer besser, wenn man zu zweit oder zu dritt ist. Das sieht dann wie massierter Sachverstand aus. Die beiden Kollegen haben dann immer Schreibblöcke und Seilzugmappen oder sogar Klemmbretter mit dabei und machen sich ständig Notizen. Die Notizen haben zwar nicht den geringsten Sinn, und werden nachher weggeschmissen. Aber es macht Eindruck, wenn die Staatsgewalt nicht allzu kümmerlich und disparat und desperat aussieht. Und sollte es wirklich einmal Konflikte geben, die dann vielleicht sogar vorm Verwaltungsgericht enden, ist es immer besser, man hat Zeugen dabei, selbst wenn die Zeugen gar nicht wissen, was sie bezeugen sollen. Aber im Rathaus hatten wir irgendwie gerade die galoppierende Schwindsucht. Frau Rüger hatte Husten und Oellermann einen steifen Rücken. Ich war also alleine. Na, würde schon gut gehen. Von der Bauherrenseite waren Pastor Uhlenhoven und zunächst nur Herr Patterson da.

Für die Frage der Standfestigkeit des Gebäudes war ja ohnehin der Statiker verantwortlich, und der musste sowie nur der unteren Kreisbehörde berichten. Und das, was ich zunächst vorfand, bot auf den ersten Augenschein keinen Anlass zur Beanstandung. Standfest wirkte die wuchtige Halle auf jeden Fall. Inzwischen war sie auch mit roten, grünen und goldenen Farbbändern geschmückt und lustige, blitzende Tannenbäumchen grüßten fröhlich vom Dach. Das Bauwerk machte keineswegs mehr den trostlosen Eindruck, den ich während der Bauphase befürchtet hatte.

Am Eingangsbereich gab es jedenfalls auch nichts zu meckern. Da gab es drei adrette und funktionale Kassenschalter, damit es auch bei größerem Andrang keine Schlangen gab. Die WC-Anlagen waren in auseichender Menge vorhanden, und ihr Zustand war gut. Aber das konnte sich natürlich bald ändern. Für WC-Anlagen ist die Stunde der Wahrheit dann gekommen, wenn tatsächlich Schwärme von Besuchern einfielen. Um meine Wichtigkeit zu unterstreichen, meinte ich ganz ernsthaft: „Die

Reinigungsarbeiten, die im Sanitärbereich durchzuführen sind, haben Sie doch hoffentlich dokumentiert? Sie wissen ja: Der Mensch als solcher schmutzt."

„Dokumentiert und certifiziert", antwortete Uhlenhoven. „Sie sind heute aber ein ganz Gründlicher!"

Ich machte mir mit ernstem Gesicht eine Notiz, die ich später wahrscheinlich sonst wo abheften oder gleich wegwerfen würde. Was sollte ich denn schon mit den dämlichen Notizen anfangen. Uhlenhoven und Patterson guckten jetzt aber respektvoll auf mich, als ich mit meiner besten Kanzleihandschrift notierte: *Laufende Reinigung des San.-Bereichs ist certifiziert und dokumentiert!*

Aber erst einmal gab es ja auch in der Tat nichts zu beanstanden. Der riesige Weihnachtsshop war noch nicht eingerichtet, machte aber einen hellen, freundlichen Eindruck und besaß eine Paniktür an der Rückseite. Die gemütliche Cafeteria wurde gerade eingerichtet. Alles war modern und glänzte vor Neuheit und Sauberkeit. Mit großer Freude nahm ich zur Kenntnis, dass der alte Kröhnecke und seine Söhne, die ja eigentlich schon fast pleite gewesen waren, sowie einige Mitarbeiter, die offensichtlich neu eingestellt worden waren, den Auftrag bekommen hatten. Sie dekorierten die Wände der Cafeteria gerade mit Tannengrün und hängten große Farbposter auf, die winterliche Landschaften darstellten. Uhlenhoven bemühte sich sofort, mir zu versichern, dass es sich bei den Tannenzweigen um Teile aus schwer entflammbaren Kunststoffen handelte. Der Tannenduft sei auch völlig künstlich und käme nicht etwa von leicht entflammbaren, harzigen Echtholzteilen.

Der alte Kröhnecke ließ seine Arbeit stehen, als er mich sah und kam auf mich zu und schüttelte mir die Hand: „Danke, danke, dass Sie diesen Betrieb nach Ochte geholt haben. Ich hätte sonst Konkurs anmelden müssen. Die Jungs wären auf der Straße gelandet, und wie ich meiner Frau die Pleite hätte erklären sollen, hätte ich auch nicht gewusst."

Nunmehr erschien auch Frau Patterson, und der alte Kröhnecke schüttelte auch ihr die Hand und versicherte: „Wir werden alle Arbeiten hier zu Ihrer vollsten Zufriedenheit erledigen. Ganz Ochte steht in Ihrer Schuld."

Die beiden Amis lachten: „Wir wollen ja auch vor allem Gutes tun! Aber dann wollen wir mal rein ins volle Menschenleben, wie ihr in Deutschland so nett sagt."

Wir durchschritten einen Torbogen, auf dem das Schild:

**Saal der Laster**

stand. Ich guckte wohl etwas befremdet. Und im ersten Augenblick glaubte ich, dass hier wohl der Saal kommen müsste, in dem die LKWs des Unternehmens abgestellt würden. Welch ein Irrtum! Pastor Uhlenhoven begann schon mit langatmigen Erklärungen:

„Natürlich steht der pädagogische Aspekt unserer religiösen Vereinigung im Mittelpunkt des Objekts. Wenn wir heute von Weihnachten sprechen, denken wir meistens an Geschenke, gutes Essen und Trinken, also quasi gewissermaßen an etwas, das uns belohnt. Und wir sind der Ansicht, dass bei der Pädagogik nicht nur die Belohnung sondern vor allem die Abschreckung wichtig ist. Belohnung wirkt nur aus seinem Antagonismus heraus, also der Bestrafung. Ich möchte jetzt keine langen Reden halten, aber……"

"Patterson schlug mir auf die Schulter und brüllte lachend: „Wir Amerikaner nennen es flexible responce. Wir mögen auch keine langen Reden, sondern handeln gleich."

Als wir durch das Tor schritten, wurde mir schon klar, worum es bei den Lastern ging, nämlich um solche im ursprünglichen Sinn des Wortes. Die sieben Todsünden aber auch die möglichen Verstöße gegen die zehn Gebote wurden hier dargestellt. Teils waren entsprechende Wachsfiguren aufgestellt, teils spielten echte Menschen Szenen, mit denen sie die jeweilige Sünde versinnbildlichen wollten. Oder Roboter bewegten sich mechanisch, um das Geschehen zu verdeutlichen. Dabei war im ersten Augenblick kaum zu unterscheiden, wer oder was ein echter Mensch, wer Wachsfigur und wer Roboter war. Uhlenhoven erklärte mir die Vorteile für den Arbeitsmarkt der Gemeinde Ochte:

„Wir haben natürlich keine echten Schauspieler angestellt. Das wäre ja auch viel zu teuer geworden. Das sind alles Laienschauspieler aus Ochte, meistens junge Leute, die bisher arbeitslos waren oder nur Gelegenheitsjobs machten. Oder in befristeten Praktika festsaßen. Die haben jetzt eine feste Anstellung. Und wir zahlen wenigstens den Mindestlohn. War nicht immer ganz einfach, sie richtig anzulernen. Aber das ist die klassische Win-Win-Situation. Wir sparen das Geld für gelernte Kräfte und die Jungs und Mädels haben wenigstens überhaupt einen Job. Natürlich halten wir für ganz mechanische Tätigkeiten Roboter vor, und manches lässt sich am besten als unbewegliches Bild mit Wachsfiguren darstellen. So etwas wäre einem Laienschauspieler aus Fleisch und Blut ja auch gar nicht zuzumuten, so lange stock und steif wie ein Ölgötze herumzustehen."

Ich sparte nicht mit Lob, während ich mir interessiert den Geizkragen aus den sieben Todsünden anschaute, der unter seinen riesigen Geldsäcken fast zusammenzubrechen drohte, während ihn Teufel umtanzten, die ihm immer schwerere Geldsäcke aufluden, bis er gar nicht mehr zu sehen war und mit einem elenden Seufzen dahin sank.

Die Hoffärtigen wirkten hingegen nicht sonderlich abstoßend, sondern eher wie die Clowns, wie sie da in übertrieben schicken Kleidern herumstolzierten. Und hätten sie ihre seltsame Pantomime nicht unter einem großen Schild mit der Aufschrift

**Hoffart**

aufgeführt, hätte ich kaum verstanden, worum es hier eigentlich ging. Die Verschwender waren wiederum schon besser zu erkennen. Die warfen mit Goldstücken um sich. Allerdings waren es keine echten Goldstücke, sondern gelbe Plastikchips oder auch Schokoladengeld. Bei den im Herzen Trägen war auch nicht so viel los. Die lagen unter ihrem Schild nur bewegungslos herum und dösten.

„Bei einigen Todsünden müssen wir noch an den Details arbeiten. Die Bilder sollen ja einfach und eindringlich sein. Der Besucher soll sofort wissen, worum es geht, ohne groß nachzudenken. Und er muss natürlich auch sofort erkennen, dass er es mit Sünden zu tun hat. Bei den im Herzen Trägen haben wird das Problem immer noch nicht gelöst. Wenn die so entspannt herumliegen, wirkt das ja eher gemütlich als sündig. Der Volksmund sagt ja auch: Wer schläft, der sündigt nicht!", erläuterte Frau Patterson das Problem.

„Vielleicht kann man elende, arme, kranke und mit Schwären überdeckte Menschen, die nur mit Lumpen bekleidet sind, an ihnen vorbeistolzieren lassen. Die müssen dann die Herzensträgen um Hilfe anflehen, und die reagieren da gar nicht drauf oder sind gleich pampig", schlug ich vor, denn ich glaubte langsam verstanden zu haben, worum es ging.

„Tolle Idee!" riefen die Pattersons. „So machen wir das! Vielleicht können wir Sie noch mehr in die Detailplanung einbeziehen!"

Lob hört man ja gerne. Aber mir wurde schon ganz schwindelig von den herumtänzelnden, kreischenden und herumirrenden Sündern. Und die langsamen Bewegungen der im Herzen Trägen waren dabei natürlich völlig irritierend. Das wirkte irgendwie unwirklich wie ein Film in Zeitlupe. Dazwischen sprangen die lieblichen Engel und die gruseligen Teufel herum, dass einem angst und bange und ganz schwindlig wurde.

Ein ziemlich schmieriger, ekliger Kerl kam auf Patterson zu, zeigte auf dessen Gattin und meinte: „Tolles Weib, hätte ich auch gerne! Und dann zeigte er auf meine Armbanduhr und meinte gierig: „So eine Uhr hätte ich auch gerne. Unsereins kann sich das ja nicht leisten. Hätte ich wirklich gerne."

Ich schaute meine Gastgeber ratlos an und Uhlenhoven zuckte mit den Schultern: „Das soll derjenige sein, der gegen das Zehnte Gebot verstößt. Er begehrt seines Nächsten Weib und alles was sein ist. Also bei Katholiken und Lutheranern sind das ja das 9. und das 10. Gebot. Bei den Orthodoxen und den Calvinisten ist das alles im 10. Gebot drinne. Aber ich sehe schon, das kommt auch noch nicht ganz richtig rüber. Da müssen wir auch noch mit Hochdruck dran arbeiten."

„Ich hoffe, dass ich hier nicht noch das Opfer einer Darstellung des 5. Gebotes werde, also bei den Calvinisten und Orthodoxen wäre das dann ja wohl das 6. Gebot, wenn ich richtig mitgerechnet habe", gab ich zu bedenken.

„Nein, keine Angst, das wird nur filmisch dargestellt. So mit Szenen aus *Spiel mir das Lied vom Tod* oder *12 Uhr mittags*", beruhigte mich Frau Patterson. „Aber ich sehe auch schon, da ist noch viel Arbeit nötig, bis es eine perfekte Show ist, aber bis zur Eröffnung bekommen wir das hin."

„Wir sollten nur Schwarz-Weiß-Filme zeigen. Das kommt ernster rüber", meinte Herr Patterson. „Die Grausamkeit und gleichzeitige Erhabenheit des Todes kommt in Farbe nicht richtig raus!"

„Naja, mir geht es heute auch mehr um die technische Sicherheit der Anlage. Die künstlerische Seite habe ich nicht zu beurteilen", beruhigte ich die Investoren.

Da brüllten einige üble Typen mit zornigen, roten Gesichtern aus einer anderen Ecke zu uns rüber: „Eh, ihr blöden Wichser! Was habt ihr hier zu suchen? Wir hauen euch gleich eins in die Lichter." Ich erschrak zunächst sehr, aber dann kam mir die Erleuchtung und ich riet: „Das soll wohl die Todsünde des Jähzorns sein?"

Uhlenhoven lächelte wohlwollend: „Ja, klar ist das der Jähzorn. Der lässt sich ja wirklich gut darstellen. Aber es wird noch besser. Kommen Sie doch mit in den Wollust-Raum. Da gibt es wirklich was zu sehen. Da geht es hart zur Sache." Uhlenhoven schob mich durch das nächste Portal. Patterson lachte: „Halten Sie uns nicht für ewiggestrige Moralapostel. Auch wir wissen: *Sex sells*. Natürlich nur im pädagogisch vertretbaren Ausmaß."

Und Uhlenhoven hatte nicht zu viel versprochen. Halbnackte Männer und Frauen rannten hässlich kreischend hinter einander her. Teilweise lief ihnen der schaumige Geifer aus den gierig aufgerissenen Mündern. „Der Geifer ist nur Schminke", beruhigte mich Frau Patterson. „Keine Angst vor Rabies, oder wie sagt ihr auf Deutsch?"

„Tollwut! Wir nennen es Tollwut, aber daran habe ich auch gar nicht gedacht", bemühte ich mich als Übersetzungshelfer.

Den Mittelpunkt der bizarren Szene bildete ein kolossaler Ledermann mit Ketten und schwarzer Lederkappe auf dem quadratischen Schädel. Ich glaube, es war einer aus der in unserer Landgemeinde übel beleumundeten Familie Ruppke, die sowohl unser kleines Sozialamt als auch unsere personell unterbesetzte Polizeiwache immer ordentlich auf Trab hielt. Ich glaubte sogar, den Maik Ruppke deutlich erkennen zu können. Na, da hatte wenigstens einer aus der Familie mal einen bezahlten Job bekommen, und wenn es als Allegorie der Unzucht war. Er penetrierte einen eher feminin anmutenden, zierlichen Mann von hinten. Also das konnte man nun auch nicht so genau sehen, weil ein brennender Busch genau dort die Sicht verdeckte, wo man Einzelheiten hätte erkennen können. Aber den nackten Hintern des Ledermannes sah man deutlich. Uhlenhoven grinste: „Ja, das hätten Sie nicht gedacht, dass wir so freizügig sein können. Aber wir können auch modern sein, wenn wir wollen. Die Unzucht selber ist übrigens nur angedeutet. Da findet nichts in echt statt. Sie müssen als Gesundheitsbeauftragter der Gemeinde keine Angst haben, dass da was mit Geschlechtskrankheiten oder sonst was passieren könnte."

Und Frau Patterson meinte: „Die Darstellung der Sünde der Unzucht war gar nicht so einfach für uns. Einerseits wollten wir die Unzucht natürlich realistisch beschreiben. Beschönigung und Verniedlichung helfen uns da nicht weiter. Aber die halbnackten, kreischenden Männer und Frauen sehen ja eher harmlos aus. Die Kinder kriegen heute ja, ob sie wollen oder nicht, im täglichen Leben richtig schlimmste Pornografie mit. Da sind wir hier nur Waisenknaben dagegen. Deswegen haben wir uns hier im Mittelpunkt dieses Raumes auch auf die widernatürliche Unzucht konzentriert."

„Ja, vor allem die widernatürliche Unzucht kann man ja gar nicht scharf genug geißeln", murmelte Uhlenhoven. Zwei kräftige junge, gefährlich aussehende Burschen, ich glaube, dass auch sie zur Familie Ruppke gehörten, rappten dazu aus vollem Herzen:

*He, du Hurensohn,*
*hör mir endlich zu!*
*Ich bin definierter als du!*
*Willst du mal mein Messer sehen.*
*Das kann so herrlich stehen,*
*Lass doch die Unzucht sein,*
*du blödes altes Schwein,*
*es geht gleich in die Hölle rein*

„Das ist ja furchtbar", entfuhr es mir. Aber Uhlenhoven belehrte mich: „Wir wollen uns auch an heranwachsendes Publikum wenden. Man muss die jungen Leute abholen, wo sie sich befinden!"

Da knarrte es auch schon gefährlich, und im Fußboden ging eine Falltür auf, und ein feister Beelzebub kam herausgesprungen. Mit seiner riesigen Forke pikste er den Ledermann in den nackten Po, woraufhin die beiden unzüchtigen Herren zu weinen und um Gnade zu wimmern begannen. Wir verließen den Raum der Unzucht und schritten durch ein weiteres Portal.

Im nächsten Raum wurde es dann noch bizarrer, obwohl ich gar nicht glauben konnte, dass es wirklich noch bizarrer werden könnte. Wir blickten auf einen Hügel, von dem ein richtig fies dreinblickender Mensch herabstürzte. Im ersten Augenblick dachte ich, es handele sich um einen echten Menschen, doch dann sah man deutlich, dass es sich um einen Crash-test-Dummy handelte, der allerdings in der Tat täuschend echt aussah. Die dargestellte Person trug nur einen Lendenschurz, so dass man deutlich erkennen konnte, wie bei ihrem Aufprall auf dem Boden ihr Bauch aufplatzte und ihre bunt bemalten, deutlich erkennbaren Innereien sich auf den Acker ergossen. Auch eine rote Flüssigkeit, die wohl Blut darstellen sollte und eine gelbe Flüssigkeit, wahrscheinlich Eiter, schoss in armstarken Strahlen aus dem zerplatzten Leib Ein gemischter Chor sang ein Lied. Es hörte sich ein wenig wie Swing an:

*Schappadabbedu, Schappedappedas,*
*Ach Judas, Judas, Judas, schlimmer Judas!*
*Lass das! Lass das! Lass das!*
*Verrate nicht den Herrn,*
*das sieht der Herrgott gar nicht gern*
*Was willst du mit dem vielen Geld*
*Dein Darm liegt jetzt auf diesem kargen Feld!*
*Schappedappedu, Schappedappedeld.*

Im Hintergrund lief kichernd ein bedrohlich aussehender Teufel herum. Ich war entsetzt: „Das ist doch nichts für kleine Kinder. Die kriegen ja einen Schock und träumen dann eine Woche lang schlecht." Pfarrer Uhlenhoven erläuterte das Anliegen:

„Ja, schön ist das in der Tat nicht. Aber der Verrat des Judas an unserem Herrn war ja nun auch alles andere als schön. Nach unserem christlichen Verständnis ist Judas nun einmal der schlimmste Sünder aller Zeiten. Und die Geschichte mit dem aufgeplatzten Leib ist nun einmal so und nicht anders in der Apostelgeschichte beschrieben worden. Wie er sich da vom Berg stürzt und auf dem Acker Hakeldama aufplatzt. Die Wahrheit können wir den Kindern auch nicht vorenthalten, nur weil sie nichts für Ästheten ist."

„Und die Swing-Musik passt auch nicht", meckerte ich. Uhlenhoven konnte mir die Auswahl der Musik aber auch erklären: „Wir richten uns auch an ein etwas älteres Publikum. Die müssen wir auch da abholen, wo die stehen."

Und Patterson erklärte: „Wir müssen uns bei unseren Darbietungen am Empfängerhorizont des Rezipienten ausrichten. Aber beachten Sie bitte, dass wir hier mit einer Crashtestpuppe und nicht mit einem echten Menschen arbeiten. Schauen Sie nur! Sie sind doch für den Arbeitsschutz."

Damit es keine Missstimmung mit den Investoren gab, erklärte ich besänftigend: „Ja, ich bin tief beeindruckt von der Technologie der Puppe. Das sieht total lebensecht aus! Vor allem auch das mit den Strömen von Blut und Eiter."

Patterson erklärte, was es mit dem aufgeplatzten Crash-Test-Dummy auf sich hatte: „Die Konstruktion des Judas war ziemlich aufwändig. Da Judas im Vollbetrieb alle 20 Minuten aufplatzen soll, können wir ja nicht stündlich drei Judasse zerstören. Das wären bei zehn Stunden Öffnungszeit immerhin schon 30 Crashtestpuppen. Da könnten wir gar nicht gegen anverdienen. Die Eintrittspreise sollen für alle erschwinglich bleiben, auch und gerade für sozial schwache Leute. Wir haben daher ein Konzept entwickelt, dass auf einen einzigen Knopfdruck hin alle

Organe, die an unsichtbaren Fäden befestigt sind, wieder in den Leib eingezogen werden und sich dieser danach automatisch wieder verschließt. Er platzt nämlich nicht nach dem Zufallsprinzip auf, wie es auf den ersten Blick erscheint, sondern nur an wenigen diskret verdeckten Sollbruchstellen. Blut und Eiter müssen nur nach jedem dritten Sturz aufgefüllt werden. Länger halten die Tanks nicht."

Tatsächlich geschah die geheimnisvolle Rekonstruktion und Wiederauferstehung des Judas auch in diesem Augenblick. Wie von Geisterhand gezogen oder geschoben verschwanden die blutigen Organe, Herz, Lunge, das Gedärm, die Leber und alles, was da so herausgeplatscht war, wieder im Leib der Puppe, die sich dann mit einem Plopp verschloss und auf den Hügel hinaufschwebte, um im nächsten Augenblick wieder hinabzustürzen und erneut klatschend aufzuplatzen und ihre unappetitlichen Flüssigkeiten zu versprühen. Also, wenn man mich fragt: Ganz schön gruselig. Und auch unappetitlich, wenn nicht gar richtig doll eklig. Aber mich fragte ja niemand und ich wollte meine Investoren nicht schon wieder durch unbotmäßige Einwendungen verärgern. Wie ich schon sagte: Investoren sind scheu wie die Rehe. Die darf man nicht vergrämen. Und unter dem Aspekt des Arbeitsstättenschutzes war das auch schon alles ganz in Ordnung, was ich da zu sehen bekam.

Wir traten durch den nächsten Torbogen, auf dessen Architrav zu lesen war:

**Lass alle Hoffnung fahren, der du durch diese Pforte trittst**.

Pestilenzialischer Schwefelhauch schlug uns entgegen. Hitze waberte. Wimmern und Wummern waren zu hören. In dem halbdunklen Raum sah ich nun, welch merkwürdige Art der Arbeit einige meiner Dorfmitbewohner erhalten hatten. Sie arbeiteten als Hölleninsassen. Einige steckten in großen Kesseln, teilweise guckten nur ihre Köpfe aus der Brühe. Ganz unheimlich war es, dass aus einigen Kesseln nur noch Füße herausragten. Aber schnell stellte ich fest, dass es sich bei diesen Füßen nur um Hartplastikteile handelte. Denn wenn da wirklich Arbeitnehmer kopfüber in einem Topf gesteckt hätten, wäre das mit der Arbeitsplatzverordnung natürlich nicht vereinbar gewesen. Andere Personen waren bis zu den Hüften in den Untergrund eingesunken. Flammen loderten aus dem Boden, und als Teufel verkleidete Statisten piksten die Leute in den Kesseln und im Untergrund mit langen dreizackigen Stangen. Und die Teufel sangen in fröhlichem C-Dur in der Art von Volksliedern aus dem Heimatstadel:

*Wir quälen, wir quälen den ganzen Tag.*
*Kein Wunder, dass der Sünder,*
*Der Sünder das nicht mag*
*Schallalalalala*


Und die Sünder sangen in D-Moll, aber mit einer Melodie, die ich schon mal von den Steilwander Singbuben gehört hatte:

*Hätten wir doch nicht so doll gesündigt,*
*Man hätt' uns das Paradies nicht aufgekündigt*
*Jodel,jodel, dudeljöh!*


Ich guckte wohl schon wieder so befremdet über diese Art der musikalischen Untermalung, dass Frau Patterson mir erklärte: „Wir haben teilweise auch ein hochbetagtes Publikum. Das müssen wir mit seinen musikalischen Vorlieben da abholen, wo sie stehen. Wie ihr im Deutschen doch so nett sagt!"

Überall sprangen und krauchten die gruseligsten Wesen herum. Von der linken Seite schlich sich ein besonders schauriges, gehörntes Monstrum heran. Sein Maul hatte drei Reihen spitzer Zähne. Irgendwoher kam es mir bekannt vor. Dann fiel es mir ein. Das Untier hatte ich schon mal auf einem Weltuntergangsgemälde von Hieronymus Bosch gesehen. Da schnappte die Bestie auch schon zu und verbiss sich in meinem Bein. Ich kreischte vor Schreck natürlich los.

Uhlenhoven und die Pattersons hielten sich die Bäuche vor Lachen: „Keine Angst. Die zahlreichen Monster hier sind alle aus Weichplaste. Da kann nichts wehtun. Und die Zähne sind aus Gummi."

Erst jetzt begriff ich, dass ich tatsächlich keinen Schmerz fühlte, nur ein leichtes Drücken. Und ich hätte mir vor Schreck beinahe in die Hose gemacht, glücklicherweise nur beinahe. Das wäre sonst ja zu peinlich geworden. Und es wimmelte tatsächlich nur so von den Wesen aus den Gemälden des großen Hieronymus. Unter der im Halbdunkel kaum sichtbaren Decke flappten die ledrigen Schwingen riesiger Vampirfledermäuse. Ich meinte auch, kleine dreiköpfige Flugdrachen ausmachen zu können. Und dort war auch das riesige Fischwesen mit den Füßen, das Hieronymus so besonders unheimlich hingekriegt hatte. Es watschelte an mir vorbei, wandte mir seinen nun wirklich extrem unästhetischen Fischkopf zu und rülpste geräuschvoll. Ein pestilenzialischer Gestank umfing mich, etwa so wie im Zentrum einer Fischmehlfabrik.

An der gegenüberliegenden Seite der Halle öffnete sich knarrend ein riesiges, schwarzes Tor, das ich wegen des diffusen Lichts bisher nicht als solches hatte erkennen können.

„Halten Sie sich fest! Was jetzt kommt, haut jeden um", flüsterte Uhlenhoven mir zu. Und tatsächlich! Eine grauenhafte schrille Musik hub an. Aus dem hohen, dunklen Tor quoll ein unendlicher Zug von Schreckensgestalten und Monstren hervor. Hexen, Zauberer, Unholde aller Arten und Gattungen, Gespenster in ihren weißen Laken und phosphoreszierende Skelette formten eine Art Karnevalsumzug des Grauens und marschierten musizierend an uns vorbei. Sagte ich musizierend? Das traf es nicht ganz! Es war ein höllischer Lärm, den die schaurigen Gestalten mit Kochtopfen schlagend, auf Gießkannen und Fußballtröten blasend oder auch nur mit den Krallen auf Schiefertafeln kratzend produzierten. Da hinten kam auch Frankensteins Monster, nein es waren gleich zwei Monster, eines schauriger als das andere und dort marschierte eine Phalanx von Wehrwölfen. Blut troff von den Zähnen der furchtbaren Wesen. Und ganz links kamen Ghoule, heulende Ghoule. Was machen Ghoule sonst auch? Trolle brüllten wie die Stiere. Eines der grünlich leuchtenden Skelette löste sich aus der Marschkolonne und sprang auf mich zu. Als es ganz nahe bei mir war, zischte es mir ins Ohr: „Na, warte Freundchen! Dich kriegen wir auch bald dran."

Ich war nicht so erschrocken, wie ich es normalerweise gewesen wäre, denn ich erkannte in dem Skelett niemand anderen als den jungen Schottmüller aus der Kirchstraße 7b. Der war schon ziemlich lange arbeitslos gewesen, wie ich von seinen Eltern wusste. Nun schien er doch endlich eine Arbeitsstelle bekommen zu haben. Wenn auch nur als Skelett. Aber besser als nichts. Und das freut doch den Wirtschaftsdezernenten. Die neuen Arbeitsplätze sind ja sowieso alle in der Dienstleistung.

*************

„Das ist ja alles schön und gut, aber auch ein bisschen erschreckend. Wie auf der Geisterbahn. Ich dachte, Sie wollten hier ein Weihnachtszentrum errichten. Was hat das denn mit Weihnachten zu tun?" wollte ich wissen. Von der höllischen Symphonie war ich immer noch ein wenig wie betäubt.

Uhlenhoven stöhnte: „Sie haben aber überhaupt keine Ahnung von der christlichen Religion und vom Geist der Weihnacht. Um Weihnachten zu genießen, müssen Sie doch erst einmal alle möglichen Qualen erleben. Wenn man diese, ich gebe ja zu, etwas geisterbahnmäßige Erfahrung in den Dämonenräumen gemacht hat, darf man dann auch in die große Weihnachtshalle."

„Bei unserer Grusel-Horrorshow geht es uns doch nur darum zu zeigen, was passiert, wenn man nicht die Gebote einhält. Es soll doch nachher keiner sagen können, er habe es nicht gewusst. Das sagt ihr Deutschen doch immer so gerne: Wir haben nichts gewusst und konnten nichts dagegen tun! Das wollen wir verhindere. Aber wirklich: Jetzt ab in die Christmashalle!"

Eine automatische Schwingtür öffnete sich. Über der Schwingtür wiederum ein Schild, diesmal mit der Aufschrift:

> **Per ardua ad astra**

Ich grübelte kurz, was das wohl zu bedeuten hatte. Vielleicht, dass man die Sterne nur erreichen kann, wenn man bereit ist, Widrigkeiten zu ertragen. Und schon standen wir in einem riesigen, halbdunkeln Raum. Oder waren wir schon wieder im Freien? Über uns erstreckte sich ein tief dunkelblauer Himmel voller Sterne. Einen Augenblick war ich verwirrt. Es war doch helllichter Tag gewesen, als wir das geistliche Zentrum betreten hatten. Aber dann begriff ich. Es handelte sich um eine technisch erzeugte Illusion in einer großen Halle. Engel flogen durch die Lüfte hin und her und sangen lieblich. Und in der Mitte der Halle war der Stall von Bethlehem aufgebaut, direkt unter einem besonders hellen, goldenen Schweifstern. Dort standen ja Maria und Josef, so ruhig so andächtig, dass sie wohl auch Puppen sein mussten oder vielleicht auch Roboter. Menschliche Schauspieler hätten diese unbewegliche, andächtige Versenkung kaum hinbekommen. Und da drüben knieten die redlichen Hirten, und dort erschienen auch die heiligen drei Könige, die ihre Geschenke darbrachten. Ob es Wachsfiguren oder echte Menschen waren, die sich als lebende Bilder aufgestellt hatten, war nicht genau zu erkennen.

Überhaupt war alles nicht so genau zu erkennen, denn der Weihrauch waberte überall und brannte in den Augen. Ein großer, glänzender Engel landete auf dem Stallgebäude und flüsterte: „Frieden auf Erden und den Menschen ein Wohlgefallen, jedenfalls wenigstens jenen, die guten Willens sind."

Ein Nikolaus auf Schlittschuhen glitt in Begleitung von neben ihm her galoppierenden Rentieren einen zugefrorenen Bach entlang geradewegs auf mich zu und überreichte mir ein Paket, das ich staunend und ratlos anstarrte. Die Rentiere sprachen mit sonorer Stimme zu mir: „Fröhliche Weihnachten! Happy Christmas, Feliz Navidad!"

Uhlenhoven lachte: „Das sind jetzt während des Probebetriebs keine echten Geschenkpakete. Das sind auch nur Dummies. Also – da ist jetzt nur geknülltes Zeitungspapier drin. Das müssen Sie nicht aufmachen."

Und Patterson fügte hinzu: „Aber wenn der Betrieb richtig läuft, bekommt jeder Gast ein Paket mit echten Geschenken. Also nur so billiges Zeug aus Hongkong, aber schon Sachen, die einen interessieren könnten. Kugelschreiber, kleine Notizblöcke, Nähutensilien und Küchengeräte wie Quirle und Kochlöffel. Der Betrieb muss sich ja betriebswirtschaftlich selbst tragen. Aber ohne ein persönliches Geschenk soll auch niemand nach Hause gehen. Das wäre ja nun wirklich nicht mit dem Geist der Weihnacht vereinbar."

„Das mit den sprechenden Rentieren habe ich mir ausgedacht", fügte Frau Patterson stolz hinzu. „Das ist natürlich in erster Linie für die Kinder gedacht. Aber die Erwachsenen staunen auch nicht schlecht, wenn das Rentier spricht. Aber Tiere kommen immer gut. Mit Ochs und Esel haben wir uns auch noch etwas ausgedacht. Das wird Sie von die Hocker schlagen. So sagt man doch auf Deutsch?"

„Ja, so ähnlich", meinte ich. „Ich fühle mich jedenfalls schon ziemlich vom Hocker gehauen."

Immer mehr Engel schwebten herbei und drehten sich singend um mein schon ganz wirres Haupt. Der Weihrauch machte mich ganz benommen. Die flackernden Kerzen machten mich schwindelig. Und da waren auch Ochs und Esel, die vor der Krippe standen. Und Ochs und Esel sangen mit offenen Mäulern und aus vollem Herzen:

*Stillige Nacht, Heilige Nacht.*

Ich spürte, wie eine barmherzige Ohnmacht mich umfing.

\*\*\*\*\*\*\*\*\*\*\*\*\*\*\*\*\*\*\*\*\*\*\*\*\*\*\*\*\*\*\*\*\*\*

Diese Geschichte hat der Autor ganz frisch erst 2017 aufgeschrieben. Was er damit sagen will, bleibt unklar. Er glaubt, dass er irgendwann einmal in der Zeitung gelesen hat, dass es in den USA wirklich so einen Christmas-Park geben soll, der dort von einer evangelikalen Sekte betrieben wird. Der Autor dieses Versuchs ist Unhold Hugendeubel, ein deutscher Arbeiterdichter, geb. 1964, einer der Letzten seiner Art. Er ist nach eigenen Angaben über den Dritten, wenn nicht gar Vierten Bildungsweg zum Schreiben gekommen. Hugendeubel versucht nach eigenen Worten die Gesellschaft der Bundesrepublik in einer Art comedie humaine als Kompendium eines Ganzen aufzufassen. Was er damit sagen will, versteht kein Schwein. Ob sein Vorhaben gelingen kann, müssen künftige Generationen entscheiden, meint der Herausgeber - ziemlich ratlos. Denn der weiß nun gar nicht mehr, was er von allem zu halten hat.

**********************

**Weihnachten – ein Missverständnis?**

„Vielleicht ist Weihnachten ja nur ein Missverständnis", fragt sich Heidi, das Waldbauernmädchen, nachdem sie und ihre Geschwister das Christkind und Knecht Ruprecht besiegt haben. Bärbel aus der Großstadt unterstellt dem Christfest im Familienkreise, dass es sich zu einer Symphonie des Grauens entwickelt habe. Die Weihnachtsfeier einer weltumspannenden Organisation muss wegen zu viel Rührung der Teilnehmer abgebrochen werden. Und ein Mitarbeiter der Gemeindeverwaltung von Ochte/Echterland wird schließlich ohnmächtig, als Ochs und Esel an der Krippe ein Weihnachtslied anstimmen. Weihnachten steckt voller Geheimnisse und Überraschungen - leider nicht immer voller schöner Überraschungen. Hier gibt es fünf Versuche einer Annäherung an das Fest der Liebe. Teils seltsam, teil bizarr, teils komisch.

**Zum Herausgeber und den Autoren:**

Der Herausgeber dieser Sammlung wurde 1949 in Kiel geboren, ging dort zur Schule, studierte Jura und lebt seit 1973 in Berlin, wo er als Handelshilfsarbeiter, Rechtsanwalt, Angestellter im Hochschulbereich und Personalchef tätig war. Die hier vorgestellten Autoren sind hingegen alle fiktiv, haben aber gleichwohl ein spezielles Anliegen und existieren zumindest als Idee.

219